DIE BEFEHLE DES DOKTORS

GEHEIMNISSE EINER UNTERWÜRFIGEN BUCH 2

MICHELLE L.

INHALT

1. Petra	1
2. Owen	3
3. Petra	5
4. Owen	13
5. Petra	19
6. Owen	28
7. Petra	32
8. Owen	39
9. Petra	45
10. Owen	50
11. Petra	60
12. Owen	70
13. Petra	75
14. Owen	80
15. Petra	87
16. Owen	95
17. Petra	101
18. Owen	109
19. Petra	115
20. Owen	122
21. Petra	129
22. Owen	137
23. Petra	144
24. Owen	151
25. Petra	157
26. Owen	166
27. Petra	172
28. Owen	180
29. Petra	188
30. Owen	195
31. Petra	203
32. Owen	210

Veröffentlicht in Deutschland:

Von: Michelle L

© Copyright 2020 – Michelle L

ISBN: 978-1-64808-196-5

ALLE RECHTE VORBEHALTEN. Kein Teil dieser Publikation darf ohne der ausdrücklichen schriftlichen, datierten und unterzeichneten Genehmigung des Autors in irgendeiner Form, elektronisch oder mechanisch, einschließlich Fotokopien, Aufzeichnungen oder durch Informationsspeicherungen oder Wiederherstellungssysteme reproduziert oder übertragen werden. storage or retrieval system without express written, dated and signed permission from the author

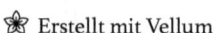 Erstellt mit Vellum

DIE BEFEHLE DES DOKTORS

Der Doktor ist gekommen ... Und seine Behandlung ist überaus stimulierend!
Sie ist eine junge College-Studentin, die eine solide Karriere als Lehrerin plant.
Ich bin ein Arzt mit einer fragwürdigen Vergangenheit.
Alkoholexzesse am Wochenende, bedeutungsloser Sex und Sommer mit gemieteten Frauen waren mein Leben.
Bis ich ihr Gesicht auf der Webseite des Clubs gesehen habe.
Der *Dungeon of Decorum* hat sie gefunden, aber ich habe sie mir genommen.
Ich habe gegen Männer gekämpft, die sie in einer Weise benutzen wollten, die ich widerwärtig fand, und sie schließlich gewonnen. Sie hat mir gehört und ich konnte mit ihr tun, was ich wollte. Und ich wollte alles von ihr!
Aber sie bekam nur einen Teil von mir. Es musste so sein. Sie war mein Geheimnis.
Bei unserer ersten Berührung entzündete sich ein Funke, den keiner von uns je zuvor gespürt hatte. Die Leidenschaft glühte zwischen uns. Ich konnte mich nicht davon abhalten, sie in einer Weise zu nehmen, die ich nie geplant hatte.
Und ich hatte nicht damit gerechnet, was sie tat. Sie brach alle Regeln. Einige davon hatte ich noch nicht einmal gemacht.
Kann ich der Welt nach dem, was ich getan habe, entgegentreten? Oder werde ich weglaufen und sie zurücklassen, damit sie in Sicherheit vor mir ist?
Liebe ist bestenfalls vorübergehend. Glückliche Enden sind nur Fantasien – zumindest dachten wir das beide einmal...

1

PETRA

Vögel zwitscherten fröhlich über meinem Kopf, als ich auf einer Decke unter einem Baum auf meinem College-Campus saß und das schwindende Guthaben auf meinem Bankkonto betrachtete. Der Frühlingsnachmittag wirkte fröhlich, aber ich war alles andere als das. Ich hatte noch ein Jahr am College vor mir, bevor ich Grundschullehrerin werden konnte, aber meine finanzielle Lage war schlechter denn je.

Ohio State war kein billiges College. Meine Mutter hatte einen reichen Mann geheiratet, aber er wollte mich nicht bei meinen Studiengebühren unterstützen. Es trieb einen Keil zwischen meine Mutter und mich, aber sie schien nicht allzu verzweifelt darüber zu sein.

Ich hatte schon 30.000 Dollar Schulden und brauchte noch 20.000 Dollar für die Studiengebühren im nächsten Jahr. Ich steckte ernsthaft in Schwierigkeiten.

Aber wie zum Teufel sollte ich in ein paar Monaten an 20.000 Dollar kommen?

Und dann trat Leticia Irgendwas in mein Leben. Ich konnte ihren Nachnamen nicht aussprechen. Er hatte mehr Konsonanten als Vokale und brach mir fast die Zunge, wenn ich es versuchte. Sie war ein Geschenk des Himmels, meine Retterin, meine Heldin. Aber der Preis, den ich mit meinem Körper bezahlen musste, würde sich als viel höher erweisen, als ich je geahnt hatte...

2

OWEN

Als ich den Operationssaal nach einem Facelifting an einem 50-jährigen Model, das den Kampf noch nicht aufgeben wollte, verließ, klopfte mir das Herz vor Nervosität bis zum Hals. Die Kameras in meinem Gesicht machten es nicht besser.

Ich war einer der Stars einer Reality-TV-Show, die auf dem Chirurgie-Kanal ausgestrahlt wurde. Bei *Beverly Hills Reconstruction* ging es darum, die Stars glamourös und kameratauglich zu halten. Mein Job wurde erstaunlich gut bezahlt und ermöglichte mir einen Lebensstil, von dem andere nur träumen konnten.

Teure Autos, Villen und Luxusreisen füllten damals mein Leben. Das Einzige, was mir fehlte, war eine Gefährtin. Ich konnte mir nicht vorstellen, dass es Frauen gab, die mich um meiner selbst willen begehrten. Jedes Mal, wenn sich etwas ergab, drangen meine Unsicherheiten an die Oberfläche und erstickten es im Keim.

Ich hatte ein kleines Geheimnis, von dem niemand wusste. Jeden Sommer, fünf Jahre in Folge, machte ich Urlaub in Portland, Oregon. Ich erzählte allen, die nach dem Grund dafür fragten, dass meine Großeltern dort lebten und ich einmal im Jahr zu meinen Wurzeln zurückkehren wollte.

Das war nicht die einzige Lüge, die ich den Leuten erzählte.

Dass ich Mitglied eines exklusiven Clubs in Portland war, war der eigentliche Grund, warum ich dorthin ging. Ich kaufte mir jedes Jahr eine devote Partnerin und quartierte sie in einem kleinen, aber luxuriösen Apartment ein, das sich in dem riesigen unterirdischen Club befand. Drei Monate lang hatte ich somit eine Frau, mit der ich alles tun konnte, was ich wollte.

Es war schwer, die Fantasie, nach der ich mich sehnte, zu unterdrücken, aber ich schaffte es neun von zwölf Monaten im Jahr. Es war der achte Monat und ich wurde so unruhig wie immer.

Ich musste mein Verlangen stillen und dazu brauchte ich eine Frau. Mein Geheimnis durfte niemals enthüllt werden oder ich würde von den Medien durch den Dreck gezogen werden und meine Karriere und mein Ansehen verlieren. Dessen war ich mir sicher...

3
PETRA

Mit gerunzelter Stirn sehe ich auf den unglaublichen Geldbetrag, den mich mein nächstes Studienjahr kosten wird. Ein hörbares Stöhnen dringt aus meinem Mund und lenkt die Aufmerksamkeit der großen, schlanken, gazellenartigen jungen Frau, die hinter mir steht, auf mich. „Probleme?", fragt sie.

Ich hatte schon ein paar gemeinsame Kurse mit der Frau. Sie redet nicht viel, also ist die Tatsache, dass sie mich etwas fragt, ein Wunder. „Finanzielle Probleme." Ich stecke das Blatt Papier in meine Tasche und nicke zu dem Blatt, das sie in ihrer Hand hält. „Ist deine nächste Jahresrechnung auch so hoch?"

„Ja, sie ist hoch. Aber ich kann sie bezahlen. Du scheinst ein wenig verstört zu sein, Petra. Möchtest du eine Tasse Kaffee mit mir trinken? Du kannst dich bei mir aussprechen, wenn du willst."

Leticia ist meiner Meinung nach eine komplizierte Frau. Sie fährt ein schönes Auto, trägt teure Kleidung und lebt in einer sehr schönen Wohnung, jedenfalls erzählt man sich das. Und sie bleibt immer für sich. Niemand weiß viel über sie. Sie ist ein echtes Rätsel am Ohio State College.

Lange, dunkle Locken hängen in Spiralen ihren Rücken hinunter und ihre dunklen Augen sind unheimlich schön. Sie ist nicht nur hübsch – sie ist in jeder Hinsicht atemberaubend.

Sogar die Art, wie sie mit einem merkwürdigen Akzent spricht, den niemand einordnen kann, ist geheimnisvoll und verführerisch. Und sie will, dass ich mit ihr Kaffee trinke, und erlaubt mir, mich bei ihr auszuweinen.

Warum?

„Leticia, das ist nett von dir", sage ich, als ich losgehe und sie neben mir hergeht. „Ich würde es hassen, dich mit meinen finanziellen Schwierigkeiten zu langweilen."

„Ich werde mich nicht langweilen, Petra. Und ich habe vielleicht Antworten, die dir helfen könnten."

Ich weiß nicht, wie sie mir helfen könnte, es sei denn, sie will im nächsten Jahr meine Studiengebühren bezahlen. Aber sie scheint entschlossen zu sein, mir zu helfen, und das ist freundlich von ihr. Ich kann nicht unhöflich sein und ihr eine Abfuhr erteilen.

„Sicher, lass uns einen Kaffee holen", sage ich auf dem Weg zur Cafeteria. „Es gibt keinen billigeren Kaffee als hier. Heute ist er sogar ganz umsonst für dich. Ich lade dich ein." Ich lache über meinen Witz und sie lacht mit.

Dann nimmt sie meine Hand und zieht mich stattdessen auf den Parkplatz. „Hey, lass uns zum Mittagessen gehen. In ein wahnsinnig teures Restaurant. Ich zahle, Petra."

„Nein", sage ich, während ich den Kopf schüttle, „das kann ich nicht annehmen."

Sie zerrt mich hinter sich her. „Ich bestehe darauf. Komm, es wird Spaß machen und ich bin sicher, dass ich dir bei deinen Problemen helfen kann."

Ich kann nicht anders, als das feuerrote Mercedes Cabrio anzustarren, das sie fährt. „Leticia, kann ich dir eine persönliche Frage stellen?" Ich rutsche auf das weiche Leder des Beifahrersitzes, als sie sich hinter das Steuer setzt und nickt. „Kommst du aus einer reichen Familie?"

„Nein", sagt sie schnell, „ich habe mein Geld selbst verdient."

„Du bist noch im College. Dein Hauptfach ist englische Literatur, richtig?", frage ich, da es keinen Sinn ergibt. Wenn sie schon etwas kann, mit dem man so viel Geld verdient, warum geht sie dann aufs College?

„Ja. Ich will einmal Schriftstellerin werden. Aber nicht in naher Zukunft. Ich bin glücklich mit dem, was ich jetzt tue, und will es noch ein paar Jahre machen. Aber eines Tages muss ich das hinter mir lassen und dann schreibe ich vielleicht über meine Abenteuer." Sie lenkt den Wagen vom Parkplatz und fährt in die Innenstadt.

Neugierig frage ich nach: „Abenteuer?"

„Damit verdiene ich mein Geld." Sie hält an einer roten Ampel und zieht zwei teure Sonnenbrillen aus dem Handschuhfach. Sie reicht mir eine und setzt die andere auf. „Du kannst sie haben. Ich habe viele davon."

Ich sehe das Wort *Cartier* eingraviert und weiß, dass die Sonnenbrille mehr gekostet hat als das Schrottauto, das ich fahre. „Ich kann unmöglich..."

Sie schüttelt den Kopf. „Du kannst. Sie gehört dir. Weißt du, Petra, du bist eine natürliche Schönheit mit deinen langen, seidenglatten schwarzen Haaren, deinen großen braunen Augen und deinen Karamelllippen. Dazu noch deine cremefarbene Haut und deine Kurven – viele Männer würden nur zu gern eine Frau wie dich haben."

Leticia strahlt Sex aus. Sie ist wie eine Art Liebesgöttin. Aber ich glaube, sie hat eine falsche Vorstellung von mir. Ich setze die Sonnenbrille auf, betrachte mich im Rückspiegel und denke, dass ich verdammt heiß aussehe. Leticia lächelt mich verführerisch an. „Ähm, ich stehe nicht auf Frauen."

Ihr Lachen hallt durch die Luft. „Ich bitte dich nicht um ein

Date, Petra. Ich stehe eigentlich auch nicht auf Frauen. Ich stehe darauf, Geld zu verdienen. Viel Geld. Wenn das bedeutet, Körperflüssigkeiten mit einer anderen Frau auszutauschen, dann tue ich, was ich tun muss."

Whoa! Hat sie eben gesagt, dass sie für Sex bezahlt wird? Denn genauso klang es für mich!

Verlegen sehe ich von ihr weg. Ich habe keine Ahnung, was zur Hölle sie von mir will, aber ich weiß, dass sie etwas will. Also sage ich: „Ich will keine Hure werden. Wenn es das ist, was du bist und wie du dein Geld verdienst, will ich nichts damit zu tun haben. Du kannst mich zum Campus zurückbringen."

Sie fährt in ein Parkhaus in der Innenstadt und betrachtet mich über ihre Sonnenbrille. „Petra, ich bin keine Hure. Mein Körper ist wertvoll. Und die Männer, die mich bezahlen, wissen das auch."

„Scheiße!", zische ich, „das ist die Definition einer Hure, Leticia. Du bist vielleicht teuer, aber trotzdem nichts weiter als ein Callgirl."

Mit einem Kopfschütteln nimmt sie ihr Handy und gibt eine Webadresse ein. Ich sehe eine Webseite, auf der *Dungeon of Decorum* steht. Seile sind auf beiden Seiten des Titels abgebildet. „Ich gehe seit ein paar Jahren jeden Sommer dorthin. Es ist wie ein Abenteuer. Ein sexuelles Abenteuer, für das ich sehr gut bezahlt werde. Es gibt Leute auf der Welt, die gewisse Dinge mögen, von denen niemand erfahren soll. Und deshalb gibt es Orte wie diesen." Sie kichert und ich runzle die Stirn.

„Leticia, was zur Hölle ist das für ein Ort?"

„Es ist ein Ort, an dem Menschen, die sich in die oft missverstandene Welt des BDSM wagen wollen, sich treffen und miteinander spielen. Es ist absolut sicher", fügt sie hinzu, als sie mein entsetztes Gesicht sieht.

„*BDSM* und *sicher* gehören nicht zusammen in denselben

Satz", flüstere ich, „Leticia, bring mich zurück zum Campus. Bitte. Ich fühle mich nicht wohl."

„Du fühlst dich so, weil die Gesellschaft dich dazu gebracht hat. Das ist verrückt. Alle Menschen haben ihre geheimen Fetische, aber niemand will als Freak bekannt sein."

Ich starre sie finster an. „Frauen zu schlagen ist kein Fetisch. Es ist ein Verbrechen!"

„BDSM ist viel mehr", sagt sie, als sie ihre Augen verdreht, „man muss nichts tun, was man nicht will. Und nicht alle Männer wollen ihre Partnerin schlagen. Es gibt so viele andere Dinge, die man tun kann. Du kannst eine Liste von dem machen, was du willst und was nicht. Du kannst dich für die Sommermonate versteigern lassen. Dein Besitzer kommt in dieser Zeit für all deine Ausgaben auf. Das Beste ist die riesige Menge Geld, die du am Ende bekommst. Und du wirst ein echtes Abenteuer erleben!"

Ich schlucke, während ich den freudigen Ausdruck auf Leticias Gesicht betrachte. „Du bist verrückt."

„Nein, bin ich nicht. Die Dinge, die ich getan habe, haben mir geholfen. Du würdest schockiert sein, was du von einigen dieser Doms lernen könntest. Diejenigen, die gerne Schmerzen zufügen, recherchieren viel und sind darin ausgebildet, es genau richtig zu machen. Es gibt überall an deinem Körper Stellen, wo Schmerz dich in einen Zustand versetzen kann, der sonst unerreichbar ist. Und diese Männer wissen, wie sie dich dorthin bringen können."

„Bei dir klingt es so, als wären sie brillant, anstatt böse zu sein", sage ich, als ich die Tür öffne, „gehen wir jetzt etwas essen? Ich bin am Verhungern."

Leticia steigt aus dem Wagen, kommt zu mir, nimmt mich bei der Hand und führt mich zu dem Restaurant, wo sie essen will. Wenigstens springt eine freie Mahlzeit bei dieser Sache für mich raus!

Sie hakt sich bei mir unter und lehnt sich an meine Seite, während wir gehen. „Petra, du brauchst Geld und das ist der einzige Weg, in so kurzer Zeit so viel zu verdienen. Du wirst so viel bei dieser Erfahrung lernen. Der Club ist nur einen Anruf entfernt, wenn der Mann, der dich kauft, etwas macht, bei dem du dich unwohl fühlst. Man wird kommen und dich abholen und du kannst das Geld behalten, das der Kerl für dich bezahlt hat. Es gibt nichts zu befürchten. Ich verspreche es dir."

Ich denke über meine Geldprobleme und die Lösung, die Leticia mir anbietet, nach. Ich bin nicht prüde. Ich habe schon Erfahrungen mit Männern gemacht. Ich hatte sanfte, grobe und sogar dominante Partner. Aber der Gedanke, die Kontrolle ganz abzugeben, ängstigt mich.

Wir gehen in ein Restaurant, von dem ich noch nie gehört habe, und werden von einem Mann in einem schicken Anzug an einen freien Tisch geführt. Ich höre, wie Leticia Französisch spricht, dann lässt der Mann uns allein.

Während ich mich umschaue, frage ich: „Isst du immer in so teuren Restaurants?"

„Nicht immer. Ich wollte dir einen Vorgeschmack auf das geben, was dir gehören kann, wenn du willst. Nur drei Monate Abenteuer im Jahr können dir die gleiche Sicherheit geben wie mir. Nach deinem ersten Mal kommst du als neuer Mensch in das neue Semester. Du wirst eine andere Frau sein, geistig und finanziell."

Der Kellner bringt uns hohe Gläser, die mit einer sprudelnden Flüssigkeit gefüllt sind. „Champagner?"

Leticia nickt. „Ja. Ich habe uns einige der dekadentesten Dinge auf dem Planeten bestellt. Nun, zumindest in Ohio." Ihr Lachen ist ruhig und gedämpft, als sie mir zuzwinkert.

Ich warte, bis der Kellner uns verlässt, bevor ich mich zu ihr beuge und flüstere: „Gibt es eine Möglichkeit, es zu tun, ohne geschlagen zu werden?"

„Wenn du das als deine Grenze definierst, dann ist die Antwort Ja. Du musst nur das tun, was du auch tun willst. Aber ich würde es zumindest ausprobieren. Es kann dich an einen Ort bringen..."

Ich unterbreche sie: „Ja, ja, an einen Ort, an den ich nicht anders kommen kann. Ich verstehe. Aber so weit denke ich noch gar nicht. Welche anderen Dinge gibt es, denen ich zustimmen kann?"

„Es gibt eine Liste und man kann Dinge hinzufügen, die nicht darauf enthalten sind. Du kreuzt einfach die Dinge an, die für dich in Ordnung sind. Die Männer bekommen die Daten jeder Frau, die zur Auktion steht. Sie wissen von Anfang an, was du willst und was nicht. So gibt es keine bösen Überraschungen."

Sie zieht ein kleines iPad aus ihrer Handtasche und reicht es mir. Die Webseite des Clubs ist bereits geöffnet und ich gehe die Liste durch. Bondage steht ganz oben, darunter werden eine Million Fesselvarianten genannt. Dann folgen Suspension, Auspeitschen, Spanking und noch vieles mehr.

Ich blicke zu ihr auf, als ich den Kopf schüttle. „Ich weiß nicht, wie man das macht und ich bin nicht sicher, ob ich es wissen will. Ich kann mich nicht für etwas anmelden, wenn ich nicht weiß, ob ich damit umgehen kann oder nicht." Ich schüttle wieder den Kopf und weiß nicht, warum ich überhaupt darüber nachdenke.

„Ich kann dich ausbilden", sagt sie und nimmt dann meine Hand, „ich kann dir beibringen, wie du aus deinem Kopf herauskommst und deinen Körper Dinge fühlen lässt, die du dir nicht vorstellen kannst. Das Beste ist, dass niemand jemals wissen wird, was du getan hast. Alles ist vertraulich. Es wird dich nicht verfolgen. Nur du und ich werden wissen, was du getan hast, und ich bin vertraglich verpflichtet, keiner Menschenseele über die Mitglieder des Clubs zu erzählen."

Ich schaue zurück auf die Webseite, scrolle nach unten und sehe eine Frau mit einer Augenbinde, die mit gespreizten Beinen auf einem Tisch liegt. Ein Mann mit etwas, das wie eine lange Nadel aussieht, steht drohend über ihr.

Was für eine Schlampe macht so etwas?

4

OWEN

April ist immer der härteste Monat für mich. Ich bin so nah am Ziel, dass es frustrierend ist, aber ich habe noch einen Monat Arbeit vor mir. Mein Verstand ist so angespannt wie meine Nerven. *Ich hasse es, dass das immer passiert!*

Ich verlasse den OP nach einer anstrengenden zwölfstündigen Operation an einem Frauengesicht, das schon absolut in Ordnung war, und suche die Einsamkeit meines Büros. Das Routine-Facelifting wurde plötzlich lebensbedrohlich, als ihr Herz aufgehört hat zu schlagen. Dem Himmel sei Dank für meine erfahrenen Mitarbeiter. Die Frau, die Model ist, hat sich gut erholt, aber ich bin immer noch ein Nervenbündel.

Es sind Tage wie dieser, an denen ich wünschte, ich hätte eine permanente Sub. Jemanden, zu dem ich gehen könnte. Jemand, der einfach still wäre und mich tun lassen würde, was ich brauche, bevor ich ohne ein Wort wieder verschwinde.

Deshalb brauche ich meinen Sommerurlaub im *Dungeon of Decorum*. Hier finde ich, was ich brauche, um den Rest des Jahres zu überleben.

Keine Kameras und keine Produzenten, die fragen, ob ich

die Operationen blutiger machen kann. Nur ich und meine gekaufte Sub, die in dem Zimmer wartet, wo ich sie einquartiert habe.

Meine Privatsphäre ist kostbar für mich. Als einer der plastischen Chirurgen einer Reality-TV-Serie mit dem Titel *Beverly Hills Reconstruction* bin ich gewissermaßen prominent und kann nicht zulassen, dass mein kleiner Fetisch Schlagzeilen macht. Ich kann auch nicht zulassen, dass jemand von der Tatsache weiß, dass ich Mitglied eines BDSM-Clubs in Portland, Oregon bin. Ich kaufe Frauen für die Sommermonate und halte sie versteckt. Sie sehen mein Gesicht nicht und kennen mich nur als Sir.

Es ist besser so.

Ich schalte meinen Laptop ein und öffne die Webseite des Clubs, um die Frauen durchzugehen, die bereits für die diesjährige Sommer-Auktion angemeldet sind.

Es ist nicht so, dass ich einen Typ habe, aber ich treffe gern eine Vorauswahl, bevor ich zu der Auktion gehe. Ich habe in den letzten fünf Jahren verschiedene Frauen gehabt. Groß, klein, kurvenreich, dünn und eine von ihnen sogar amputiert. Das war interessant, um es gelinde auszudrücken.

Sie sagte, dass sie ihr Bein bei einem Unfall verloren habe. Ich ziehe es vor, nichts über meine Subs zu wissen. Ich möchte die Beziehung zu ihnen streng sexuell halten. Nicht, dass sie viel Vergnügen dabei haben. Ich meine, einige von ihnen vielleicht schon, aber ich frage nicht nach solchen Dingen. Ich mache es für meine Befriedigung, nicht für ihre.

Es ist krass, ich weiß. Deshalb bezahle ich einen hohen Preis für das, was ich will. Ich behandle die Frauen, die ich date, nicht auf diese Weise, aber ich date kaum jemanden länger als ein, zwei Monate.

Meine Arbeit hat mich ziemlich wohlhabend gemacht. Ich

bin auch ziemlich gutaussehend. Ich trainiere hart, damit mein Körper gut aussieht. Und das macht mich unsicher.

Ich weiß, dass es dumm ist.

Aber das tut es. Ich meine, ich bin sehr intelligent, was die meisten Frauen nicht zu bemerken scheinen. Sie denken, ich bin oberflächlich. Als plastischer Chirurg, der sich auf die Optimierung der Schönen und Reichen spezialisiert hat, bekomme ich keinen Respekt von meinen Kollegen.

Ich denke, meine Persönlichkeit ist charmant, und auch das lässt mich überlegen, ob die Frau an meiner Seite wirklich an mir Interesse hat oder an meinem Aussehen, meinem Geld und meinem Lebensstil.

Die Augenbinden werden benutzt, damit die Frauen, die ich kaufe, mich nicht sehen können. Ich fessle ihre Hände, damit sie meinen muskulösen Körper nicht ertasten können. Ich rede nicht viel, damit sie meinem Charme nicht zum Opfer fallen können. Sie bekommen mich in meiner grundlegendsten Form. Sie bekommen meinen Schwanz, mehr nicht.

Bisher hat sich noch keine Sub in mich verliebt. Und ich mich noch nie in eine von ihnen. Wenn der Sommer vorbei ist, endet der Vertrag und wir gehen getrennte Wege. Die Frau hat keine Ahnung, mit wem sie Sex hatte, und ich bin frei von Reue und Schuldgefühlen, wenn ich sie verlasse.

Es ist sauber und einfach – anders als der Rest meines Lebens.

Meine Eltern sind geschieden. Obwohl mein Bruder, meine drei Schwestern und ich erwachsen sind, versuchen sie immer noch, uns für ihren Kleinkrieg zu instrumentalisieren und uns gegeneinander aufzuhetzen. Ich hasse es!

Also bin ich so weit von New York weggezogen, wie ich konnte. Los Angeles weckte mein Interesse, nachdem ich mein Medizinstudium an der Ostküste beendet hatte. Und jetzt haben

Mom und Dad es deutlich schwerer, mich zu benutzen, um meine Geschwister zu verletzen. Es ist großartig.

Auf dem Bildschirm sehe ich ein hübsches Gesicht nach dem anderen, aber keines spricht mich wirklich an. Es sollte nicht egal sein, wie sie aussehen, aber irgendwie ist es das.

Ein kurzes Klopfen an meiner Tür lässt mich meinen Laptop zuklappen „Herein."

Eine meiner Kolleginnen aus der plastischen Chirurgie, Dr. Dena Dion, kommt in den Raum. „Owen, komm heute mit mir zum Abendessen. Meine alte Freundin vom College ist in der Stadt und will, dass ich ihren Mann kennenlerne. Ich will nicht allein hingehen."

„Nein", sage ich und lehne mich dann auf meinem Stuhl zurück.

Sie umrundet meinen Schreibtisch, lässt sich auf meinen Schoß fallen und legt ihre Arme um mich. „Bitte, Owen. Ich flehe dich an. Ich hasse es, allein Ehepaare treffen zu müssen. Du kannst das für mich tun. Es ist das Mindeste, was du tun kannst."

Ich schiebe ihr hellblondes Haar von ihrer Schulter und sage: „Es tut mir leid, dass ich zwar mit dir geschlafen habe, dich aber nicht daten wollte, Dena. Ich habe mich schon tausendmal dafür entschuldigt."

„Ich weiß das. Aber trotzdem bist du danach noch öfter in meinem Bett gelandet. Ich glaube, du empfindest mehr für mich, als du dir eingestehst. Und ich glaube, ich könnte dich zu dem Mann machen, der du sein kannst."

Jetzt hat sie mich verärgert. Deshalb weiß ich, dass wir nie zusammen eine Zukunft haben können. „Ich möchte nicht zu etwas gemacht werden." Ich bin derjenige, der andere zu dem macht, was *ich* will!

Ich stelle sie wieder auf die Beine. „Owen!"

„Nein. Viel Spaß mit deiner Freundin und ihrem Mann. Ich

date dich nicht." Ich stehe auf und packe meinen Laptop ein, um ihn nach Hause mitzunehmen. „Ich gehe jetzt. Bis Montag."

„Wage es nicht, an diesem Wochenende zu mir zu kommen, wenn du zu viel getrunken hast und mich wieder ficken willst, Owen."

Ich öffne die Tür zu meinem Büro und nickte auffordernd in ihre Richtung, damit sie endlich verschwindet. „Du musst dir keine Sorgen machen. Ich muss dieses Wochenende viel recherchieren. Ich werde mich nicht betrinken und dich belästigen. Es steht dir frei, dir einen anderen Mann in dein Bett zu holen."

„Also wirst du mich nicht benutzen?", fragt sie, als sie an mir vorbeigeht und dabei meine Wange streichelt, „ich weiß, ich beklage mich immer darüber, aber ich mag es, wenn ich aufwache und du mich wie ein wildes Tier nimmst. Ich wünschte nur, du würdest es zu einer Gewohnheit machen."

„Es tut mir leid, dass ich das mache, Dena. Es ist nicht fair dir gegenüber. Du solltest das Schloss an deiner Tür auswechseln. Der Alkohol lässt mich Dinge tun, die ich nicht tun sollte." Ich sehe sie an und wünsche mir, ich könnte mich beherrschen, wenn ich zu viel trinke.

Zumindest scheine ich solche Dinge nur mit ihr zu machen, wenn ich in diesem Zustand bin, und sie scheint nichts dagegen zu haben. Aber ich mag die Frau nicht wirklich. Sie ist zickig, überheblich und überhaupt nicht mein Typ. Ich ficke sie nur, weil ich es kann.

„Owen, du bist letzte Woche 34 geworden. Wann wirst du bereit sein, ruhiger zu werden? Du wirst nicht jünger. Du wirst nicht immer so begehrt sein wie jetzt." Ihre Hand bewegt sich über meine Schulter und sie beugt sich für einen Kuss zu mir.

Ich weiche zurück. „Danke für den Hinweis. Ich heirate besser schnell jemanden, bevor es zu spät ist."

Ich mache mich schnell auf den Weg zum Aufzug, um ihr zu entkommen. Es ist nicht das erste Mal, dass sie mein Alter bei dem Versuch benutzt hat, mein Ego in den Dreck zu stoßen. Sie kann eine richtige Schlampe sein!

„Owen, es tut mir leid", ruft sie mir nach, als ich auf den Aufzug zugehe.

Sie bleibt stehen, als sich die Türen schließen. „Nimm den nächsten, Dena."

Ich senke den Kopf und starre auf meine glänzenden schwarzen Schuhe. Ich bin ein erfolgreicher Mann. Ich habe jede Menge, auf das ich stolz sein kann, und nur eine kleine Sache, die niemand wissen soll. Und diese eine Sache scheint mein Untergang zu sein, weil sie mich von normalen Menschen unterscheidet.

Wenn ich damit aufhören könnte, würde ich es tun. Ich kann es nur eine gewisse Zeit unter Kontrolle halten. Der Druck baut sich in mir auf, wenn der Sommer näherkommt.

Bald werde ich so viel davon tun können, wie ich will, und es wieder für eine Weile aus dem Kopf bekommen. Ich wünschte nur, ich könnte es ganz vergessen. Vielleicht könnte ich dann eine normale Beziehung führen.

Ich steige in mein Auto, öffne meinen Laptop, um meine E-Mails zu überprüfen, und sehe, dass die Seite des Clubs immer noch geöffnet ist. Das Gesicht einer neuen Frau erscheint ganz oben auf der Liste.

Sie hat ein wirklich schönes Gesicht mit wunderschönen braunen Augen, die mich süß ansehen. Ihr Haar umgibt ihr herzförmiges Gesicht wie schwarze Seide. Ihre vollen Lippen haben die Farbe von Zuckerwatte und kontrastieren mit ihrer cremigen, gebräunten Haut.

Nun, wer ist diese Petra Bakari?

5

PETRA

Nachdem ich über meine Entscheidung, diesen Sommer eine Sub zu werden, nachgegrübelt habe, habe ich endlich die Tatsache akzeptiert, dass ich etwas tun muss, um meine aktuelle Situation zu verbessern. *Wie sonst soll ich an 20.000 Dollar kommen?*

Ich brauche das Geld dringend. So dringend, dass ich meinen Körper vermieten würde. Zumindest habe ich etwas dabei zu sagen, was passiert, und Leticia wird mir helfen, meine Grenzen zu testen, bevor ich mich überfordere.

Eine Woche ist vergangen, seit sie und ich miteinander gesprochen haben. Ich saß unter einem Baum und lauschte dem Vogel über mir, während ich mein Bankguthaben auf meinem Handybildschirm anstarrte. Mein Teilzeitjob in dem kleinen Café reichte einfach nicht. Plötzlich erschien sie wie ein Engel, den der Himmel geschickt hatte.

Der weiße Stoff eines mittellangen Kleides floss um sie herum. „Hey, Petra. Das lange Gesicht, das du heute trägst, sieht nicht gut aus. Möchtest du eine Weile zu mir nach Hause mitkommen? Um den Kopf freizubekommen."

Ich folgte ihr wie eine Motte einer Flamme. Sie strahlte

Selbstvertrauen aus und hatte eine Ruhe an sich, die mich betörte. Als wir in ihrer Wohnung eintrafen, hatte sie mich.

Luxuriöse Möbel füllten ihre große Wohnung. Nichts war billig und sie war so verdammt entspannt, dass ich zu denken begann, dass ich mir zu viele Gedanken machte. Ich sagte ihr, sie solle mich für die Auktion anmelden. *Ich wäre verrückt, es nicht zu tun!*

Jetzt sitze ich hier und warte darauf, dass Leticia in ihr Schlafzimmer kommt, wo ich in der devoten Position warte, die sie mir beigebracht hat. Wir machen ein Rollenspiel, um mir dabei zu helfen, mich daran zu gewöhnen, wie eine untergeordnete Person behandelt zu werden. Es ist etwas, mit dem ich mich noch nie beschäftigt habe.

Ich werde am eigenen Leib zu spüren bekommen, wie es ist. Aber natürlich ist alles nur gespielt. Ich denke nicht, dass ich weniger wert bin als sonst irgendjemand. Dass ich sexy Dessous trage, verstärkt das Gefühl, dass ich nicht mehr ich selbst, sondern eine andere bin.

Leticia hat so viele sexy Outfits, dass ich es kaum glauben kann. Sie ist vier Zentimeter größer als ich und schlank, während ich Kurven habe, aber sie hat es geschafft, ein paar Sachen von sich zu finden, die mir gut passen, und hat sie mir großzügig überlassen. Außerdem wird sie mir Outfits für die Auktion kaufen, damit ich gut zu den anderen Frauen dort passe.

Sie ist wie eine Heldin für mich und hilft mir zu sehen, dass das alles nicht wirklich so schlimm ist, wie ich gedacht habe. Ich hatte schon jede Menge Sex kostenlos, warum soll ich mich nicht dafür bezahlen lassen, es auf eine bestimmte Art und Weise zu tun, die einen reichen Kerl anmacht?

Die Tür öffnet sich und sie kommt herein. Sie schlägt eine kurze Peitsche gegen ihren Oberschenkel und mein Körper spannt sich an, während ich meinen Kopf senke. „Steh auf, Sklavin!"

Ich stehe schnell auf, genau wie sie mich angewiesen hat, aber mein Kopf bleibt gebeugt und ich sehe sie nicht an. „Ja, Meister."

„Ähm, ich denke, du solltest einfach *Sir* sagen", korrigiert sie mich, „die Auktion ist nicht eine dieser Sklavenauktionen. Es werden nur Subs versteigert. Also will dein Kerl höchstwahrscheinlich nicht so genannt werden."

„Ja, Sir", versuche ich es noch einmal.

„Braves Mädchen", lobt sie mich, als wäre ich ein Welpe.

Es lässt mich lächeln, während ich mein Lachen unterdrücke. Leticia bemerkt es und gibt mir einen leichten Klaps auf den Hintern. „Oh!", schreie ich und grinse sie an, „weißt du was? Das hat nicht einmal wehgetan. Es hat mich nur überrascht."

Mit einem Lächeln schlägt sie mich wieder und ich zucke zusammen, aber nicht vor Schmerz. Es ist nur eine Reaktion darauf. „Mach dir keine Sorgen, du gewöhnst dich bald daran." Sie versetzt mir drei schnelle Klapse. Sie hat recht. Ich reagiere nicht darauf und meine Haut brennt nur ein bisschen. „Wenn ich weitermache, würde es dir irgendwann wehtun und dich sogar zum Weinen bringen. Aber ich will nicht, dass du dir Sorgen darüber machst. Wir gewöhnen dich nur daran, geschlagen zu werden, damit du nicht mehr instinktiv ablehnend darauf reagierst."

„Ich nehme an, wir sind alle darauf programmiert, auf jede Art von Schmerz auf diese Weise zu reagieren. Das Gehirn sagt dem Körper, dass er fliehen muss, bevor er Schaden nehmen kann." Ich streiche mit meiner Hand über meine Pobacke und spüre ein paar Striemen, die bei meiner Berührung schlimmer brennen.

„Sie werden bald verschwinden. Ignoriere sie einfach. Im Notfall kannst du schmerzstillende Antibiotika-Salbe verwenden. Die Wunden sind nur oberflächlich und dein Dom kümmert sich für gewöhnlich um alles, was mit deinem Körper passiert, während du unter seiner Obhut bist."

Sie geht zu dem Bett und bedeutet mir, zu ihr zu kommen. Ich gehe zurück in meine Rolle, senke den Kopf und gehe zu ihr. „Und jetzt?", frage ich, als ich darauf warte, dass sie mir zeigt, was als Nächstes kommt.

„Jetzt will ich das Paddel an dir benutzen. Beuge dich über das Bett und lass deinen Hintern entblößt. Ich werde dreimal zuschlagen, dann können wir sehen, wo deine Schmerzgrenze ist." Sie geht das Paddel holen und ich nehme die Position, die sie mir befohlen hat.

Ich fühle mich irgendwie komisch dabei. Ich habe als Kind nicht oft den Hintern versohlt bekommen. Es fühlt sich unnatürlich für mich an, so etwas zu erlauben, aber ich muss es versuchen. Es könnte mehr Geld für mich bedeuten, wenn meine Liste länger ist.

Bisher habe ich nur ein paar Sachen angekreuzt, mit denen ich einverstanden bin. Augenbinden sind akzeptabel und einige Bondage-Varianten auch. Aber ich habe nichts auf der Liste für körperliche Züchtigung markiert. Leticia hat mir erzählt, dass es ein echtes Plus wäre und nicht annähernd so schlimm wie gedacht.

„Bereit?", fragt sie mich, als sie hinter mir herankommt.

„Ich denke schon", sage ich, beiße meine Zähne zusammen und spanne meine Pobacken an.

„Ähm, du kannst deinen Hintern nicht spannen, Petra. Du sollst es akzeptieren. Weißt du, was ich meine?", fragt sie mich, während sie das Paddel in Kreisen über meinen Hintern reibt.

„Es akzeptieren", murmle ich, „ja, okay." Ich versuche langsam ein- und auszuatmen, um mich zu beruhigen, aber es hilft nur wenig. Ich werde jetzt einfach Angst davor haben. So ist es eben.

Klatsch!
Der erste Schlag ist nicht so schlimm. „Eins", sage ich atemlos.

Ein weiterer Schlag landet auf meinem Hintern und jetzt kann ich ein dumpfes Pulsieren spüren. „Zwei", sagt Leticia, „einer noch."

„Okay", bringe ich heraus, obwohl ich wirklich nicht noch mehr Schmerzen spüren will.

Bei dem nächsten Schlag zieht sich mein Magen zusammen, während der Schmerz mich durchdringt. „Ah!", stöhne ich gequält, „nicht mehr."

Leticia zieht mich hoch und sieht mich mit neugierigen Augen an. „Sag mir genau, was du fühlst."

„Ein Pochen. Mein Hintern pulsiert und mir ist übel." Ich drücke meine Hand auf meinen Bauch.

„Leg dich auf das Bett. Ich will etwas sehen", ordnet sie an.

Ich tue, was sie gesagt hat, und beobachte sie, wie sie ihre Handfläche auf meine Dessous-bedeckte Pussy legt. Meine Augen starren ihre Hand an. „Was machst du da?"

„Du bist heiß." Sie sieht mich an und zwinkert mir zu. „Kann ich sehen, ob du nass bist?"

Meine Stimme ist plötzlich sehr hoch. „Willst du etwa deinen Finger in mich stecken?"

Sie nickt. „Nicht mehr. Ich will nur sehen, ob dich das nass gemacht hat."

„Okay", sage ich und nicke. Ich bin nicht wirklich sicher, aber ich nehme an, dass es nicht viel anders ist, als wenn ich wegen der Pille zum Arzt gehe und untersucht werde.

Nachdem sie die dünne Schicht zwischen meinen Beinen beiseitegeschoben hat, rutscht sie mit dem Finger in mich und nickt. „Du bist nass. Das hat dich angemacht."

„Und was bedeutet das?", frage ich, während ich zusehe, wie

sie ihren Finger aus mir herauszieht und ihn einen Augenblick anschaut.

„Es bedeutet, dass du es magst." Ihre Augen sehen mich intensiv an. „Hast du etwas dagegen, wenn ich probiere?"

„Was?", frage ich, als ich mich aufsetze. „Leticia!"

„Einige der Männer sehen gerne dabei zu, wie die Frauen, die sie kaufen, mit anderen Frauen zusammen sind. Letztes Jahr hat mein Dom das gemacht. Er brachte eine andere Frau mit und ließ uns einander verwöhnen und dann ihn. Es war erotisch. Es ist nicht so, dass ich Frauen Männern vorziehe, aber es hat ihn glücklich gemacht und darum geht es. Also, kann ich meinen Finger ablecken?"

Ich nicke, als ich sie anstarre, und frage mich, ob ich das wirklich tun kann. Ihre Augen schließen sich, während ihr Mund sich um ihren Finger schließt und sie stöhnt. Ich bin neugierig. „Ist es gut?"

Leticia öffnet ihre Augen und schenkt mir ein Lächeln, als sie nickt. „Vielleicht sollten wir ein paar Sex-Toys miteinbeziehen. Ich möchte nicht, dass du dich seltsam fühlst, wenn dein Dom dich bittet, so etwas zu tun."

„Warte", sage ich, als ich darüber nachdenke, was sie da von mir verlangt, „kann ich das nicht als meine Grenze angeben?"

„Ja, aber warum?", fragt sie, „es tut dir nicht weh."

„Ich bin nicht lesbisch", sage ich und sehe sie an, als wäre sie verrückt.

„Ich auch nicht", sagt sie, geht dann zu einer Schublade und nimmt einen langen, dicken schwarzen Vibrator heraus, „ist es ein Unterschied, ob ich dich durch Lecken zum Orgasmus bringe oder das hier benutze, um dich zu stimulieren?"

„Natürlich", erwidere ich, als ich höher aufs Bett rutsche.

„Sei offen, Petra. Werde die Sexgöttin, die in dir schlummert. Du hast keine Ahnung, wie sehr du deinem Mann gefallen wirst, wenn du für viele Dinge offen bist. Und im Gegenzug wirst du mehr Vergnügen empfinden, als du jemals erahnen konntest."

Mein Herz klopft wild. Mein Körper steht in Flammen und ich verstehe nicht, warum das so ist. Ich möchte wissen, wie es sich anfühlt, von ihr berührt zu werden. Aber irgendwie auch wieder nicht.

Meine Hand zittert, als ich sie nach ihr ausstrecke. „Glaubst du, das wird mir helfen, mich auf dieses Abenteuer vorzubereiten?"

„Ich denke, alles, was wir hier tun, wird dir helfen, das zu sein, was du für den Mann, der dich für den Sommer kauft, sein musst. Wenn er mit dir zufrieden ist, gibt es üblicherweise einen großzügigen Bonus. Du willst doch mehr Geld, oder?"

Geld, die Wurzel allen Übels!

Aber ich will so viel davon, wie ich kriegen kann. Ich plane, dies nur einmal zu tun. Also kann ist es auch gleich richtig machen, oder?

„Also, wie weit gehst du mit mir, Leticia?"

„Oh, lass uns einfach ein bisschen miteinander spielen. Ich zeige dir, was die Männer mögen. Du wirst überrascht sein, wie leicht man sich daran gewöhnt. Ich fange an. Wenn du kommst, wirst du in Ekstase sein, und dann kannst du es mir besorgen. Wie klingt das?" Sie legt ihre Hände auf ihre Hüften und wirft mir ein sexy Lächeln zu.

Leticia trägt ein schwarzes Korsett. Sie greift sich zwischen die Beine und zieht den Klettverschluss auf, so dass ihre Pussy entblößt ist. Dann leckt sie sich die Lippen. Ich kann nicht aufhören, sie anzusehen, als sie sich vorwärtsbewegt und mich mit dem Finger zu sich heranwinkt.

Ich beobachte, wie sie auf das Bett und zwischen meine Beine klettert. Ihre Augen bohren sich in meine und fragen mich, ob sie weitermachen kann.

„Okay." Ich kann nicht atmen, als sie lächelt und dann den Kopf senkt.

Ihre Lippen bewegen sich sanft über den Stoff, der ihren Mund von meiner Haut trennt, und ich will mehr. Ihre dunklen Locken fallen nach vorn und verhüllen ihr Gesicht.

Ich spüre, wie sie den Stoff zur Seite schiebt, dann streicht warme Luft über meine Klitoris. Ich bin am Rand der Ekstase. Ihre Hände bewegen sich auf meine Seiten und umfassen meine Brüste, dann küssen ihre Lippen zärtlich meine Klitoris.

„Oh, Scheiße ...", stöhne ich mit geschlossenen Augen, „es fühlt sich so gut an."

Sie stöhnt ein wenig, so dass meine Klitoris vibriert, und ich wölbe mich ihr entgegen. Scharfe Nägel graben sich in meine Hüften, als sie den intimen Kuss vertieft, und ich stöhne bei dem Vergnügen, das er durch meinen ganzen Körper schickt.

Ich bin schon oft von Männern geleckt worden, aber das ist anders. Ihre Lippen sind weicher, ihre Berührung ist sanfter und es ist eine Art Tabu. Es scheint alles noch intensiver zu machen.

„Leticia, lass mich das Gleiche bei dir machen."

Sie zieht den Kopf hoch und lächelt mich an. „Es ist nicht so schlimm, nicht wahr?"

Ich nicke, als sie sich über mich bewegt und ihr Gesicht wieder in meinen Schritt legt, während ihre nasse Pussy über meinem Gesicht schwebt. Ich schließe meine Augen, umfasse ihren Hintern mit meinen Händen und ziehe sie zu mir herunter. Mein Mund berührt sie und ich erschaudere.

Damals, als ich meinen ersten Blowjob gegeben habe, war es auch schwer. Es geht darum, aus seinem Kopf herauszukommen, so dass das Vergnügen stärker ist als der Gedanke, dass es widerlich ist.

Und als ihr Mund meine Pussy bearbeitet, kann ich an nichts anderes mehr denken als an die Lust, die mich durchflutet. Ich fange an, mit ihr zu tun, was sie mit mir tut. Sie schmeckt salzig und gar nicht schlecht.

Ihr Vergnügen, das sie bei dem empfindet, was ich mit ihr tue, entgeht mir nicht. Es spornt mich an, noch mehr zu machen.

Sie leckt mich immer wieder. Es sendet Wellen durch mich und mein Orgasmus kommt immer näher. Ich tue das Gleiche bei ihr und spüre, wie sie nasser wird.

Mein Höhepunkt erfasst mich und ich stöhne, und dann kommt auch sie. Ich kann kaum atmen und mir ist schwindelig.

Als Wärme mich erfüllt und Lust mich verzehrt, fühle ich mich viel besser bei dem Gedanken an das, was ich vorhabe. Meine Sexualität blüht unter Leticias Anleitung auf. Wenn sie mich trainiert, bin ich sicher, einen Mann glücklich machen zu können und das Geld zu verdienen, das ich brauche, um meine Zukunft als Lehrerin zu sichern.

Und niemand wird jemals wissen, wie ich an das Geld gekommen bin!

6

OWEN

Ich greife nach meinem Handy und rufe im Club an, um die Bestellung für das Apartment aufzugeben, das ich dort für den Sommer gemietet habe. Und ich möchte mehr über diese neue Frau wissen. Petra Bakari.

„Isabel, zu Ihren Diensten, Mr. Cantrell." Eine fröhliche Frauenstimme nimmt meinen Anruf entgegen.

„Hallo, Isabel. Wie geht es Ihnen an diesem schönen Samstagnachmittag?" Ich bewege meinen Bleistift über den Zettel, auf den ich meine Liste der notwendigen Gegenstände notiert habe, und gehe ihn noch einmal durch.

„Mehr als gut, Sir. Wie kann ich Ihnen helfen?"

„Wie Sie sicher wissen, habe ich im Sommer wieder ein Apartment im Club gemietet, um dort meine Sub einzuquartieren. Ich muss meine Liste mit allem, was ich darin haben will, einreichen. Können Sie diese Bestellung für mich aufnehmen?"

„Ja. Ich bin bereit, wenn Sie es sind."

Ich nehme meine Liste in die Hand. „Ich brauche einen Satz Bondage-Handschuhe, ein Bondage-Korsett und einen neuen Bondage-Gürtel. Und außerdem noch eine Bondage-Haube."

„Entschuldigen Sie, Sir", unterbricht mich Isabel.

„Ja?"

„Haben Sie eine Farbpräferenz?"

„Rot. Alles in Rot, bitte", sage ich. „Besorgen Sie auch Verbandsmaterialien, nur für den Fall. Und ich will einen Mono-Handschuh. Jetzt zu den Knebeln. Ich denke an einen Außen- und einen Innenknebel. Das sollte für den Anfang reichen. Ich bringe meine Lieblingsmasken, Augenbinden und Satinhauben für den Kopf der Sub mit."

„Das klingt gut. Ich sorge dafür, dass alles rechtzeitig geliefert wird, Mr. Cantrell. Wir können es kaum erwarten, Sie in zwei Wochen wiederzusehen."

„Ich wollte nach einer neuen jungen Dame fragen, die auf der Webseite erschienen ist. Petra Bakari. Können Sie mir etwas über sie erzählen?"

Ich höre sie tippen, als sie im Computer nachsieht. Dann sagt sie: „Oh ja. Hier ist sie. Es sieht so aus, als würde sie von einer anderen jungen Dame ausgebildet werden, mit der sie aufs College geht. Petra möchte Grundschullehrerin werden. Ihre Liste von Dingen, die sie zu tun breit ist, ist nicht lang."

Während ich mit meinem Bleistift auf meinen Küchentisch klopfe, frage ich: „Können Sie sie wissen lassen, dass sie einen Kaufinteressenten hat?"

„Natürlich."

„Gut. Teilen Sie ihr meine Vorlieben mit. Ich möchte sicherstellen, dass sie damit einverstanden ist, dass ich ihre Arme fessle, da ich nicht berührt werden will. Ich knebele und maskiere meine Subs gern. Manchmal ziehe ich sogar Seidenhauben über ihren Kopf und ziehe sie am Hals zusammen. Die Beine sind in der Regel gefesselt und werden in verschiedenen Positionen gehalten. Die Sub darf nur sprechen, wenn eine Frage gestellt wird. Es ist mir gleichgültig, was sie will. Sie gehört mir. Ich schlage nicht, mir geht es nur um Fixierung. Ich liebe es, meine Frau ganz für mich zu haben und sie längere Zeit alleinzulassen, weil sie dann glücklich ist, mich zu sehen, wenn ich zurückkomme. Nicht, dass sie mich jemals wirklich sehen wird. Das erlaube ich nicht."

„Das richte ich gerne aus. Ich schicke ihr einfach eine E-Mail. Ich bin sicher, sie wird überglücklich sein, Mr. Cantrell."

Der Gebrauch meines Namens beunruhigt mich, also füge ich hinzu: „Isabel, ich will nicht, dass sie meinen Namen kennt. Lassen Sie sie nur wissen, dass es jemanden gibt, der an ihr interessiert ist, und was ich mag. Sonst nichts. Okay?"

„Sir, Anonymität ist immer die Regel Nummer 1 im *Dungeon of Decorum*. Sie haben nichts zu befürchten, außer der Tatsache, dass bereits zwei andere Interessenten wegen dieser jungen Schönheit angerufen haben. Sie sollten sich nach Alternativen umsehen."

Mein Blut fängt an zu kochen, als ich daran denke, dass ein anderer sie bekommen könnte. „Nein!", sage ich streng. Die Spitze meines Bleistifts bricht, als ich ihn zu hart auf die Liste drücke, die ich für uns gemacht habe. „Ich werde auf niemanden außer Petra Bakari bieten. Sie ist die Einzige in diesem Jahr, die ich will. Wenn ich sie nicht bekomme, will ich gar keine Sub."

„Sir, es sind immer viele Frauen auf einer täglichen Basis verfügbar, wenn das passiert. Sie müssen sich keine Sorgen machen. Aber ich glaube wirklich, Sie sollten erwägen, noch ein paar andere Mädchen auszuwählen. Es wäre nur vernünftig."

„Ich weiß das. Das habe ich in den vergangenen Jahren gemacht. Aber sie hat etwas an sich, das mein Interesse weckt, verstehen Sie?"

„Ich verstehe. Nun, viel Glück. Ich wünsche Ihnen alles Gute. Sie können sicher sein, dass Ihr Apartment genauso sein wird, wie Sie es bestellt haben, und dass wir uns um alles kümmern. Es gehört Ihnen, ob Sie Miss Bakari ersteigern oder nicht. Zumindest werden Sie einen Ort haben, an den Sie

Frauen mitnehmen können, wenn Sie das wünschen. Hier im *Dungeon of Decorum* ist unser oberstes Ziel, unsere Mitglieder zufriedenzustellen. Unser gesamtes Personal steht Ihnen zur Verfügung. Ich wünsche Ihnen noch ein schönes Wochenende. Bis bald."

„Auf Wiedersehen", beende ich den Anruf und lege mein Handy weg. Während ich mit den Fingern auf die Tischplatte trommle, kann ich nicht aufhören, daran zu denken, dass ein anderer sie gewinnen könnte. Es macht mich wütend.

Das ist mir noch nie passiert. Ich kann nicht sagen, dass es mir gefällt. Aber ich kann auch nicht sagen, dass ich es hasse.

Diese Frau bringt jetzt schon mehr aus mir heraus, als es sonst jemand schafft, und wir haben uns noch nicht einmal getroffen. Ich klicke wieder ihr Bild auf der Webseite an und drucke es aus. Der Drucker in meinem Büro, das sich direkt neben der Küche befindet, ertönt, während er die Frau, an die ich ständig denken muss, ein wenig mehr für mich zum Leben erweckt.

Zwei Wochen scheinen eine Ewigkeit zu sein, um herauszufinden, ob ich höher bieten kann als die anderen, die an ihr interessiert sind. Ich muss sie gewinnen.

Ich muss!

7
PETRA

Ich trinke ein Glas Rotwein und entspanne mich neben dem Pool in Leticias Apartmentkomplex. Dadurch, dass ich den knappsten Bikini anhabe, den ich je getragen habe, werde ich überall braun. Leticia sagt, dass Männer gebräunte Haut mögen und ich mich auf die Auktion in zwei Wochen vorbereiten muss.

Meine Nerven sind viel weniger angespannt, seit ich mit dem Training begonnen habe. Ich nehme mein Handy, um meine Social Media zu überprüfen, und sehe, dass ich eine E-Mail von *Dungeon of Decorum* bekommen habe.

„Hey, Leticia, ich habe eine Nachricht vom Club. Glaubst du, sie sagen mir, dass ich nicht an der Auktion teilnehmen kann?", frage ich besorgt.

„Sei nicht albern", sagt sie, „lies sie einfach."

Meine Hand zittert, als ich den Bildschirm berühre. Ich schlucke und sehe, dass die Nachricht von der Auktionsleiterin Isabel Deleon ist. „Ich habe einen Kaufinteressenten und er möchte, dass ich weiß, was er von seiner Sub erwartet."

Leticia zieht ihre teure Sonnenbrille herunter und hebt ihre dunklen Augenbrauen. „Cool! Sagt er, was er will?"

„Äh, huh", murmle ich, während ich den Rest der E-Mail überfliege, „hör zu, Leticia. *Unser Mitglied braucht eine Frau, die in einem Apartment hier in unserem Club wohnen wird. Sie wird den Dreimonatsvertrag in diesem Apartment absolvieren und es nur verlassen, wenn ihr Besitzer dies wünscht."*

„Fixierung", sagt Leticia und klingt dabei unheimlich.

„Heißt das, ich bin dort gefangen, wenn er mich gewinnt?", frage ich zögernd. „Oh, ich bin mir nicht sicher..."

„Lies weiter, Petra", drängt sie mich, als sie unsere Weingläser nachfüllt.

„Okay, hier steht, dass er nicht gerne berührt wird, also werden verschiedene Dinge verwendet werden, um meine Hände zu fesseln. Meine Beine werden auch mit verschiedenen Dingen gefesselt, die der Besitzer nach eigenem Ermessen nutzen wird. Oh, und er steht nicht auf Schlagen. Das ist gut zu wissen." Ich streiche mit meiner Hand über meinen Hintern, der mir dank Leticia seit Tagen wehtut.

„Das ist doch gut. Du scheinst es auch nicht zu mögen." Sie reicht mir das gefüllte Glas Wein und ich trinke einen Schluck, um meine Nerven zu beruhigen.

Ich lese weiter und sage: „Er benutzt Augenbinden und zieht manchmal sogar Seidenhauben über den Kopf seiner Subs. Er ist kein Mann, der gesehen werden will, und erlaubt es womöglich überhaupt nicht." Ich werfe Leticia einen besorgten Blick zu. „Was ist, wenn er total hässlich ist?"

Sie schüttelt den Kopf und sagt: „Das ist überhaupt nicht wichtig. Egal wie er aussieht, du musst so tun, als wäre er der schönste Mann, den du je gesehen hast."

Ich nicke und lese weiter: *„Wenn du von diesem Bieter ersteigert wirst, kannst du erwarten, dass er dich für längere Zeit alleinlässt, da er gerne vermisst und mit offenen Armen empfangen wird, bis er sie wieder fesselt. Wir sehen uns in zwei Wochen. Ich wünsche dir ein tolles Wochenende, Petra."*

„Er klingt nett", sagt Leticia und kichert dann.

„Er klingt seltsam", sage ich, als ich mein Handy auf den kleinen Glastisch lege und einen längeren Schluck von meinem Wein trinke. „Warum will er mich in diesem Apartment haben, nur um mich dort alleinzulassen? Und wenn er zu mir kommt, hört es sich an, als ob ich gefesselt und maskiert werde, bevor er mit mir tut, was er will, und dann wieder geht. Das ist schrecklich."

„Das finde ich nicht. Du lässt ihn machen, was er will, dann ist er weg und du kannst machen, was *du* willst."

„In irgendeinem Apartment in einem BDSM-Clubs. Ich denke nicht." Ich trinke einen weiteren Schluck und Leticia schüttelt den Kopf.

„Er könnte verheiratet sein und ein schreckliches Sexleben mit seiner Frau haben. Anstatt eine Geliebte zu nehmen, nimmt er dich für den Sommer. Du bist erwiesenermaßen gesund und stellst kein Risiko für seine Ehe dar", sagt sie, als sie ihre langen Beine mit irgendeinem teuren Öl einreibt und die Flasche dann zu mir wirft, „nimm auch etwas davon."

Ich tue, was sie sagt, und fühle mich ein wenig deprimiert. „Ich weiß nicht. Um ehrlich zu sein, hatte ich wohl eine romantische Vorstellung davon, wer mich gewinnen würde. Du weißt schon, ein toller Mann, der reich und gutaussehend ist. Er und ich empfinden magische Leidenschaft füreinander und alles ist großartig."

„Und ihr beide verliebt euch und heiratet und bekommt Babys", fügt sie mit einem Lachen hinzu, „das wird nicht passieren. Das ist nicht das, worum es geht. Sie wollen sich ihre Fantasien mit jemandem erfüllen, der am Ende des Sommers wieder verschwindet, Petra. Halte dein Herz aus dieser Sache raus. Du bist das Hilfsmittel, das dein Besitzer ein paar Monate benutzt, um etwas auszuleben. Nicht mehr als das. Ich will nicht, dass dir das Herz gebrochen wird. Bei dieser Arbeit ist kein Platz für dein Herz."

„Ist der Vortrag vorbei?", frage ich sie mit einem Lächeln.

Sie nickt. „Sofern du alles klar verstehst. Ich habe versucht, dir zu zeigen, wie dein Körper benutzt wird. Nicht alle Doms kümmern sich darum, ob ihre Subs zufrieden sind oder nicht. Sie haben einen Preis für dich bezahlt. Du bist im Wesentlichen ein Stück Fleisch. Nicht, dass ich gern so denke, aber wenn du glaubst, dass du dem Mann, der dich kauft, etwas bedeutest, steht dir eine Enttäuschung bevor."

„Okay, ich verstehe. Dieser Mann will nur jemanden, der auf ihn wartet, wie es keine Frau in der realen Welt jemals tun würde. Er will Sex ohne Gefühle, damit er sich nicht schuldig fühlen muss. Wenn er verheiratet ist, hat er sein Herz mit niemandem geteilt. Nur seinen Schwanz. Bin ich auf der richtigen Spur?", frage ich sie, während sie sich Luft zufächelt.

„Es ist heiß hier draußen. Und du bist auf der richtigen Spur." Sie steht auf und greift nach der halbleeren Flasche Wein und ihrem Glas. „Komm, lass uns reingehen. Wie haben uns heute genug gesonnt."

Ich stehe auf und folge ihr. „Wer weiß. Vielleicht ersteigert er mich nicht einmal. Ich sollte mir keine Sorgen machen, hm?"

„Du solltest dir wirklich keine Sorgen machen, Petra. Es gibt nichts, worüber du dir Sorgen machen müsstest. Dieses Mal bekommst du einen Mann mit bestimmten Präferenzen und nächstes Mal einen anderen Mann mit anderen Vorlieben." Sie bleibt an der Tür zu ihrer Wohnung stehen.

Ich greife um sie herum, um die Tür zu öffnen, da ihre Hände voll sind. „Das ist das einzige Mal, dass ich das mache, Leticia. Ich mache das nur für die 20.000 Dollar, die ich für die Studiengebühren brauche."

Sie und ich gehen hinein und ich schließe die Tür hinter uns, während sie kichert. „Du wirst schon sehen, Petra. Nicht nur das Geld macht süchtig, sondern auch der Lebensstil. Man fängt an, sich danach zu sehnen."

Ich nehme meinen Bademantel von dem Stuhl, auf dem ich ihn gelassen habe, wickle ihn um mich und setzte mich auf das weiche Sofa. „Ich glaube nicht, dass ich mich danach sehnen werde. Vor allem, wenn meine erste Kostprobe davon mit einem Mann ist, der mich nur für Sex benutzt."

Sie wirft ihren Bademantel auf den Stuhl, der mir gegenübersteht, und setzt sich darauf, damit das Öl auf ihrem Körper nicht an die Möbel kommt. „Petra, selbst wenn deine erste Erfahrung nicht allzu berauschend ist, wirst du eine neue Erfahrung suchen, die dich begeistern wird. Das Geheimnisvolle macht bei diesen Dingen einen großen Teil der Anziehungskraft aus. Die Dinge, die mit dir getan werden und von denen du nie einer Menschenseele erzählen wirst, werden dir immer als Erinnerungen im Gedächtnis bleiben."

„Aber du hast gesagt, dass einige der Leute Szenen machen, bei denen andere zusehen. Das ist nicht geheimnisvoll", erinnere ich sie. Dann stelle ich mein leeres Weinglas auf den Tisch zwischen uns und lege mich auf das Sofa.

„Doch, das ist es. Während du diese Dinge machst und andere dabei zusehen, weißt du, dass sie niemandem deinen Namen oder irgendetwas Persönliches über dich sagen werden. Das macht es alles so fesselnd und verlockend. Wir sind eine Gruppe, die viel über ihre Mitglieder weiß, aber sich weigert, andere wissen zu lassen, was wir tun."

„Ich möchte kleine Kinder unterrichten, Leticia. Was, wenn es irgendwie bekannt wird? Was wird aus der Karriere, für die ich so hart gearbeitet habe?", frage ich, als ich mich aufsetze und spüre, wie die Schmetterlinge in meinem Bauch herumflattern, „was ist, wenn das, was ich tue, um meine Karriere zu bekommen, sie mir nimmt?"

"Sei nicht so dramatisch", sagt sie, als sie abwinkt. Irgendwie beruhigt es mich.

Ich lehne mich zurück und habe das Gefühl, dass sie recht hat und ich schon wieder übertreibe. "Ich mache mir keine Sorgen mehr deswegen. Wer weiß, ob ich das jemals wieder tun werde oder nicht."

"Ich wette, dass du es wieder tun wirst", sagt sie mit einem Grinsen. "Und die Wohnung drei Türen weiter wird im Herbst frei. Du solltest sie mieten."

"Deine Miete muss unheimlich hoch sein", sage ich, als ich mich in ihrer Wohnung umsehe. "Ich habe noch nie etwas so Schönes in meinem Leben gesehen. Ich könnte mir das nie leisten."

"Du wirst in der Lage dazu sein. Du wirst schon sehen", sagt sie und steht dann auf, "ich gehe duschen. Das solltest du auch tun. Dann stylen wir uns und gehen in einen Club. Es ist Samstagabend und ich denke, du solltest ausgehen, während du es noch kannst. Du wirst den Sommer über eingesperrt sein."

Ich stehe auf und gehe zu dem Gästezimmer, in dem ich wohne, seit sie mich in ihr Trainingsprogramm aufgenommen hat. "Du hast recht. Und vielleicht ist es eine gute Idee, einen Mann für die Nacht zu finden."

Sie erstarrt und sieht mich mit einem finsteren Blick an. "Nein! Keine Männer, Petra. Du wurdest bereits auf Krankheiten getestet. Du kannst keinen Sex haben, bis du gekauft wirst. So sind die Regeln. Hast du sie nicht gelesen?"

"Ich habe sie gelesen, aber ich glaube, das habe ich nicht ganz verstanden. Ich dachte, es bedeutet nicht ohne Kondom."

"Nein. Nichts ist erlaubt. Keine Küsse oder Berührungen. Wenn du deinen Dom mit irgendetwas ansteckst, bekommst du keinen Cent. Selbst wenn es nur eine verdammte Erkältung ist, Petra. Warum gebe ich dir wohl die Vitamine und nehme dich mit zum Sport?"

„Ich dachte, du machst das, damit ich in guter Form bin. Du solltest mir die Hintergründe besser erklären", sage ich zu ihr, als ich weggehe. „Ich verstehe es jetzt. Kein Sex, keine Küsse und keine Berührungen mit Männern."

„Oder Frauen, Petra!", sagt sie streng.

„Warum sollte ich versuchen, mit einer Frau zusammen zu sein, Leticia? Du weißt, dass das nicht mein Ding ist. Egal was ich mit dir gemacht habe, um mich vorzubereiten, oder was mein Besitzer mit mir macht, ich bin immer noch heterosexuell. Auch wenn du verdammt sexy bist, Süße", sage ich und zwinkere ihr zu.

„Also verstehen wir uns?"

Mit einem Nicken gehe ich in das Schlafzimmer und denke darüber nach, wo zur Hölle ich da hineingeraten bin. Ich hatte Sex mit einer Frau und werde bald einem Mann erlauben, alles mit meinem Körper zu tun, was er will.

Was zum Teufel mache ich hier nur?

8
OWEN

Der teure Brandy, den ich trinke, um meine Nerven zu beruhigen, hilft nur wenig. Die Nacht ist gekommen. Die Auktion beginnt gleich und ich habe Petra persönlich gesehen!

Das Bild auf der Webseite wird ihrer Schönheit nicht gerecht. Ihr seidiges schwarzes Haar, das bis zu ihrer Taille reicht, weckt mein Verlangen. Ich kann es schon zwischen meinen Fingern spüren, während ich eine Strähne davon nehme und damit über meine Wange streiche.

Sie trägt, was alle anderen Frauen auf dem Auktionsblock heute Nacht auch tragen: ein dünnes, langes weißes Kleid. Dazu ist sie barfuß. Das Kleid ist tief ausgeschnitten und mit einer goldenen Schärpe um ihre Taille gebunden, so dass es ihre Kurven betont. Keine der Frauen darf einen BH oder ein Höschen darunter tragen.

Petra Bakari ist sehr dezent geschminkt. Sie ist eine natürliche Schönheit. Ihr herzförmiges Gesicht wird von rosa Wangen und Lippen akzentuiert. Ihre Haut ist perfekt gebräunt und frisch, so als wäre sie gerade aus der kühlen Morgenluft hereingekommen.

„Die da drüben ... sie ist neu", sagt ein alter Mann, als er auf Petra zeigt, „ich habe sie auf der Webseite gesehen. Sie ist eine meiner Favoritinnen."

Ich gehe dorthin, wo er sitzt, räuspere mich und sage: „Ich habe gesehen, dass die Liste dessen, was sie zu tun bereit ist, ziemlich kurz ist. Neu sein hat auch seine Nachteile."

Er sieht mich mit verblassten blauen Augen an und nickt. „Ich weiß, dass ihre Liste kurz ist, aber bei einem Dom wie mir wird sie länger werden."

„Sie wollen ihre Grenzen überschreiten?", frage ich mit einem Stirnrunzeln, „das ist nicht sehr fair von Ihnen."

„Überschreiten?", fragt er mit einem Grinsen, das die Lücken zwischen seinen Vorderzähnen zeigt, „nein, nicht überschreiten. Ihre Grenzen müssen einfach getestet werden, damit sie zu dem werden kann, was ich brauche."

Ein weiterer Mann gesellt sich zu uns vor die verspiegelte Glasscheibe, wo alle Bieter sitzen, während die Frauen auf der anderen Seite herumlaufen. Die Bühne ist wie ein römischer Auktionsblock gestaltet. Trainer führen sie an Leinen umher. Und die Art, wie Petra ihren Kopf aufrecht hält und ihren Körper bewegt, ist bemerkenswert für jemanden, der das noch nie zuvor gemacht hat.

Ein dünner Mann mit einem langen Schnurrbart setzt sich zu mir und dem Mann, mit dem ich um Petra konkurrieren werde. „Ich habe Sie beide über meine kleine Schönheit sprechen gehört. Petra Bakari. Ich hoffe, Sie werden nicht enttäuscht sein, wenn ich sie gewinne."

Es ist verrückt, wie schnell meine Haut brennt, als ob ein Wildfeuer in mir ausgebrochen ist. „Und was würden Sie mit dem jungen Ding machen?", frage ich ihn.

„Ich habe einen Medizinfetisch. Ich liebe es, Ultraschalluntersuchungen zu machen. Ich bringe ihr auch bei, sie bei mir durchzuführen. Es steht natürlich nicht auf ihrer Liste, aber ich bin sicher, wenn ich es sie bei mir machen lasse, wird sie mir erlauben, es bei ihr zu tun. Ich habe zu Hause eine komplett eingerichtete gynäkologische Praxis."

„Wohnen Sie in Portland?", fragt der alte Kerl.

Der Mann dreht das Ende seines dunklen Schnurrbartes. „Ja."

Ich beschließe, ihm auch eine Frage zu stellen. „Und Sie sind Gynäkologe?"

„Nein, ich bin Computerprogrammierer. Aber das ist mein Fetisch. Ich habe viel Geld in meine kleine Praxis zu Hause investiert und will unbedingt eine Frau haben, die mit mir spielt. Ich kaufe zum ersten Mal eine Sub."

„Glückwunsch", sagt der alte Kerl zu dem kleinen Freak.

Ich lehne mich auf meinem bequemen Stuhl zurück und versuche, keine schlechten Gedanken über die Männer zu haben, aber ich kann nicht anders. Einer will sie für die nächsten drei Monate zu seiner Patientin machen und der andere will sie bedrängen, bis sie das tut, was er will. Es macht mich krank und wütend zugleich.

Ich muss sie gewinnen oder sie wird bei einem dieser Verrückten enden!

Wir halten alle drei den Mund, als Petra zur Inspektion gebracht wird. Der Trainer hat sie mit Handschellen gefesselt und legt ihr eine lilafarbene Augenbinde an. Er befielt ihr sich hinzuknien und sie tut es ohne zu zögern. Er bewegt sich um sie herum und zieht sie hoch, so dass sie auf ihren Händen und Knien ist, bevor er mit den Händen über ihren Hintern streicht und ihr dann fünf Klapse auf die Pobacken gibt. Sie bewegt sich nicht, als er das Kleid hochschiebt, ihren nackten Hintern entblößt und einen Finger in ihre Vagina steckt, der nach dem Herausziehen feucht glänzt.

Das Spanking hat sie nass gemacht und ich höre den alten Mann murmeln: „Gut. Ihr gefällt es so sehr wie mir." Ich sehe, wie er seinen Schwanz unter seiner schwarzen Smokinghose reibt. „Ich möchte, dass sie mein freches kleines Mädchen ist, das verbotene Dinge tut, um in Schwierigkeiten zu kommen und meine starke Hand auf seinem süßen Arsch zu spüren. Ich kann es kaum erwarten, ihre Pussy zu schmecken."

Mein Magen spannt sich an, als ich ihm zuhöre, wie er über die Frau spricht, die mir nicht aus dem Kopf geht, seit ich ihr Foto gesehen habe. „Ihr Profil sagt, dass Schlagen eine weiche Grenze für sie ist. Das heißt, sie lässt es zu, aber sie mag es nicht", sage ich, um den Typen von ihr abzubringen.

„Sie wird lernen, es zu mögen", entgegnet er mit einem schiefen Grinsen, das mehr als ein bisschen böse ist, „wenn sie meinen fetten Schwanz nach jedem Spanking bekommt, wird sie mich darum anbetteln, so wie alle anderen auch."

Ich behalte meine Gedanken für mich, aber ich würde ihm liebend gern sagen, dass sie das nur wegen des vielen Gelds machen, das er ihnen geben muss. „Ich verstehe."

Meine Aufmerksamkeit richtet sich wieder ganz nach vorn, als der Trainer Petra dazu bringt, sich auf den Rücken zu legen, und ihr das Kleid hochschiebt, damit wir ihre Pussy sehen können. Er spreizt ihre Beine, so dass alle ihre intimsten Stellen sehen können, und zum ersten Mal habe ich Mitleid mit jemandem, der so behandelt wird.

„Ich glaube nicht, dass dieser Teil wirklich notwendig ist", sage ich.

„Unsinn", sagt der kleine Mann, „ich finde es großartig. Nicht nur, weil wir sehen, was die Frauen zu bieten haben, sondern auch weil es zeigt, dass sie nichts dagegen hat, untersucht zu werden – und genau das werde ich oft mit ihr tun. Sehr oft! Oh, all die Dinge, die ich in sie einführen werde! Ich kann mich kaum beherrschen. Wann können wir endlich auf sie bieten?"

„In etwa einer Stunde", sagt der alte Kerl. „Wir müssen erst alle ansehen. Wie viele Alternativen haben Sie sich ausgesucht? Falls Sie Petra nicht bekommen?", fragt er den kleinen Kerl.

„Zwei. Aber ich will Petra mit ihrem exotischen Aussehen."

Sie sehen mich an und ich starre einfach zurück. „Warum denken Sie, dass ich für sie bieten werde? Sie ist nichts für mich. Ich bin sicher, sie wird sofort in Panik geraten und davonlaufen, bevor etwas Gutes passieren kann. Sie ist eine Geld- und Zeitverschwendung, wenn Sie mich fragen."

Die beiden lächeln einander an, als sie sich anschauen, dann sagt der alte Kerl: „Gut. Dann konkurrieren nur noch wir beide um sie. Das heißt, wir müssen weniger Geld investieren."

Ich ziehe mich von den Männern zurück. Mir ist übel von dem Ekel, den ich für sie empfinde. Nachdem Petra von der Bühne genommen worden ist, setze ich mich in eine Ecke und warte, während eine andere Frau gezeigt wird. Ich denke über meine Pläne für den Sommer nach.

Ich habe zwei neue Restaurants gesehen, die ich besuchen will, während ich hier bin. Es gibt auch einen neuen Club, den ich gesehen habe, als ich vom Flughafen hergefahren bin. Ich habe eine sehr schöne Hotel-Suite gemietet und habe mich dort schon wohnlich eingerichtet.

Abends werde ich gut essen und die Clubs besuchen. Ich werde höchstwahrscheinlich jede Nacht eine andere Frau finden, sie in mein Hotelzimmer bringen, sie ficken und dann wieder wegschicken.

Am nächsten Tag kann ich meine kleine Sub treffen, mein Ding machen und sie wieder alleinlassen, während ich Sightseeing mache.

Alles, was ich brauche, ist eine Frau, die ich ficken und ohne Reue verlassen kann. Ist das zu viel verlangt?

Wenn ich die ganze Zeit so eine Frau haben könnte, kann ich mir nicht einmal vorstellen, was ich alles erreichen könnte. Ich brauche so oft sexuelle Erleichterung ohne eine Beziehung und all das verdammte Reden, das damit einhergeht.

Wenn ich eine Frau finden könnte, die das in Ordnung findet, wäre mein Leben komplett.

Vielleicht komme ich eines Tages über diese Sommerurlaube hinweg. Aber ich bin nicht sicher, wie ich mich sonst ausleben soll. Bevor ich diesen Club gefunden habe, habe ich gelegentlich Prostituierte angeheuert, aber befürchtet, dass sie zu den Medien gehen könnten.

Ich möchte nicht als Mann bekannt sein, der für Sex bezahlen muss, hauptsächlich deshalb, weil ich das gar nicht nötig habe. Aber von Dena und einer Menge anderer Frauen kann ich zwar bekommen, was ich will, aber sie wollen auch etwas von mir. Hier, bei der Frau, die ich kaufe, bekomme ich was ich will ohne Stirnrunzeln, traurige Blicke oder verletzende Worte.

Ich brauche keine nörgelnde Frau in meinem Leben. Meine Eltern haben mir gezeigt, wie die Ehe wirklich ist. Ich falle nicht auf den Mist herein, den andere darüber erzählen. Es ist eine Partnerschaft, die auf Liebe und Respekt gründet, sagen die verheirateten Männer, die ich kenne. Ich glaube, sie wollen einfach nur Single-Männer in die Hölle locken, in der sie leben. Aber ich werde mich nicht in eine so miserable Situation begeben wie einst meine Eltern.

Es ist schlimm, aber selbst jetzt, da sie geschieden sind, können sie nicht damit aufhören, sich gegenseitig das Leben zu komplizieren. Mom zu verlassen hat Dad nicht glücklicher gemacht. Ich denke, wenn man einmal diesen besonderen Menschen trifft, der einem unter die Haut und ins Herz geht, kann man ihn nicht wieder loswerden. *Auch wenn er einem das Leben zur Hölle macht!*

9
PETRA

Als der peinliche Teil vorbei ist, setze ich mich und warte bei den anderen Frauen, um herauszufinden, ob jemand auf mich bieten wird oder nicht. Es scheint, dass die Männer hinter dem Spiegel den Frauen Fragen stellen können, aber niemand hat mich bislang etwas gefragt.

Leticia reicht mir die Hand, während wir nebeneinandersitzen. „Es ist okay, Petra. Dieser Teil ist fast vorbei."

Einer der Trainer kommt, um sie zu holen, damit sie die Frage eines Interessenten beantworten kann. Dann kommt ein anderer Trainer zu mir. „Komm mit. Jemand möchte, dass du deinen Namen und dein Alter sagst."

„Warum?", frage ich, als ich mich von ihm an der Leine, die um meinen Hals gelegt wurde, führen lasse. „Diese Informationen stehen ich meinem Profil."

„Ich glaube, er will deine Stimme hören", erklärt er mir, als er mich an eine bestimmte Stelle vor dem riesigen Spiegel bringt. „Geh geradeaus. Sag, was ich dir gesagt habe."

„Mein Name ist Petra Bakari. Ich bin 21."

Er führt mich zurück, damit ich mich wieder hinsetzen kann. „Okay, Petra, das war es."

„Glauben Sie, dass irgendjemand mich abholen wird?", frage ich besorgt, da einige der anderen Frauen schon weggebracht worden sind, um die Männer zu treffen, die sie gekauft haben.

„Machst du Witze?", fragt er mich mit einem Grinsen, „du bist heiß. Mach dir keine Sorgen. Der einzige Grund, warum du hier sitzt, ist, dass du mehr als einen Bieter hast und es noch unklar ist, wer dich bekommt. Die Frauen, die schon gegangen sind, hatten nur einen Bieter. Alle, die übrig sind, werden genommen. Es ist nur die Frage, von wem."

Erleichterung erfüllt mich, als ich mich hinsetze und weiß, dass ich nicht all das durchgemacht habe, nur um zu erfahren, dass kein Mann mich haben will. *Mehr als einer von ihnen will mich!*

Leticia kommt zurück, um sich neben mich zu setzen und meine Hand zu nehmen. Sie lächelt. „Ist das nicht aufregend?"

„Es ist furchterregend", sage ich, dann höre ich ihren Namen und sie steht auf und lässt mich allein.

„Bye", sagt sie. „Wir sehen uns am Ende des Sommers wieder. Wir treffen uns hier und fliegen zusammen zurück. Ich kann es kaum erwarten, alles über deinen Dom zu hören."

Ich stehe auf und umarme sie fest „Verdammt, ich habe Angst!"

Sie klopft mir auf den Rücken, während sie mich umarmt. „Es ist alles in Ordnung. Erinnere dich einfach an das, was ich dir beigebracht habe. Wenn du dich bedroht oder unwohl fühlst, musst du nur die Hotline anrufen, um sofort abgeholt zu werden. Es ist alles sicher, Petra."

Mit einem Nicken lasse ich sie gehen. Mir ist nach Weinen zumute, aber ich setze ein tapferes Gesicht für sie auf. „Okay. Danke für alles, Leticia. Wir sehen uns in drei Monaten. Bye."

Sie wird weggezogen und wir winken einander zu, als sie geht. Ich setze mich zurück und kämpfe gegen den Drang, wie ein Baby in Tränen auszubrechen. Eine der anderen Frauen sieht mich mit mitfühlenden Augen an. „Es ist okay, Angst zu haben. Das ist mein fünftes Mal und ich werde immer noch nervös. Aber das ändert sich, sobald du bei deinem Besitzer bist. Ich hatte noch nie einen gemeinen Käufer. Die meisten von ihnen konzentrieren sich darauf, ihrer Sub Vergnügen zu bereiten. Auf dich wartet eine schöne Nacht."

Ich nicke und denke an die lustvollen Dinge, die ein Fremder mit mir tun wird. Es trägt wenig dazu bei, mich zu beruhigen. Ein fremder Mann wird mich an meinen intimsten Stellen berühren und ich muss es ihm erlauben!

Verdammt, es ist schon mit den Trainern an diesem Ort passiert. Ich bin von fünf von ihnen angefasst worden, als sie mich geprüft und getestet haben. Ich wurde mit einem Paddel und einem Flogger geschlagen, gefesselt, an Seilen aufgehängt und mit einer Haube bedeckt – ich hätte nie gedacht, dass ich all das tun würde, aber ich tue es trotzdem. Ich versuche, mich nicht wie ein Stück Fleisch zu fühlen!

Isabel, die Auktionsleiterin, kommt mit einem Blatt Papier in der Hand zu mir. „Komm bitte mit." Sie geht direkt an mir vorbei und ich stehe auf, um ihr zu folgen, und frage mich, was zur Hölle los ist.

Wir gehen zurück zu ihrem Büro, wo sie mir einen Stuhl anbietet und sich hinter ihren Eichenschreibtisch setzt, der völlig leer ist.

Sie legt das Papier auf den Schreibtisch, schiebt es zu mir und zieht einen Stift aus der Schublade. „Du hast das nicht auf der Liste der Dinge markiert, die du tun würdest, aber du hast es auch nicht als harte Grenze definiert. Es gibt einen Kaufinteressenten für dich. Wir müssen aber erst deine Autorisierung haben."

„Wofür?", frage ich, als ich das Papier nehme und die Worte ganz oben sehe: Medizinfetisch.

„Du weißt, was das bedeutet, nicht wahr?", fragt sie mich.

Mit einem Nicken sage ich: „Ja. Hat dieser Mann spezifiziert, was er tun will? Ich habe nichts dagegen, Arzt im traditionellen Sinne zu spielen. Aber es gibt Dinge, die ich nicht tun werde."

„Okay, markiere hier auf dieser Liste, was du machst. Ich gebe das in den Computer ein und dann werden wir wissen, ob dieser Mann tatsächlich für dich bieten wird oder nicht."

Als ich die Liste durchgehe, denke ich, dass ich die meisten Dinge darauf nicht machen werde. Wenn jemand meinen Blutdruck messen und einige andere einfache Dinge machen will, ist das in Ordnung, aber der Rest ist tabu. Ich schiebe das Papier zurück zu ihr, nachdem ich es unterschrieben habe. „Die Dinge, die ich nicht angekreuzt habe, möchte ich als harte Grenzen angeben. Ich werde nichts davon machen."

Mit einem Nicken nimmt sie das Blatt Papier und sagt: „Geh bitte wieder auf deinen Platz."

Ich gehe wieder auf den Flur und habe es nicht eilig, zurückzukehren und mich hinzusetzen. Ich höre, wie eine Tür geöffnet wird, und als ich hinter mich schaue, steht dort ein großer, muskulöser Mann mit dunklen welligen Haaren, die auf seine breiten Schultern herabhängen, und sieht mich mit einem Lächeln auf seinem Gesicht an. Er winkt mir kaum merklich zu, während wir uns anstarren.

Ich winke zurück und lächle ihn auch an. Er sieht aus wie ein Filmstar in seinem schwarzen Smoking. Sein Gesicht ist gebräunt und schön. *So verdammt schön!*

Er ist der Typ Mann, der mich in meinen Fantasien ersteigert hat. Und Leticia hat so getan, als ob jemand wie er nicht in diesem Club existiert. Aber er ist hier. Und er sieht mich an, als wäre er interessiert. Er könnte ein Bieter sein. Er könnte der Mann sein, mit dem ich die nächsten drei Monate verbringe!

Ich frage mich, ob ich mit ihm reden kann oder ihn fragen kann, ob er auf mich bietet. Er schaut nicht weg oder bewegt sich. Ich könnte zu ihm gehen und ihn einfach fragen.

Unsere Augen treffen sich nur einen Moment, dann wird mein Name gerufen und ich muss gehen. Er entfernt sich und ich beobachte ihn, während er lange Schritte macht. Er scheint so vertraut zu sein.

Während ich den Flur hinuntergehe, um herauszufinden, wer mich ersteigert hat, denke ich darüber nach, warum der Mann so vertraut aussieht. Dann fällt es mir ein. Ich habe ihn schon im Fernsehen gesehen. In einer Reality-Show.

Beverly Hills Reconstruction. Es ist eine Show über plastische Chirurgie und er ist einer der Chirurgen. Gott, was ist, wenn er derjenige war, der den Medizinfetisch hat und ich es ruiniert habe?

Ich wollte nichts von diesem Zeug machen, aber wenn er es mit mir tut, dann hätte ich vielleicht nichts dagegen. Ich frage mich, ob ich Isabel dazu bekommen kann, meine Antworten zu ändern. Aber mein Name ist schon aufgerufen worden und das bedeutet, dass der Deal fertig ist.

Warum habe ich nicht darüber nachgedacht, wer so etwas fragen könnte?

Dieser Doktor ist heiß wie die Hölle und ich bin eine Idiotin, weil ich so viele Bedenken bei den Dingen auf diesem verdammten Blatt Papier hatte. Er kann mich überall untersuchen, wo er will!

Scheiße! Wer bekommt mich jetzt?

Der Name des Mannes fällt mir nicht ein, als ich zum Seiteneingang eile. Sein Name liegt mir auf der Zungenspitze. Ich kann ihn fast vor mir sehen.

Einer der Trainer streckt die Hand nach mir aus. „Hier ist sie. Petra Bakari."

Dann kommt der Name zu mir und ich flüstere ihn. „Dr. Owen Cantrell!"

10

OWEN

Ich hatte nicht erwartet, Petra auf dem Flur zu finden, aber als ich aus der Herrentoilette kam und sie dort stehen sah, wäre ich fast direkt zu ihr gegangen, was verpönt ist.

Irgendwie habe ich es geschafft, genau dort zu bleiben, wo ich war und sie nur anzuschauen. Ihr Lächeln war hell und sie sah glücklich darüber aus, mich zu sehen. Nicht, dass sie weiß, wer ich bin.

Ich lasse immer meine Haare für den Sommer wachsen. In den Shows sind sie kurz und ich lasse die Maskenbildner viel Make-up verwenden, so dass ich nicht allzu leicht erkannt werde, wenn ich nach Portland komme. Außerdem sorge ich dafür, dass die Frauen mich nicht sehen. Sicher ist sicher.

Als unsere Augen sich trafen, fühlte ich mehr als einen Funken für sie. Wenn ich sie bekomme, weiß ich nicht, was ich mit ihr machen werde. Ich habe das Gefühl, dass ich von meinen üblichen Mustern abweichen könnte.

Ich hörte, wie ihr Name aufgerufen wurde und musste mich beeilen, zu den anderen Bietern zurückzukehren. Isabel muss mit den Ergebnissen zurückgekommen sein, die sie braucht, falls der Mann mit dem Schnurrbart auf Petra bietet, was ich nicht hoffe. Es wird viel einfacher sein, wenn nur der alte Kerl und ich übrigbleiben. Ich habe schon ein hohes Gebot in den Umschlag gelegt, den ich Isabel gegeben habe. Ich bezweifle, dass der Mann so viel Geld hat wie ich.

Es ist seltsam, aber ich bin froh, dass sie mein Gesicht gesehen hat. Sobald ich sie habe, wird sie es nie wieder sehen, aber ich werde sie solange ansehen können, wie ich will. Das Videosystem wurde installiert und ich kann sie mit meinem Handy überwachen, wenn ich weg bin.

Als ich in den Raum gehe, sehe ich, dass ein weiterer Mann beschlossen hat, auf Petra zu bieten. Isabel nimmt seinen Umschlag und mein Herz beginnt schneller zu schlagen. Sie sieht mich mit einem Lächeln an. „Gut. Sie sind zurück. Wir können den Gewinner von Petra Bakari jetzt bekanntgeben."

Der alte Mann sieht mich mit grimmigem Gesicht an. „Ich dachte, Sie würden nicht auf sie bieten."

Mit einem Achselzucken setze ich mich zu den anderen und warte darauf, was Isabel zu sagen hat. Sie sieht zu dem Mann mit dem Schnurrbart und sagt: „Ich fürchte, Sie werden nicht in der Lage sein, auf Miss Bakari zu bieten. Sie hat alle Dinge, nach denen Sie gefragt haben, als harte Grenzen markiert. Somit verbleiben drei Gebote auf sie."

Sie öffnet zuerst meinen Umschlag und sieht mich an. „Nett."

Ich nicke und bete, dass die anderen zwei niedriger sind. Petra steht da und wartet darauf zu erfahren, wer sie bekommen wird, und ich kann es nicht ertragen, dass sie das durchmachen muss. Es fällt ihr offenbar nicht leicht. Sie versucht so verdammt hart, ruhig zu bleiben, aber ihr Gesichtsausdruck verrät die Angst, die sie hat.

Und wer könnte es ihr zum Vorwurf machen?

Noch nie habe ich so viel Empathie für irgendeine Frau hier oder sonst irgendwen verspürt. Ihre großen braunen Augen wirken nervös, aber sie hält ein festes Lächeln auf ihrem wunderschönen Gesicht.

Ich frage mich, wie schwer es für sie ist, sich zusammenzureißen, während sie wartet. Ich frage mich, ob sie hohe Erwartungen bei dem hat, was sie tun wird. Wird sie es mögen, wie ich ihren Körper behandle? Wird sie ihre Zeit allein genießen? Wird sie glücklich sein, wenn ich zu ihr zurückkomme?

Ich schüttle den Kopf und versuche, nicht so zu denken, als ob sie bereits mir gehört. Es gibt schließlich noch zwei andere Bieter, die Interesse an ihr haben.

Isabel öffnet den zweiten Umschlag und schaut den neuen Mann an, als sie sagt: „Ein weiteres großzügiges Gebot."

Sie gibt keinen Hinweis darauf, ob es höher ist als meines, als sie den dritten und letzten Umschlag öffnet. Bevor sie etwas sagen kann, ist der Mann mit dem Schnurrbart zurück, winkt mit einem Umschlag und schreit: „Ich werde sie nicht dazu zwingen, die Dinge zu tun, die auf ihrer Liste als harte Grenzen markiert sind. Ich nehme sie, wie sie ist. Ich will sie so sehr! Hier, nehmen Sie mein Gebot auch noch."

Ich reibe mir über die Schläfen. Der Mann geht mir auf die Nerven und ich schreie ihn fast an, dass er sie in Ruhe lassen soll. Ich will sie in die Arme nehmen, hochheben und von hier wegbringen. Zur Hölle mit den anderen Bietern.

Ich will sie!

Isabel nimmt den anderen Umschlag und sieht den alten Kerl an, als sie nickt. „Ein weiteres gutes Angebot für Petra Bakari." Sie platziert den Umschlag auf der Rückseite des Stapels, den sie hält, und öffnet den Umschlag, der ihr gerade gegeben wurde. Ich beobachte ihre Augen, während sie sich über uns Vier bewegen. „Gentlemen, wir haben vier großzügige Gebote und wir haben zwei identische Höchstgebote. Wenn Sie alle neue Gebote für mich schreiben, können wir diese Frau zu ihrem neuen Besitzer bringen."

Ich stöhne, als ihr Assistent uns neue Umschläge mit kleinen Zetteln darin bringt. Ich habe keine Ahnung, wie hoch ich bieten muss.

Nach einem flüchtigen Blick auf Petra, deren Gesicht aschgrau geworden ist, mache ich ein kühnes Gebot und bete, dass sie den Sommer über mir gehören wird. Ich schließe den Umschlag und reiche ihn Isabel.

Ich lehne mich zurück und sehe Petra an, während die anderen über ihre Gebote nachzugrübeln scheinen. Ich habe noch nie so viel für eine Frau bezahlt, aber ich habe das Gefühl, dass Petra es wert sein wird.

„Hey, ich will mitbieten", sagt ein Mann von hinten.

Ich schaue zurück und sehe einen großen, ziemlich gutaussehenden Kerl mit einem riesigen Diamantring an seinem Finger, der mir sagt, dass er höchstwahrscheinlich Milliardär ist. Jetzt mache ich mir Sorgen. Isabel streckt die Hand nach seinem Umschlag aus und wirft mir einen bedauernden Blick zu.

Das sagt mir, dass sie weiß, wie reich dieser Kerl ist, und dass meine Chancen drastisch gesunken sind. Also versuche ich herauszufinden, wofür er meine Petra will. „Darf ich fragen, was Ihr Fetisch ist?"

Seine Augen sind dunkel wie die Nacht, genauso wie sein kurzes, welliges schwarzes Haar. Ich glaube, er ist Grieche und besitzt wahrscheinlich eine eigene Insel. „Ich habe ein paar davon. Ich denke, dass ich sie herumzeigen und mit meiner Frau teilen werde." Er beugt sich zu mir und flüstert. „Ich genieße es, meine Subs zu ficken und dann dabei zuzusehen, wie meine Frau sie dafür bestraft. Nachdem die Sub bestraft wurde, benutzt meine Frau sie für ihre Begierden, während ich zusehe.

Dann bestrafe ich die Sub und sie muss in einem Käfig in unserem Schlafzimmer schlafen und meine Frau und mir beim Ficken zusehen. Es ist eine komplizierte Sache, etwas, das meine Frau und ich uns alle paar Jahre gönnen. Bald ist unser fünfter Hochzeitstag, also möchte ich ihr etwas Besonderes schenken."

Mein Magen zieht sich zusammen, aber nicht vor Hunger, sondern vor Ekel. *Ich kann nicht glauben, dass es so viele verdammte Perverse auf dieser Welt gibt!*

Dann erkenne ich, dass ich auch nicht weit von einem Perversen entfernt bin. Ich möchte sie fesseln und ficken. Irgendwie habe ich mir eingebildet, mein Fetisch sei weniger verrückt als die Vorlieben der anderen.

Als der Mann mir seine Hand reicht, muss ich sie schütteln. Das gebietet der Anstand. „Viel Glück", sage ich, obwohl ich es überhaupt nicht so meine.

Isabel sieht sich im Zimmer um. „Gibt es noch mehr Bieter für Petra Bakari?"

Niemand meldet sich, da es ziemlich offensichtlich ist, dass der reiche Perverse sie gewinnen wird. Ich kann nicht mehr tun, als durch das Glas die Frau anzustarren, die schon lange in meinen Gedanken ist und daraus auch nicht so schnell wieder verschwinden wird, nur weil sie irgendwo von diesem Arschloch in einen Käfig gesteckt wird.

Ich werde nur noch mehr an sie denken und Pläne schmieden, um sie vor ihm und seiner verdammten Frau zu retten. „Hey, woher kommen Sie?", frage ich ihn, damit ich eine Vorstellung davon bekomme, wo ich sie finden kann, wenn er sie mir wegnimmt.

Lachend sagt er: „Ich bin aus New York. Warum?"

„Oh, ich bin nur neugierig", sage ich und blicke zu Isabel, die den ersten Umschlag geöffnet hat.

Sie nickt, legt ihn nach hinten und öffnet den nächsten. Als sie alle Umschläge nacheinander geöffnet hat, legt sie alle weg bis auf einen. Mit einem Augenzwinkern streckt sie die Hand nach dem Mikrofon aus und gibt uns keinen Hinweis darauf, wer gewonnen hat. „Petra Bakari, du wirst in Apartment 22 gebracht. Dein Besitzer wird dich dort treffen, wenn er bereit ist."

Ich werde fast ohnmächtig, als ich endlich höre, dass ich sie ersteigert habe. Meine Hände zittern, als ich aufstehe und die anderen mich nur anstarren. „Ich habe es geschafft", murmle ich, „ich habe sie."

Isabel strahlt mich an, als sie meine Hand nimmt und mich dorthin führt, wo ich den Vertrag für sie unterzeichnen werde. „Das war nervenaufreibend, nicht wahr, Mr. Cantrell?"

„Ich war noch nie nervöser in meinem Leben", gestehe ich, „scheiße!"

Ihr Assistent gibt mir ein Glas Champagner, während ich mich hinsetze, um die Dokumente zu unterzeichnen, die uns für die nächsten drei Monate aneinander binden werden. „Herzlichen Glückwunsch", sagt er zu mir, als ich versuche, mit zitternder Hand zu unterschreiben, „sie sahen besorgt aus."

„Das war ich auch. Ich habe an nichts anderes als sie gedacht, seit ich sie auf der Webseite gesehen habe. Ich hatte keinen Plan B." Ich starre auf ihre Unterschrift, die sich neben meiner befindet.

Petra Bakari gehört mir!

Als ich gehe, sehe ich, wie die Männer, die mir das Leben schwergemacht haben, alle zur nächsten Frau weitergezogen sind. Gott sei Dank habe ich das Höchstgebot abgegeben. Petra wird eine glückliche Frau sein, wenn sie ihre Belohnung dafür bekommt, meine Sub zu sein. Wenn sie das Geld richtig investiert, wird sie den Rest ihres Lebens wohlhabend sein. Sie wird nie wieder etwas tun müssen, das sie nicht will.

Ich leere mein Glas und suche eine Angestellte, um meine neue Sub für mich bereitzumachen. Ich finde eine junge Frau, die Petra helfen könnte, sich ruhiger zu fühlen, und frage: „Können Sie etwas für mich tun?"

„Alles", sagt sie in dem hilfsbereiten Ton, der scheinbar allen Mitarbeitern zu eigen ist.

Ich nehme sie am Arm und führe sie zu dem Apartment, in das Petra gebracht wurde. „Ich denke, dass Sie gut dazu geeignet wären, meine neue Sub für mich bereitzumachen. Sie sah ein wenig nervös aus und ich möchte nicht, dass sie Angst hat. Aber ich werde nicht viel mit ihr reden." Ich ziehe den Brief, den ich Petra geschrieben habe, hervor und lege ihn in die Hand der Frau. „Sie soll das lesen. Es wird ihr helfen zu verstehen, was ich mit ihr machen werde. Nachdem sie es gelesen hat, geben Sie ihr einen Drink, wenn sie einen will. Aber nur einen. Dann will ich, dass Sie ihre Arme mit dem Monohandschuh fixieren, den ich auf das Bett gelegt habe. Ihre Knöchel müssen an die Haken im Boden gefesselt werden und sie sollte sich in einer sitzenden Position befinden. Und kurz bevor Sie gehen, legen Sie ihr die Augenbinde um, die ebenfalls auf dem Bett liegt. Sagen Sie ihr, dass ich komme, wenn ich bereit bin."

„Okay", sagt sie, als wir zu der Tür des Apartments kommen, „oh! Soll sie etwas Besonderes anziehen?"

„Auf dem Bett befindet sich ein Morgenmantel. Sie soll nichts anderes tragen."

Mit einem Nicken geht sie in das Apartment und ich gehe zur Bar, um mir einen Drink zu bestellen. Ich muss mich beruhigen und den Kopf freibekommen. Diese Frau bringt mich mehr durcheinander, als mir lieb ist.

Ich setze mich neben einen Mann mit graumeliertem Haar. Nachdem ich ihn mit einem Nicken gegrüßt habe, bestelle ich einen Scotch, nippe daran und lehne mich zurück.

„Haben Sie bei der Auktion heute Abend eine Sub ersteigert?", fragt mich der Typ.

„Ja", sage ich und beschließe, ein bisschen freundlicher zu sein, „ich bin Owen."

„Freut mich, dich kennenzulernen, Owen. Ich bin Grant." Er nickt mir zu, als er sein Glas an seine Lippen hebt.

„Ich habe dich nicht bei der Auktion gesehen", sage ich, „kein Vertrag für dich?"

Mit einem Kopfschütteln sagt er: „Ich suche im Moment nichts Permanentes."

„Oh, ich auch nicht. Ich meine, ich bin nicht auf der Suche nach einer Beziehung." Ich trinke noch einen Schluck und beobachte sein Grinsen.

„Wenn du es wärst, wäre das der falsche Ort für dich", lacht er, „nun, das ist nicht ganz richtig. Ich habe die Liebe kennengelernt, die zwischen diesen dunklen Wänden erblüht. Es passiert nicht oft, aber es kommt vor. Der *Dungeon of Decorum* ist kein Ort, an dem man nach der Liebe sucht, aber manchmal findet sie einen dennoch hier."

„Ich mache mir keine Sorgen deswegen. Meine Sub wird mich niemals sehen oder mich berühren. Ich sorge dafür. Ich behalte sie hier bis zum Ende des Sommers."

Grant lacht und schaut mich an. „Wow, das ist drastisch. Verlieben sich die Frauen so leicht in dich? Musst du dir deshalb all diese Mühe machen?"

„Es ist vielleicht schwer zu glauben, aber mein Gesicht, mein Körper, mein Bankkonto und mein Promistatus machen mich für viele zu einem Objekt der Begierde. Aber ich will keine Frau, die nur diese Teile von mir begehrt. Wenn ich eine Frau finden könnte, die mich um meiner selbst willen liebt, würde ich ihr vielleicht eine Chance geben. Oder auch nicht. Meine Eltern haben meinen Blick auf Beziehungen getrübt."

„Ah, haben sie es so aussehen lassen wie ein Fiasko anstatt

der Glückseligkeit, von der uns allen erzählt wird?", fragt er, als er mich über sein Glas ansieht.

„Ein psychotisches Fiasko mit fünf kleinen Kindern, die sie gegeneinander ausgespielt haben. Ich habe oft gedacht, dass sie uns nur für den Zweck hatten, Truppen hinter sich zu versammeln. Man könnte glauben, dass ihre Scheidung ihre Fehde darüber, wer was in ihrer Ehe falsch gemacht hat, beendet hätte, aber dem war nicht so."

„Warum lassen sie einander nicht einfach in Ruhe?", fragt Grant mich, als ob ich das wüsste.

„Das ist etwas, das keiner von uns versteht. Unser Vater ist ausgezogen, als er die Scheidung eingereicht hatte. Er überließ Mom das Haus und alle fünf Kinder", sage ich, während ich an meine schreckliche Vergangenheit denke, „Mom wollte nicht dort mit uns herumsitzen, während Dad das Leben eines kinderlosen Junggesellen führte. Also verkaufte sie das Haus und kaufte ein neues direkt gegenüber von dem Haus, das mein Vater erworben hatte."

„Davon war er sicher nicht begeistert", sagt Grant mit einem Grinsen.

„Nein, und dann fingen die wirklichen Kriege an, als sie uns alle hin und her geschoben haben. Es war furchtbar. Einer nach dem anderen sind meine Geschwister und ich ausgezogen."

„So viel zum Klischee von der glücklichen Familie", kommentiert er und stellt dann sein leeres Glas auf die Bar, „noch einen, bitte. Ich habe einen Vater, der ein echter Alptraum ist. Meine Mutter liegt auf dem Friedhof und Dad ist immer noch ein freier Mann."

Ich ersticke fast an meinem Drink. „Heißt das, er hat sie getötet?"

„Das ist eine Geschichte für ein anderes Mal, Owen", sagt er mit einem Stirnrunzeln, „solltest du nicht zu deiner neuen Sub gehen?"

„Ähm, ja. Ich sollte das tun. Bis dann, Grant. Es hat mich gefreut, dich kennenzulernen."

Als ich weggehe, schaue ich über meine Schulter und sehe, wie der Mann auf seinem Stuhl zusammensackt. Ich fühle mich schlecht, weil ich ihn an Dinge erinnert habe, die er offenbar zu vergessen versucht.

Und ich dachte, ich hätte eine schlimme Vergangenheit!

11

PETRA

Mein ganzer Körper zittert, als ich hinter dem Trainer hergehe, der mich zu Apartment 22 führt, wo ich den ganzen Sommer verbringen werde. Ich habe keine Ahnung, ob der Mann, über den mir die E-Mail geschickt wurde, mein Käufer ist oder nicht. Ich weiß nur, dass ich Angst habe!

„Wer hat mich ersteigert?"

Der Trainer schüttelt den Kopf, während er weitergeht, ohne mich anzusehen. „Das darf ich nicht sagen. Du bekommst das Geld, das er für dich bezahlt hat, abzüglich der 20 Prozent des Clubs, am Ende des Sommers. Bis dahin ist es Aufgabe deines neuen Besitzers, für dich zu sorgen. Sei brav, tu, was er will, und es müsste alles gut laufen. Und vergiss nicht, dass du immer unsere Notrufnummer kontaktieren kannst, wenn du es beenden willst. Du hast immer die Kontrolle, Petra. Vergiss das nicht." Er schaut zu mir zurück und wirft mir ein strahlendes Lächeln zu, das mich wohl trösten soll.

Jederzeit wird nun ein Mann zu mir kommen und mich bitten, Gott weiß was zu tun. Und wenn ich das Geld will, das er investiert hat, um mich nach Belieben zu benutzen, werde ich es tun. Aber wie sehr will ich das Geld?

„Wissen Sie, wie viel Geld ich bekommen werde?"

„Nein. Und du wirst es auch nicht erfahren, es sei denn, dein Besitzer sagt es dir. Du solltest nicht fragen. Es gilt als unhöflich. Wenn er es dir nicht von selbst erzählt, wirst du es nicht bis zum Ende des Vertrages herausfinden, wenn du zu Isabel gehst, um dir deine Belohnung für den Job abzuholen." Er sieht mich über die Schulter an und zieht dann an der Leine, an der er mich führt. „Wenn eine Sub sehr gut ist, legt ihr Besitzer oft noch einen großzügigen Bonus obendrauf."

„Ja, ich habe davon gehört. Ich werde mein Bestes tun, um das zu sein, was mein Besitzer will." Ich beiße mir auf die Unterlippe, als wir durch einen überfüllten Raum voller Männer und Frauen mit Masken gehen. Es ist eine Art Meet and Greet, aber es ist nicht das, wofür ich hier bin.

Ich senke meinen Kopf, als wir durch die Leute gehen, die mich offen anstarren. *Alle wissen, dass ich verkauft worden bin!*

Demütigung erfüllt mich, als ich sie flüstern höre, wie schön ich sei. Man könnte denken, dass ich es als Kompliment betrachten würde, aber ich fühle mich ziemlich schlecht dabei.

Ich habe mich selbst in diese Lage gebracht. Ich habe meinen Körper für Geld verkauft und so fühlt es sich auch an. Leticia hat mich davor gewarnt. Sie sagte aber auch, dass die Schande nicht andauern würde. Niemand hier sieht auf mich herab. Sie alle sind ein Teil dessen, was ich hier tue.

Leticia sagte, dass ich das, was ich mit meinem Käufer tue, als einen Austausch von Energie betrachten soll. Ich habe etwas und er braucht etwas. Er bezahlt für die Energie, die ich ihm geben werde, und ich sollte stolz auf mich sein, weil ich so mitfühlend zu einem Mitmenschen bin.

Ich nehme an, der Stolz kommt später, weil ich ihn jetzt nicht in mir spüren kann!

Zum Glück verlassen wir das menschengefüllte Zimmer und betreten einen langen, dunklen Flur. Das einzige Licht kommt von den roten Lampen, die sich neben jeder Tür befinden. Ich sehe auch ein paar grüne und frage: „Was passiert hier?"

„Das sind private Räume, die die Mitglieder nutzen können. Die grünen Lichter deuten darauf hin, dass die Zimmer frei sind. Die Zimmer mit den roten Lampen werden gerade genutzt." Er bleibt stehen und dreht sich um, um mich anzusehen. „Möchtest du einen Blick hineinwerfen?"

„Ist das okay?", frage ich. „Ich meine, ist das nicht wie eine Invasion der Privatsphäre der Mitglieder?"

„Sie haben nichts dagegen, ich verspreche es dir", sagt er mit einem Grinsen, „hier, lass mich dieses kleine Fenster öffnen und du kannst sehen, was passiert." Er schiebt eine Abdeckung zur Seite und ein Guckloch wird in der Tür sichtbar. Gelbliches Licht dringt daraus auf den Flur. „Nur zu."

Als ich an die Tür trete, schlucke ich, dann schließe ich meine Augen und lege mein Gesicht an die Öffnung. Als ich meine Augen wieder aufmache, sehe ich einen Mann, der eine Frau gefesselt hat. Er benutzt eine Peitsche. Aber er schlägt sie damit nicht. Er peitscht die Luft um sie herum und sie wölbt sich in ihren Fesseln. Auf ihrer Haut glitzert Schweiß und mein Körper erwärmt sich.

„Das ist irgendwie erotisch", murmle ich.

„Ja, nicht wahr?", sagt er zu mir, dann zieht er an meiner Leine, „komm jetzt. Wir können deinen Besitzer nicht warten lassen."

Ich schließe das Guckloch und folge ihm wieder. Wir gehen weiter, bis wir eine andere Tür erreichen. Er öffnet sie mit einer Karte und wir gehen hinein. Der weitläufige Flur ist gut beleuchtet und charmant eingerichtet. „Sind hier die Apartments?"

„Ja. Dieser Bereich ist sehr sicher. Du musst dir keine Sorgen machen. Am äußersten Ende dieses Flurs ist das Restaurant, das in der Regel von unseren Mietern genutzt wird. Aber frage erst deinen Besitzer, wohin du gehen darfst. Manche kümmert es überhaupt nicht, während andere strenger sein können. Wie auch immer, was er sagt, gilt."

Ich nicke, als wir an einer Tür mit der Nummer 22 darauf anhalten. Die Goldplakette glänzt verheißungsvoll.

Er öffnet die Tür, ohne einen Fuß hineinzusetzen. Dann nimmt er mir die Leine ab und entlässt mich in mein neues Zuhause. Es gibt ein schönes Wohnzimmer mit edlen Möbeln.

Ich drehe mich um, um den Mann zu betrachten, der mich hierhergebracht hat, als er sagt: „Hier werde ich dich verlassen, Petra. Genieße deinen Aufenthalt bei uns. Vielleicht werde ich dich irgendwann wiedersehen."

„Vielleicht", sage ich, „danke." Ich bin mir nicht sicher, wofür ich ihm danke, aber ich weiß, dass ich das Gesicht des Mannes, der mich in das Apartment geführt hat, in dem ich meine Seele verloren habe, niemals vergessen werde.

Er schließt die Tür und ich bin allein. Als ich mich umsehe, bevor mein Mann kommt, finde ich nur zwei Türen, die aus dem Wohnzimmer führen. Hinter einer davon ist ein riesiges Badezimmer. Darin befinden sich eine Dusche und eine tiefe Badewanne, außerdem eine Toilette, ein Waschbecken und eine weitere Tür. Ich öffne sie und stelle fest, dass es ein Schrank ist, der mit jeder Menge Kleidung gefüllt ist.

Bei näherer Betrachtung sehe ich, dass es Dessous sind. Nichts, das man tragen kann, um rauszugehen. Der Mann, der mich ersteigert hat, muss der Mann sein, der beabsichtigt, mich hier eingeschlossen zu halten. Sonst gäbe es hier auch Kleidung für draußen.

Es gibt noch eine weitere Tür und ich öffne sie und finde ein normales Schlafzimmer. Auf dem Bett liegen aber Dinge, die alles andere als normal sind. Ein roter Monohandschuh, zwei

Sets roter Handschellen mit Pelzbesatz, eine rote Augenbinde und ein Knebel liegen auf der schwarzen Seide der Laken. Ich schaudere als Schüttelfrost meinen Körper erfasst. *Ich werde völlig unbeweglich und stumm sein. Aber ich werde hören können. Das wird keinen Spaß machen.*

Ich kann Leticias Stimme in meinem Kopf hören: *„Denk nicht so viel nach, Petra!"*

Jemand klopft an die Tür des Apartments. „Petra, bist du da drin?", erklingt die heitere Stimme einer Frau.

„Ja", sage ich und gehe los, um meine erste Besucherin zu empfangen.

Die Tür öffnet sich und eine junge Frau mit geflochtenen Haaren tritt ein. Sie trägt die weiße Uniform, die alle Angestellten hier tragen. Auf ihrem Identifikations-Abzeichen steht ihr Name: Pat.

Sie gibt mir ein zusammengefaltetes Blatt Papier und sagt: „Lies das. Danach mache ich dich für deinen Besitzer bereit. Oh, möchtest du etwas trinken? Um deine Nerven zu beruhigen."

„Nein danke. Ich würde mich wahrscheinlich übergeben, wenn ich jetzt Alkohol im Magen hätte."

Ich nehme den Zettel und falte ihn auf. Mein Besitzer hat mir einen Brief in seiner Handschrift überbringen lassen. Sofort denke ich daran, diesen Brief als ein Andenken an diese schicksalsträchtige Nacht zu behalten.

Petra,

Zuerst möchte ich sagen, wie glücklich ich darüber bin, dich ersteigert zu haben. Ich habe dich gemocht, seit ich zum ersten Mal dein Foto auf der Webseite des Clubs gesehen habe. Nun zum geschäftlichen Teil.

Ich bin nicht emotional mit dir verbunden. Bitte versuche, es nicht persönlich zu nehmen. Ich brauche deine Gesellschaft, um ein Verlangen in mir zu stillen. Deshalb habe ich dafür bezahlt.

Du wirst jedes Mal, bevor ich zu dir komme, gefesselt und dir werden die Augen verbunden. Ich ziehe es vor, nicht zu reden, während ich mit dir tue, was ich will. Wenn ich dich etwas frage, darfst du antworten, aber sonst nicht. Manche Frauen mögen Knebel nicht und ich werde bei dir keinen verwenden, wenn du deinen Mund halten kannst. Ich höre auch nicht gern Stöhnen. Ich bin mir bewusst, dass das krass klingt, aber ich bin für meine Bedürfnisse hier, nicht für deine.

Hier sind die Regeln. Du musst in dem Apartment bleiben. Es gibt überall versteckte Kameras. Ich werde wissen, was du tust, obwohl ich nicht da sein werde. Du kannst den Zimmerservice für all deine Mahlzeiten rufen. Ich werde dir ein alkoholisches Getränk am Tag erlauben. Nicht mehr als das, weil ich Betrunkene verabscheue.

Ich werde womöglich im Lauf der Zeit weitere Regeln hinzufügen. Ich möchte, dass du deine Zeit allein genießt. Es gibt einen Fernseher und einen E-Reader für deine Unterhaltung. Mach, was du willst, innerhalb der Grenzen deines neuen Zuhauses für diesen Sommer.

Respektvoll,
Sir

Ich schaue zurück zu Pat und frage: „Werde ich jemals seinen Namen erfahren?"

Sie schüttelt den Kopf und geht zum Bad. „Wahrscheinlich nicht. Frag besser nicht danach. Es könnte ihn irritieren. Wenn du ihn glücklich machst, bekommst du vielleicht ..."

Ich unterbreche sie: „Einen großen Bonus. Ja, ich habe davon gehört."

Sie kommt mit einem roten Morgenmantel zurück. „Er hat gesagt, dass du das tragen sollst. Sonst nichts." Ich nehme ihn von ihr entgegen und gehe ins Badezimmer, um mich umzuziehen.

Ich kann mich währenddessen nicht im Spiegel ansehen. Als ich zurückkomme, wartet Pat am Ende des Bettes auf mich. Sie hält den Monohandschuh und lächelt mich an. „Komm her, Petra."

Ich wende ihr meinen Rücken zu und strecke meine Arme nach hinten. Als sie von dem enganliegenden Handschuh gefesselt werden, beginnt mein Herz wild zu hämmern, denn ich weiß, dass ich ihn nicht wieder ausziehen kann, wenn ich will. „Wird er mich von diesem Ding befreien?"

„Ähm, ich glaube, er wird wahrscheinlich jemanden rufen, der das macht. So war es auch bei seinen anderen Subs", sagt sie zu mir, „setze dich an das Ende des Bettes und lass mich deine Knöchel fesseln und deine Füße auf dem Boden fixieren."

Ich tue, was sie sagt, und frage: „Wie viele andere hatte er?"

Sie schaut ängstlich zu mir auf. „Scheiße, Petra! Ich hätte nichts über ihn und seine Subs sagen sollen. Es tut mir leid. Bitte verrate es niemandem!"

Mit einem verständnisvollen Nicken lasse ich sie wissen, dass ihr Geheimnis bei mir sicher ist. Ich will nicht, dass sie bestraft wird, weil sie mir das Wenige, was sie weiß, erzählt hat.

Meine Knöchel werden an zwei Haken auf dem Holzfußboden gebunden und Pat greift nach der Augenbinde. „Wir sehen uns später", sage ich, während ich in ihre Augen schaue. Ihre hellgrünen Augen werden auch für immer in mein Gedächtnis geätzt sein. *Es sind die letzten Augen, die ich sah, bevor er zu mir kam.*

Pat legt mir die Augenbinde an und sagt: „Alles wird gutgehen. Du wirst sehen. Er ist kein schlechter Mann. Er hat nie eine seiner ehemaligen Subs verletzt. Wir hatten keine Beschwerden über ihn. Sag ihm nicht, dass ich dir das erzählt habe. Ich sollte dir nichts sagen, aber du siehst so nervös aus, dass ich das Gefühl habe, dich beruhigen zu müssen. Er ist ein guter Mann, Petra. Mach dir keine Sorgen." Ich höre ihre Highheels über den Boden klicken, als sie zur Schlafzimmertür geht. „Bye. Er wird kommen, wenn er bereit ist."

Also sitze ich hier und warte. Ich weiß nicht, wie lange. Ich nehme an, das ist ein Teil seines Fetisches – jemanden haben, der auf ihn wartet. Das ist nicht so schlimm. Er wird hereinkommen, mich nehmen und wieder gehen. Und ich werde dafür bezahlt.

Verdammt, das hat mein Freund in der High-School ständig getan und ich habe überhaupt nichts dafür von ihm bekommen!

Ich höre, wie die Apartmenttür sich schließt. Dann öffnet sich die Schlafzimmertür. Bevor ich mich davon abhalten kann zu reden, wie er befohlen hat, frage ich: „Bist du mein neuer Besitzer?"

„Ja", antwortet seine tiefe, sexy Stimme.

„Freut mich, dich kennenzulernen."

„Mich auch." Ich höre, wie er sich bewegt. Es klingt, als würde er seine Kleider ausziehen.

„Ähm, du wirst nicht hier bei mir bleiben, wenn ich deinen Brief richtig verstanden habe. Ist das korrekt?"

„Ich übernachte in der Stadt. Du wirst die meiste Zeit allein sein. Ich bin nicht sicher, wie oft ich hierherkommen werde."

„Ich verstehe das nicht", sage ich, als ich den Kopf dahin wende, wo ich seine Stimme höre. „Warum kaufst du mich, wenn du nicht viel mit mir machen willst?"

„Um dich zu ficken, wann ich will", sagt er flach. „Ich bin im Urlaub und werde nur Dinge tun, die ich machen möchte. Wenn ich dich will, wirst du hier sein."

Ich bin nicht begeistert und irgendwie enttäuscht, als ich frage: „Was wirst du mit mir machen? Ich habe keine Peitschen oder Ketten gesehen."

„Ich schlage meine Subs nie, wenn es das ist, was du meinst. Ich ficke sie nur. Keine Angst. Ich brauche nur eine enge Pussy, um zu kommen. Zuneigung von dir ist unnötig und unerwünscht. Du wirst mich nie sehen. Ich möchte keine Kosenamen. Nenne mich *Sir*, wenn ich dir erlaube zu sprechen. Die meiste Zeit wirst du geknebelt sein, wenn ich dich nehme. Ich kann sehen, dass du viel redest. Du scheinst keine Kontrolle darüber zu haben, nicht wahr?"

Ich ignoriere seinen Kommentar und frage: „Wie kann es sein, dass ich dich niemals sehe, wenn du mich fesselst und später wieder befreist?"

„Jemand vom Personal wird das für mich tun. Keine Sorge. Du wirst nicht gefesselt bleiben, nachdem ich weg bin. Den Großteil der Zeit wirst du es bequem haben. Nur wenn ich meine Begierde stillen muss, werde ich dich mit meinen Bedürfnissen belästigen."

Ich will den Mann hinter dieser sexy Stimme kennenlernen und es macht mich verrückt, dass wir miteinander verbunden sind, aber er so wenig mit mir zu tun haben will. „Ich bin die nächsten drei Monate immer für dich hier. Ich weiß nicht, was du für mich bezahlt hast, aber du kannst so viel mehr haben. Ich kann dich an andere Orte begleiten. Wenn du unattraktiv bist, habe ich kein Problem damit. Ich werde dich nicht anders deswegen behandeln. Du kannst mich dich sehen und berühren lassen. Vielleicht magst du es sogar. Wir können Zeit miteinander verbringen, wenn du willst."

Er schneidet mir mit seinem Finger auf meinen Lippen das Wort ab. „Still. Du brichst eine Regel und ich bestrafe nicht gerne. Sprich nur, wenn ich dich etwas frage. Ansonsten sollst du schweigen und mir zuhören. Ich nehme mir das, was ich von dir will: Sex. Tut mir leid, wenn ich dich damit langweile. Der Fernseher hat unzählige Kanäle. Auf dem Nachttisch ist ein Kindle, mit dem du alle Bücher bekommen kannst, die du lesen möchtest. Verbringe deine Zeit, wie du willst, solange es in diesem Apartment ist, das ich für dich gemietet habe."

Mit einem Nicken seufze ich: „Ja, Sir."

Er könnte schlimmer sein und ich weiß das auch. Ich glaube, ich halte einfach die Klappe, lasse ihn tun, was er will, und hole mir am Ende meine Belohnung, auch wenn das hier ganz anders abläuft als erwartet.

Aber verdammt, seine Stimme macht mich heiß. Ich wünschte nur, ich könnte den Mann hinter dieser Stimme sehen.

„Petra, ich weiß, ich habe es in den Brief geschrieben, aber ich möchte sicher sein, dass du verstehst, dass es nichts Persönliches ist. Bitte", sagt er und ich spüre, wie sein Handrücken über meine Wange streicht. „Nimm dir nichts von dem, was ich tue, zu Herzen. Es geht hier in keiner Weise um dich. Nichts, was passiert, ist deine Schuld."

Seine Berührung lässt mich nass werden und seine Stimme fängt an, vertraut zu klingen. Aber ich behalte das für mich, als ich die Worte sage, die er hören will: „Ja, Sir."

12

OWEN

Petras Haut ist so weich wie ein Rosenblütenblatt. Ich kann nicht aufhören, meine Hände über ihren Körper zu bewegen. Ich habe den Morgenmantel von ihren Schultern geschoben, sie geküsst und die Hitze genossen, die ihre Haut auf meinen Lippen hinterlässt.

Sie ist wunderschön und riecht wie der Himmel. Ihre Atmung wird schon bei der geringsten Berührung schneller.

Ich streiche mit den Lippen über ihren Hals und küsse ihre Ohrmuschel. „Petra, du bist die schönste Frau, mit der ich je zusammen gewesen bin."

„Danke", sagt sie mit ihrer süßen Stimme.

Ich sollte sie knebeln, damit ich mich nicht in den Klang ihrer Stimme verliebe. Sie ist melodisch und eher tief. Es ist sexy wie die Hölle und ich weiß, dass ich sie mehr reden lassen werde als die anderen.

Ich nehme mir einen Moment Zeit, um ihren Körper Kurve für Kurve zu bewundern und berühre ihre üppigen Brüste. Sie holt zitternd Atem. „Du hast schöne Titten. Sie sind perfekt."

„Danke", sagt sie wieder.

Ich schiebe meine Hand nach unten und lege sie auf ihren

Venushügel. „Ich mag die Art, wie du dich rasiert hast. Mach das auch weiterhin, okay?"

„Ja."

Ich ziehe meine Hand weiter nach unten und spüre die Hitze, die von ihr ausgeht. „Du musst mich mögen, Petra. Du bist heiß für mich."

„Ich bin heiß für dich, Sir." Sie zieht ihre Unterlippe zwischen ihre perfekten weißen Zähne. „Ich sehne mich nach dir."

Mein Schwanz rührt sich bei ihrem Bekenntnis. Es soll nicht um sie gehen, aber ich kann mich nicht beherrschen, knie mich vor ihr hin und küsse ihre Schamlippen. Sie keucht und ich liebe den Klang.

„Petra, ich weiß, dass ich sagte, dass ich kein Stöhnen und keine Geräusche will, aber deine Geräusche sind großartig, also mach so viele, wie du willst, verstanden?"

„Oh ja, Sir", sagt sie, als sie den Kopf zurücklegt. „Noch nie haben sich Lippen auf mir so gut angefühlt wie deine. Und ich meine es wirklich ernst. Ich sage es nicht nur."

Ein Lächeln wandert über mein Gesicht und ich küsse sie wieder. Ihr Stöhnen erfüllt mich mit einem rohen Hunger für sie.

Ich packe sie an den Hüften, küsse sie härter, lecke sie und tippe mit der Zungenspitze auf ihre anschwellende Klitoris. Ihre Hitze ist bemerkenswert. Mein Schwanz pulsiert vor Vorfreude, sie zu fühlen.

Ich sauge an ihrer Klitoris und sie stöhnt voller Lust. „Ja!"

Ihre Laute machen mich an und als sie kommt, ist ihr Stöhnen wie Musik in meinen Ohren. Ich schmecke ihre süße Salzigkeit, stehe auf und bin bereit, sie meinen Schwanz spüren zu lassen.

„Du schmeckst ausgezeichnet, Petra." Ich küsse sie und teile, was sie mir gegeben hat.

Unsere Zungen tanzen miteinander, als sie sich auf mir schmeckt. Mein Herz pocht, während wir uns küssen. Die Art, wie ihr Mund sich meinem anpasst, ist erstaunlich und ich muss sie anders haben, als ich es geplant habe.

Ich löse mich von ihrem Mund, hole die Schlüssel und öffne ihre Fesseln. Dann umfasse ich ihre Taille und verschiebe sie höher auf das Bett. Normalerweise will ich nicht viel Hautkontakt, aber ich möchte jeden Teil von ihr auf meinem Körper fühlen.

Ich bewege meine Hände über sie, dann komme ich auf das Bett und schiebe meinen Körper über ihren. Ihre Brust bebt vor Aufregung. „Willst du mich in dir, Petra?"

„Ja bitte!"

Sie spreizt ihre Beine für mich und ich schlüpfe zwischen sie, drücke meinen Schwanz in ihre pulsierende Pussy und stöhne, weil es sich so verdammt gut anfühlt. „Scheiße..."

„Oh, ja", stöhnt sie, „du fühlst dich wunderbar in mir an."

Mit tiefen Stößen nehme ich sie, während ich ihre süßen Lippen küsse. Unsere Körper bewegen sich im Einklang. Mein Schwanz ist tief in ihr und sie liebt es.

„Ich könnte dich für immer ficken, Petra", flüstere ich ihr ins Ohr und küsse dann ihren Hals, „du fühlst dich so verdammt gut an."

Ihre Schultern bewegen sich, während sie mit dem Monohandschuh kämpft, der ihre Arme unter ihr fixiert. Ich weiß, dass es unbequem für sie ist. Schnell rolle ich uns herum, so dass sie auf mir ist. Voller Leidenschaft reitet sie meinen Schwanz.

Ich halte sie an der Taille fest, hebe sie an und bewege sie in der Geschwindigkeit, die ich will. Bevor ich mich versehe, zittert mein Körper und ich seufze, während ich sie mit meinem heißen Sperma fülle. Sie stöhnt und ich beobachte, wie ihr Körper erbebt, als sie auf meinem Schwanz kommt.

Ich bin schockiert von der Intensität der Erfahrung. Ich habe noch nie so viel gefühlt und beeile mich, sie von mir herunterzubekommen. Ich muss gehen. Ich muss weg hier!

Ich lasse sie in einer sitzenden Position auf das Bett herunter, stehe auf und gehe zum Badezimmer. „Sir? Bist du böse? Habe ich etwas falsch gemacht?"

„Nein", sage ich und gehe duschen.

Das warme Wasser fließt über meinen Kopf. Ich habe ihr mehr gegeben, als ich je vorhatte. *Was zum Teufel ist mit mir los?*

Ich werde ein paar Tage weggehen und mich unter Kontrolle bringen. Sie mag eine fantastische Frau sein und sich verdammt gut anfühlen, aber ich bin nicht hier, um mehr zu tun, als meinen kleinen Fetisch zu befriedigen – eine Frau ohne Gespräche und Berührungen zu ficken. Und ich habe meine eigenen Regeln gebrochen!

Ich trockne mich ab und gehe zurück ins Schlafzimmer, um mich anzuziehen und zu verschwinden, bevor ich mich zu der Frau ins Bett lege, mich an sie schmiege und sie nach dem Aufwachen wieder kommen lasse.

Sie ist genau dort, wo ich sie gelassen habe, und sitzt mit gefesselten Armen und der Augenbinde da. „Sir, geht es dir gut?"

„Ja", sage ich in einem schärferen Ton, als ich vorhatte. Es ist nicht ihre Schuld, dass ich so auf sie reagiere. „Es tut mir leid. Es geht mir gut. Ich muss nur hier raus. Du kannst dich einleben und ich komme zurück, wenn ich dich wieder ficken will. Das ist schließlich der Grund, warum du hier bist. Nichts mehr als das. Verstanden?"

„Ja, Sir." Sie sinkt zusammen und ich fühle mich schlecht, weil ich so mit ihr gesprochen habe. „Ich dachte nur, dass es wirklich gut war. Ich dachte, du möchtest noch eine Weile bleiben. Denkst du nicht, dass es spektakulär war? Ich fand es großartig. Dabei hatte ich Angst, dass es schrecklich sein würde. Es war eine angenehme Überraschung und ich freue mich schon darauf, den ganzen Sommer bei dir zu sein. Ich habe Glück gehabt, als du mich ersteigert hast, Sir."

Ich halte inne, als ich meine Hose hochziehe und mein Herz schlägt schneller. „Danke, Petra. Es ist nett, dass du das sagst. Ich fand es auch spektakulär. Es ist nur so, dass ich dich nicht dafür gekauft habe. Ich habe dich gekauft, um einen bestimmten Fetisch auszuleben. Und ich habe dich nicht so benutzt, wie es nötig ist, um dieses Ziel zu erreichen."

„Es tut mir leid, dass ich vom Thema abkomme, Sir. Aber deine Stimme ist so vertraut, dass ich dich etwas fragen muss. Ich habe heute einen Mann gesehen, von dem ich glaube, dass du es warst. Haben wir uns heute schon getroffen, Sir?"

Ich erstarre, weil ich weiß, dass es so ist und sie zwei und zwei zusammenzählt. Aber dann denke ich an die Tatsache, dass sie meinen Namen trotzdem nicht kennt, und sage: „Ich war es, der dir auf dem Flur in die Augen gesehen hat, Petra."

„Ich wusste es", sagt sie und kaut dann auf ihrer Unterlippe herum, „also ist Dr. Owen Cantrell mein Besitzer."

Fuck!

13

PETRA

„Sir?"

Der Klang der zufallenden Tür ist alles, was ich höre. Ich stecke hier fest und er hat mich verlassen!

Ich würde vom Bett klettern, wenn meine Augen nicht verbunden wären und ich wüsste, wie ich aus diesem verdammten Monohandschuh herauskommen kann. Aber ich sitze hier und habe nur wenig Hoffnung, dass er jemanden schicken wird, der mir hilft. Und das ist alles meine Schuld. *Warum musste ich seinen verdammten Namen laut sagen?*

Natürlich hätte er sich nicht all diese Mühe gegeben, meine Augen von ihm fernzuhalten, wenn er wollte, dass ich weiß, wer er ist. Ich bin eine Idiotin!

Was wird er jetzt tun?

Wahrscheinlich will er mich loswerden. Ich wette, er geht direkt zu Isabel und erzählt ihr alles, und ich werde höchstwahrscheinlich aus dem Club geworfen. Verdammt! Ich bin so dumm!

„Petra?" Ich höre die Stimme der jungen Frau von vorhin. „Hi. Dein Dom hat mich gebeten, dir zu helfen."

„Ich habe einen schrecklichen Fehler gemacht", sage ich.

„Ich habe davon gehört", entgegnet sie, als sie mir die Augenbinde abnimmt. Ich blinzle, als das schwache Licht meine Augen trifft. „Er ist verärgert. Sehr verärgert."

„Ja, ich habe das schon gemerkt, als er mich ohne ein weiteres Wort verlassen hat. Was passiert jetzt?"

Sie befreit meine Arme, die sich wie Gelee anfühlen. Ich bin dankbar, als sie sie kräftig reibt, um die Blutzirkulation anzuregen. „Ich weiß es nicht sicher. Das hat er mir nicht gesagt. Ich weiß nicht, ob er zu Isabel geht. Er hat gesagt, dass du an dein Handy gehen musst, wenn er dich anruft." Sie zieht mich vom Bett hoch. „Willst du duschen?"

Ich nicke und sie führt mich ins Badezimmer. Ich kann kaum gehen. Mir ist ein wenig schwindelig, meine Arme fühlen sich immer noch seltsam an und meine Beine zittern.

„Vielleicht sollte ich mit Isabel reden," sage ich, als sie die Dusche für mich aufdreht.

„Nein", sagt sie, als sie zu mir zurückkehrt, „er sagte, dass du das Apartment nicht verlassen darfst. Hab einfach Geduld. Warte, bis er anruft oder dir eine Nachricht sendet. Wer weiß – er könnte sogar zurückkommen."

„Ich will nur eins wissen", sage ich, als ich unter das warme Wasser trete, „kennst du seinen Namen?"

Sie nickt und seufzt. „Jeder, der hier beschäftigt ist, muss strengeren Regeln folgen als jedes Mitglied. Wenn wir vertrauliche Informationen herausgeben, können wir gefeuert und verklagt werden. Aber Mr. Cantrell ist mit seinen Subs noch viel strenger. Scheiße, ich muss wirklich lernen, den Mund zu halten."

Ich gieße Shampoo in meine Handfläche und fordere sie auf weiterzureden. „Pat, bitte. Ich muss den Mann verstehen. Ich brauche alle Informationen, die ich bekommen kann, um dafür zu sorgen, dass er mich weiterhin will."

Sie schaut hinter sich, als wäre er dort irgendwo, was er

nicht ist. „Er hat noch nie eine Sub wissen lassen, wer er ist. Und du würdest eine Menge Ärger bekommen, wenn du ihn outest. Du hast den Vertrag unterschrieben und könntest vor Gericht kommen, wenn du jemals einer Menschenseele über ihn erzählst."

„Ich weiß. Ich habe den Vertrag gelesen, bevor ich ihn unterschrieben habe. Außerdem wurde es von den Trainern und Isabel immer wieder erwähnt. Ich erzähle niemandem etwas. Wenn er geblieben wäre, hätte ich ihm das auch gesagt. Ich frage mich, ob er immer so schnell ausflippt."

„Ich weiß es nicht. Ich kenne ihn nicht persönlich", sagt Pat, als sie mir ein Handtuch gibt, und ich steige aus der Dusche und wickle es um mich herum.

Ich gehe zum Schrank, um etwas zum Anziehen zu suchen. „Danke." Inmitten der Dessous finde ich ein rosa Negligé, das bequemer aussieht als alles andere. „Weißt du, ob ich das Geld behalten kann, wenn er mich loswerden will?"

Ich kleide mich an, fühle mich von dem knappen Kleidungsstück aber nicht wirklich bedeckt. Auf dem Schminktisch finde ich einen Kamm und fange an, meine nassen Haare zu kämmen. Pat sieht zu Boden und ich bin sicher, dass ich das Geld nicht behalten können werde.

„Ähm, ich weiß es nicht. Wenn innerhalb der ersten 24 Stunden eine der beiden Parteien mit ihrem Partner nicht zufrieden ist, kann der Vertrag annulliert werden. Ich möchte nicht, dass du dir Sorgen machst. Es gibt ein paar Männer, die bei der Auktion leer ausgegangen sind. Ich bin sicher, einer von ihnen würde dich wollen."

Ich drehe mich um und sehe sie stirnrunzelnd an. „Ich will keinen anderen. Mein Dom ist der Beste. Ich spüre eine Verbindung zu ihm, wie ich sie noch nie zuvor gefühlt habe." Ich vergesse meine Haare, verlasse das Badezimmer und gehe ins Wohnzimmer.

Pat folgt mir und greift nach dem Telefon auf dem Tisch neben dem Sofa. „Reinigungsteam in Apartment 22, bitte." Sie legt auf und schenkt mir ein Lächeln. „Hey, warum rufst du nicht den Zimmerservice und bestellst dir etwas Fabelhaftes zusammen mit einem Glas Wein, um deine Nerven zu beruhigen. Wahrscheinlich wird er zu dem Schluss kommen, dass er dir vertrauen kann. Erinnere ihn einfach daran, dass du deine rechtlichen Pflichten kennst und seine Identität geheim hältst."

Ich setze mich auf das Sofa und blättere das Fernsehprogramm durch, kann mich aber nicht einmal genug konzentrieren, um es zu lesen. „Ich denke, es ist möglich, dass ich ihn niemals wiedersehen werde, außer im Fernsehen. Bei dem Gedanken wird mir übel." Ich sehe sie an, als sie zur Tür geht. „Gehst du schon?"

„Es wird nicht gern gesehen, wenn wir zu lange bei einem Mitglied bleiben. Wir müssen uns um alle kümmern. Aber wenn ich etwas höre, werde ich dich über das Apartment-Telefon anrufen. Die Speisekarte befindet sich auf dem Tisch in der Küche. Im Kühlschrank sind Getränke und es gibt Mikrowellen-Snacks. Und alle Arten von Kaffee. Es ist alles inklusive. Genieße es."

„Weil es meine letzte Nacht hier sein könnte?", frage ich, als sie die Tür öffnet.

Sie nickt und geht durch die Tür. Und jetzt bin ich ganz allein. Es fühlt sich viel schlimmer als normalerweise an. Owen kommt vielleicht nicht zurück. Ich muss vielleicht einen anderen Dom akzeptieren. Und das kann einen Traum in einen Alptraum verwandeln.

Um ehrlich zu sein, hatte ich nicht einmal vorgehabt, das zu sagen. Es war in meinem Kopf und irgendwie kam es einfach raus. Ich werde der Augenbinde die Schuld geben, wenn er mir jemals die Chance gibt, ihm alles zu erklären.

Ich sage einfach: *Hey, du warst es, der die Augenbinde eingesetzt* hat, so dass meine anderen Sinne, wie etwa das Hören, geschärft wurden. Deine Stimme ist tief und sexy, genau wie im Fernsehen. Oh, und übrigens, ich stehe seit vier Staffeln auf dich. Ich habe die Show erst in der zweiten Staffel entdeckt, sonst wären es schon fünf Staffeln.

Ich bin sicher, dass er es versteht, mir verzeiht und zu mir zurückkehrt. Hoffentlich wird er voller Reue sein und mich in seinem Bett verwöhnen, bis ich nicht mehr atmen kann.

Oh, es ist verrückt. Unsere Körper fühlen sich so richtig zusammen an. Es ist wie Magie. Ich kann mir vorstellen, so viel mit ihm zu tun. Ich würde alles tun, worum er mich bittet.

Wenn er zurückkommen würde, könnte ich ihm das alles erzählen. Stattdessen sitze ich hier hilflos in diesem Apartment. Als ich mich umsehe, fällt mir das Dekor auf. Die Lampenschirme haben versteckte Designs. Winzige Schwänze sind auf dem geblümten Stoff, der sie bedeckt, aufgedruckt.

Ich bemerke, dass die Kunst an den Wänden abstrakt ist, aber eines der Bilder sieht aus wie kopulierende Menschen und das andere sieht aus wie eine Frau, die einem Mann einen Blowjob gibt. Es ist genial, wie diese Menschen Sex in fast jedes letzte Detail integrieren.

Neugier führt mich in die Küche, wo ich die Speisekarte betrachte. Schon allein das Titelbild raubt mir den Atem. Es zeigt eine Suppenterrine, die wie eine Pussy geformt und mit Hühnersuppe gefüllt ist. Das Innere der Speisekarte ist nicht weniger bizarr. Ein Hot Dog darin sieht aus wie ein menschlicher Penis. „Igitt!"

Ich sitze an dem kleinen Tisch mit zwei Stühlen, sehe den Hot Dog an und seufze. Ich wünschte, ich hätte Owens Schwanz sehen können. Was soll ich nur tun, wenn er nicht mehr zu mir zurückkommt?

14

OWEN

Mit einem Glas Scotch habe ich es geschafft, mich zu beruhigen, so dass ich die Situation überdenken kann.

Okay, Petra weiß, wer ich bin. Das war immer meine größte Angst – dass eine Sub es herausfindet, Hollywood davon erfährt und ich die Show verliere. Aber vielleicht ist das genau das, was ich brauche. Ich muss mich meinen Ängsten stellen.

Petra hat einen Vertrag unterzeichnet, der strenge Strafen für sie vorsieht, falls sie mein Geheimnis nicht bewahrt. Es sollte sicher für mich sein, diese Sache fortzusetzen.

Und sie und ich haben eine unglaubliche Chemie!

Ich würde es hassen, es zu beenden, aber ich beuge zu viele meiner eigenen Regeln für sie. Zunächst einmal darf ich sie nicht mehr reden lassen. Ich muss mich außerdem emotional von ihr fernhalten. Sie geht mir jetzt schon zu sehr unter die Haut.

Ich nehme mein Handy und rufe sie an, um zu sehen, wie sie über die Lage denkt. Ich freue mich, als sie rangeht.

„Owen?"

„Äh, okay, ich lasse dir das jetzt durchgehen. Ich will ganz normal mit dir sprechen, nicht auf Dom/Sub-Basis, wo du allem zustimmen musst, was ich will. Okay, können wir eine Minute wie zwei Erwachsene miteinander reden?"

„Ja", stimmt sie zu, „es tut mir leid, dass ich mit deinem Namen herausgeplatzt bin."

„Nein, das ist okay. Es ist gut, dass ich mir bewusst bin, dass du mich erkannt hast. Besser, als wenn du mich deswegen anlügst. Ich muss mich für meinen hastigen Rückzug entschuldigen. Das war ein bisschen unreif von mir." Ich stelle das leere Glas weg und widme meine Aufmerksamkeit unserem Gespräch.

„Ich verstehe das", sagt sie mit ihrer süßen Stimme Ich glaube, ich könnte ihr lange zuhören. Sie ist so weich, beruhigend und sexy.

„Ich bin froh, dass du das tust. Ich wollte dich an den Vertrag, den wir beide unterzeichnet haben, erinnern."

„Owen, ich würde niemals jemandem von dir oder dem, was wir tun, erzählen. Vertrag oder nicht, so bin ich einfach nicht. Ich wusste von Anfang an, dass ich meine Lippen fest geschlossen halten muss, wenn es um die Mitglieder des Clubs geht. Du hast nichts von mir zu befürchten. Ich verspreche es dir."

„Das ist gut zu wissen. Ich weiß es zu schätzen."

„Es würde mich sehr traurig machen, wenn du mich verlässt und ein anderer Dom mich für sich beansprucht", sagt sie und meine Nackenhaare stellen sich auf.

Eifersucht regt sich in mir. „Ich habe nicht daran gedacht", gebe ich zu, „wenn ich dich gehen lasse, dann nehme ich an, dass einer von ihnen dich nehmen könnte. Bist du sicher, dass du das nicht willst?"

„Owen, wenn du mich nicht mehr willst, gehe ich mit leeren Händen nach Hause. Ich will keinen anderen Dom. Pat sagte mir, dass mich bei einer Beendigung unseres Vertrages vielleicht ein paar andere Männer als Sub haben wollen. Aber ich will keinen von ihnen. Du bist besser, als ich je erwartet hatte. Es geht mir nicht um das Geld."

Ihre Worte sind unerwartet, aber ich höre sie nur zu gern. „Du hast das Geld so oder so. Ich würde dafür sorgen", sage ich, um sie zu beruhigen.

„Das wäre nicht fair. Ich würde nicht einmal wollen, dass du das machst. Weißt du, was ich wirklich will?"

„Was?", frage ich sie, während ich mir vorstelle, dass sie mit überkreuzten Beinen auf dem Bett sitzt und eine Haarsträhne um ihren Finger wickelt.

„Ich will nicht, dass diese Sache deine Pläne für den Sommer stört, und ich will nicht, dass du dir eine andere Sub holst. Lass uns den Plan so weiterführen, wie du es vorhattest, bevor ich herausgefunden habe, wer du bist."

Neugierig darüber, wie sie es so schnell erraten konnte, frage ich: „Petra, wie hast du das herausgefunden?"

„Ich habe dich im Flur erkannt. Deine längeren Haare haben mich einen Moment getäuscht, aber dann fiel mir auf, dass du genauso aussiehst wie Dr. Owen Cantrell aus dieser Show, die ich so gern sehe. Ich bin schon seit vier Staffeln ein wenig in dich verknallt."

Meine Brust füllt sich mit einem seltsamen Gefühl. Ich war noch nie schüchtern, aber jetzt fühlt es sich so an. „Okay. Also hast du auch meine Stimme im Kopf gehabt, oder?"

„Nun, als ich dich sah, habe ich gehofft und gebetet, dass du für mich geboten hast und mich ersteigern würdest. Ich habe mir eingeredet, dass ich mir nur eingebildet habe, dass es deine Stimme ist. Sozusagen Wunschdenken. Und dein Name ist mir unabsichtlich von den Lippen gekommen."

„Ich nehme an, dass ich gegangen bin, hat deine Vermutung bestätigt", sage ich, als ich den Kopf schüttle und über all die Dinge nachdenke, die ich hätte sagen können, um die Situation zu retten. Ich hätte nur lachen und ihr sagen müssen, dass sie sich irrt.

„Naja. Es war ein deutlicher Hinweis darauf, dass du der Mann bist, für den ich dich gehalten habe." Sie lacht und ich liebe den Klang. Zugleich hasse ich die Tatsache, dass ich so viel an ihr liebe.

Dies ist ein vorübergehendes Arrangement, mehr nicht!

Mit diesem Gedanken lasse ich sie genau wissen, wie ich ticke und wie unsere Zeit zusammen von jetzt an ablaufen wird. „Petra, ich will ehrlich zu dir darüber sein, was ich von einer Sub benötige."

„Bitte sag es mir, Owen. Alles was ich will, ist, dir zu gefallen."

Während ich mit den Fingern auf die Oberseite meines Beines klopfe, kämpfe ich dagegen an, sie auf ein Date mitzunehmen und einen riesigen Fehler zu machen, den ich zweifellos bereuen würde.

Nach einem Moment sage ich: „Okay, genau wie bisher auch werden deine Arme und deine Beine fixiert." Dann denke ich daran, wie lange ihre Arme in dem Monohandschuh gefesselt waren und fühle mich schlecht, weil ich sie noch nicht danach gefragt habe. „Petra, wegen des Monohandschuhs, war er unangenehm? Haben deine Arme sehr wehgetan?"

„Es war okay. Meine Arme waren taub, als Pat ihn mir abgenommen hat, aber bald haben sie sich wieder normal angefühlt. Danke, dass du fragst, Owen."

„Okay", sage ich und fühle mich seltsam, weil sie meinen Namen verwendet. Aber ich werde nichts dazu sagen, denn ich möchte sie wissen lassen, dass ich sie nicht mehr mit mir reden lassen werde. „Petra, du wirst weiterhin eine Augenbinde tragen und ich werde einen Knebel hinzufügen. Allerdings werde ich dir erlauben, denjenigen auszuwählen, mit dem du am besten umgehen kannst. Sie sind in der Kommode, in der oberen rechten Schublade."

„Ein Knebel?", fragt sie. Dann höre ich ihre Schritte, als sie losgeht, um nachzusehen, wovon ich rede. „Oh, ich sehe zwei hier drin."

„Gut. Wähle einfach denjenigen aus, der dich am wenigsten stört, und sorge dafür, dass die Angestellte, die kommt, um dich für mich bereitzumachen, ihn dir einsetzt."

„Weißt du, du könntest mir all dieses Zeug auch selbst anlegen und es wieder abnehmen. Es fühlt sich seltsam an, wenn jemand anderes es tut. Und was ist, wenn ein Mann es macht? Dann sieht er mich nackt."

„Ich werde sicherstellen, dass nur Frauen das tun. Und es tut mir leid, dass es sich seltsam für dich anfühlt. Es ist nur so, dass ich lieber erst dann kommen will, wenn es schon erledigt ist."

„Damit du niemandem in die Augen schauen musst?", fragt sie und lenkt dann ein, „nein, antworte nicht darauf. Das geht mich nichts an."

„Du hast recht", sage ich, als ich mich zurücklehne und an die Decke schaue. „Aber du hast auch recht in Bezug auf den Grund, warum ich das jemand anderen für mich erledigen lasse. Ich habe dir schon einmal gesagt, dass ich nur eine enge Pussy für Sex will, um dann wieder zu verschwinden. Nicht mehr als das. Dir mit diesem Zeug zu helfen würde mich dazu zwingen, mehr mit dir zu tun zu haben, als ich will."

„Ich verstehe." Ihre Stimme klingt traurig.

Und das ist der Grund, warum ich solche Situationen meide!

„Petra, ich denke, ich muss dich daran erinnern, dass es nichts Persönliches ist. Es ist nicht so, dass ich nicht glaube, dass du ein toller Mensch bist. Ich glaube das. Es ist nur so, dass sich seit fast einem Jahr dieses Verlangen in mir angestaut hat. Du verstehst das, nicht wahr?"

„Sicher, Owen. Ich verstehe es. Dein Leben ist voller

Anspannung und du musst sie ab und zu loswerden. Ohne zu sprechen. Weil du nur eine Weile aus deinem Kopf herauskommen und nicht darüber reden willst, warum das so ist."

„Verdammt, Petra. Du verstehst mich wirklich. Wie zum Teufel kann das sein?", frage ich, während ich aufstehe und zu dem Bett gehe, in dem ich ganz allein schlafen werde, weil der Gedanke, loszugehen und irgendeine Frau zu ficken, mir plötzlich gar nicht mehr gefällt.

„Ich weiß nicht, wie das sein kann, Owen. Ich verstehe dich einfach. Und ich möchte dir etwas sagen, bevor du unser Gespräch beendest. Ich verstehe und akzeptiere die Situation. Ich schätze dich und liebe es, wie wir uns zusammen fühlen. Auch wenn du nur meinen Körper nimmst, möchte ich, dass du weißt, dass ich alles genießen werde. Allein schon die Berührung deiner Hand setzt mich in Brand. Ich nehme, was ich von dir bekommen kann, und schätze jede letzte Sekunde davon, die du mir schenkst."

„Ich habe es auch gefühlt, Petra. Wir haben Chemie, das ist sicher. Und wer weiß – ich könnte das ein paar Mal tun, diesen Fetisch aus meinem Kopf bekommen und dann anders werden. Ich möchte einfach nicht, dass du jemals etwas davon persönlich nimmst. Nichts davon, okay?"

Sie lacht leise und sagt dann: „Ich werde es nicht persönlich nehmen. Aber du musst wissen, dass ich alles tun werde, was du willst. Ich gehe mit dir an andere Orte oder warte geduldig darauf, dass du zu mir zurückkehrst. Und ich werde dich jeden Moment vermissen, den du weg bist. Wenn jemand zu mir kommt, um mich für dich bereitzumachen, werde ich begeistert sein von dem Wissen, dass ich dich fühlen werde, auch wenn es nur Teile von dir sind und nicht dein ganzer Körper. Aber du musst wissen, dass ich die Art und Weise, wie dein Körper sich anfühlt, liebe. Ich träume davon, dich überall zu streicheln."

„Fuck, Petra, du machst meinen Schwanz hart." Ich lache, als ich es ihr erzähle, und streiche mit meiner Hand über die Wölbung in meiner Hose.

„Tut mir leid", sagt sie und kichert dann, „nein, das wollte ich nicht. Ich möchte nur ehrlich zu dir darüber sein, wie ich mich bei dir gefühlt habe. Ich kann tun, was du willst, wann immer du es willst. Ich gehöre dir. Das heißt, wenn du mich immer noch willst."

„Oh, ich will dich", erwidere ich, als ich mir die Hände eines anderen Doms auf ihrem wunderschönen Körper vorstelle, „nur über meine Leiche wird ein anderer Mann dich berühren. Und danke für deine Ehrlichkeit. Ich wünschte, ich wäre nicht so kaputt. Aber ich bin es."

„Ich wünschte, du würdest nicht so über dich denken, Owen. Du bist ein großartiger Mann. Ein kluger Mann. Ein großzügiger Mann. Kaputt würde ich dich nicht nennen. Ich wette, dass niemand das tun würde."

„Warte, bis ich dich so nehme, wie ich es will. Welcher großartige Mann will kommen, eine Frau ficken und dann gehen, ohne dass ein Wort zwischen ihnen gesagt wird?", frage ich sie, weil ich weiß, dass mein Fetisch nicht weit verbreitet ist.

„Ein Mann, dem viel im Kopf herumgeht", antwortet sie, „ein Mann, der die Verantwortung für Menschenleben in seinen kompetenten Händen hält, aber Angst hat, er könnte eines verlieren. Ein Mann der stärker versucht als die meisten, perfekt zu sein."

„Petra, du bist eine fantastische Frau. Zu schade. Ich komme zu dir, wenn ich bereit bin. Bye." Ich beende den Anruf, weil ich einfach nicht mehr mit ihr reden kann.

Sie stiehlt mir das Herz und das kann ich nicht zulassen!

15

PETRA

Ich langweile mich. Es scheint nichts im Fernsehen zu laufen und ich kann mich nicht genug konzentrieren, um zu lesen. Ständig spukt mir Owen im Kopf herum. Ich frage mich, wo er ist, was er tut und warum er nicht zu mir kommt. Es ist drei Tage her, dass ich ihn zuletzt gesehen habe.

Und jetzt, da ich seine Handynummer gespeichert habe, finde ich es schwer, den Drang zu kontrollieren, ihn anzurufen. *Es ist das Einzige, woran ich denken kann!*

Wenn ich nur mit ihm reden könnte, könnte ich ihn von seinem negativen Denken über seinen kleinen Fetisch abbringen. Na und? Er mag es zu ficken und danach gleich mit seinem Leben weiterzumachen. Es gibt weit schlimmere Fetische als das!

Ein schnelles Klopfen an der Tür lässt mich zusammenzucken. Ich nehme an, dass jemand geschickt wurde, um meine Teller vom Abendessen abzuholen. Ich habe einen leichten Salat bestellt. Ich bin einfach nicht hungrig, aber ich esse trotzdem bei jeder Mahlzeit etwas. Ich kann nicht glauben, dass Owen mich so sehr beeinflussen kann, obwohl ich den Mann nicht wirklich kenne.

Als ich meinen Teller und mein Glas zur Tür trage, läuft eine Kälte durch mich bei der Erinnerung daran, wie Owen mich das erste Mal berührt hat. Ein weiteres Klopfen reißt mich aus meinen Träumereien. „Ich komme."

Als ich die Tür öffne, ist dort niemand, der meine Teller abholen möchte, sondern Pat. „Petra, dein Dom will dich besuchen. Komm. Wir müssen uns beeilen und dich fertigmachen. Musst du dich noch duschen?" Sie stürzt an mir vorbei und ich schließe die Tür.

Ich stelle die Teller auf den kleinen Tisch neben der Tür. Meine Beine zittern und ich habe Schmetterlinge im Bauch. „Ich habe schon geduscht." Ich folge ihr ins Schlafzimmer. „Er kommt?"

„Ja", sagt sie, als sie eine rote Augenbinde und vier Sets Handschellen holt. „Hast du einen Knebel ausgesucht?"

„Er ist auf dem Nachttisch." Ich zeige darauf und sie nickt.

„Okay, ziehe dich aus, während ich das Bett fertigmache." Sie geht zum Bett und zieht die Decke ordentlich herunter, während ich mein winziges Negligé abstreife und aufs Bett gehe.

„Wie will er mich?"

„Auf dem Rücken und auf das Bett gefesselt."

Ich lege mich hin, und sie fängt an meinen Füßen an, fesselt meine Knöchel und bindet sie an die Bettpfosten. Erst jetzt bemerke ich, dass das Bett für Bondage gebaut wurde. Es hat vier Pfosten, an denen die Hände und Beine befestigt werden können.

„Hat er dir etwas gesagt?", frage ich sie.

„Nur, was ich für ihn tun soll." Sie sieht mich einen Augenblick mit einem Lächeln auf ihrem Gesicht an. „Er ist ein paar Tagen nicht hier gewesen. Hast du ihn vermisst?"

Ein kurzes Lachen kommt aus meinem Mund. „Ich habe nichts anderes getan."

Sorge füllt ihre Augen, als sie sagt: „Petra, pass auf, dass du dich nicht verliebst. Das ist nicht der richtige Ort dafür. Hier tauschst du deine Energie gegen andere Dinge ein – Geld, Disziplin, sexuelle Befreiung und viele andere kleinere Dingen. Liebe ist nirgendwo auf dieser Liste."

„Ich weiß das", sage ich, aber mein Herz setzt einen Schlag aus, als wollte es mir sagen, dass ich mich selbst anlüge. *Halt die Klappe, Herz!*

Sie fesselt mein rechtes Handgelenk mit Handschellen und befestigt es an einem der Bettpfosten, dann ist mein linkes Handgelenk an der Reihe. Sie zieht die Decke hoch, um meinen nackten Körper zu bedecken, und lächelt mich wieder an. „Er hat gesagt, du sollst so tun, als ob du schläfst. Ich nehme an, er kommt gern wie ein Dieb in der Nacht, nimmt sich, was er will, und geht wieder. Die typische Vampirliebhaber-Szene."

„Oh, ist das so?", frage ich, weil ich noch nie daran gedacht hatte.

„Ja. Er hat das Bondage hinzugefügt, aber es ist ein typischer Fetisch."

„Jemand sollte ihn das wissen lassen. Er denkt, er sei kaputt", erzähle ich ihr, „ich würde es ihm sagen, aber er scheint entschlossen zu sein, mich zu knebeln, um mich vom Reden abzuhalten."

Sie kichert und greift nach der Augenbinde. „Willst du hören, was er mir darüber erzählt hat?"

„Natürlich!"

„Er sagte, dass ich dich knebeln muss, weil deine Stimme Dinge mit ihm macht, die er nicht mag."

„Das klingt nicht gut", sage ich, als sie sich über mich beugt, „ich vermute, sie ist zu tief und er denkt, dass sie männlich klingt."

Sie lacht und legt mir die Augenbinde an. „Das glaube ich nicht. Seine Stimme klang ein wenig heiser, als er mir das erzählte. Ich glaube, er findet deine Stimme wahnsinnig attraktiv. Sein Fetisch scheint zu sein, von seiner Sub emotional distanziert zu sein. Der Gedanke, etwas an ihr zu mögen, ist nicht das, was er will. Also versucht er alles, um nicht an dich zu denken. Ich bin sicher, am Ende wartet eine große Belohnung auf dich."

„Okay, ich werde es versuchen. Toller Rat, Pat. Danke." Ich höre, wie sie den Knebel ergreift, und nehme mir vor, ihn bereitwillig zu akzeptieren, obwohl ich es unangenehm finde. Aber er ist von den beiden Knebeln, die hier sind, der weniger invasive.

Ich mache ein würgendes Geräusch, als sie ihn festzieht. „Tut mir leid, Petra. Nun, ich bin hier fertig. Ich komme wieder, sobald er geht. Bye."

Ich winke, um mich von ihr zu verabschieden, kann aber kein Wort sagen. Und dann warte ich. Ich warte eine Ewigkeit auf ihn. Dann höre ich endlich, wie die Tür sich öffnet und seine Schritte zu mir kommen.

Mein Körper erwärmt sich sofort, weil ich weiß, dass er jetzt im Zimmer ist. Er ist endlich da!

Das Rauschen von Stoff lässt mich wissen, dass er seine Kleider auszieht, und dann fühle ich, dass die Decke langsam zurückgezogen wird. Es ist, als ob er denkt, dass ich schlafe, und sich an mich heranschleicht.

Ich bekomme Gänsehaut, während er seine Hand über meine Brust bewegt. Mein Herz fängt an schneller zu schlagen, als Hitze durch mich stürzt und sich zwischen meinen Beinen sammelt. Seine Lippen drücken sich an die Seite meines Halses und ich warte darauf, seine tiefe, sexy Stimme zu hören. Aber nichts kommt, außer der Nässe zwischen meinen Beinen.

Ein Kuss, und ich brenne für ihn. Die Sehnsucht wird immer größer. Ich will ihn. Ich will ihn jetzt in mir spüren!

Meine Arme bewegen sich wie von selbst, als ich meine Hände über ihn laufen lassen will, es aber nicht kann. Meine Beine ziehen an den Fesseln, denn ich will meine Knie hochziehen, damit er tief in mich gleiten kann. Aber er streichelt immer noch meine Brüste, während er meinen Hals küsst und mich eine Frustration empfinden lässt, die ich noch nie zuvor erlebt habe.

Eine seiner Hände wandert meinen Bauch hinunter und er steckt einen Finger in mich, dann stöhnt er und bewegt seinen Körper über meinen. Ich schätze, mich so nass für ihn vorzufinden, hat ihn erstaunt und das Stöhnen verursacht.

Alles in mir will ihn, als sein Körper über meinem schwebt, aber er lässt noch keinen weiteren Hautkontakt zu. *Das Warten ist quälend!*

Dann drückt er seine Brust gegen meine und mein Herz spielt verrückt. Sein Herz hämmert ebenfalls wild. Er kann nicht leugnen, dass wir etwas haben, das nicht normal ist. Aber ich wette, er wird es trotzdem tun. *Ich wünschte, ich könnte reden!*

Sein Schwanz drückt sich gegen meine Vagina und dringt in mich ein. Der Laut, den Owen ausstößt, ist fantastisch – ein Knurren gemischt mit einem Stöhnen und sogar ein wenig Wimmern im Hintergrund.

Ich liebe es!

Er dringt in einem langsamen Tempo in mich ein, fast als ob er sicher ist, dass ich schlafe, und versucht, mich nicht zu wecken. Aber ich stelle fest, dass ich meinen Kern bewegen und mich zu ihm hochwölben kann. Ich kann nichts dagegen tun. Mein Körper will den Mann und er will, dass er mich hart und schnell nimmt. Ich stöhne und er bewegt sich schneller und härter.

Seine Hände vergraben sich in meinen Haaren, während er meinen Nacken küsst und mich stöhnend fickt. Ich kann mit dem Knebel in meinem Mund nicht reden, aber ich kann immer noch stöhnen. Während ich mich in den Fesseln winde, die er mir anlegen lassen hat, stöhne ich, um ihn wissen zu lassen, wie sehr ich ihn will.

Unsere Körper bewegen sich, als hätten wir uns schon tausend Mal geliebt. Er stößt seinen Schwanz immer wieder in mich, während seine Lippen sich über meinen Hals bewegen und er hineinbeißt und daran saugt.

Ich bin an einem Ort, an den nur er mich bringen kann. Eine Fantasiewelt, in der Dr. Owen Cantrell in meinen Träumen zu mir kommt und mich nimmt. Aber nur in meinen Träumen. Und er scheint entschlossen zu sein, es dabei zu belassen.

Ich will seine Lippen auf meinen und seine Zunge in mir spüren. Meine Hände kribbeln, als sie sich danach sehnen, die Muskeln zu berühren, die ihnen vorenthalten werden. Nur meine Brüste, mein Bauch und meine Pussy fühlen ihn, aber ich brauche mehr.

Mein Körper verrät mich und beginnt zu kommen. Ich wollte, dass es länger dauert. Ich wollte, dass es solange dauert, dass ich ihn dazu bringen könnte, mich loszumachen, damit wir uns richtig lieben können. Aber ich falle über den Rand der Ekstase und weiß, dass er sich mir anschließt, als er steif wird und seine nasse Hitze in mich schießt.

Wir stöhnen beide, als unsere Körper sich nehmen, was sie voneinander brauchen. Er ruht auf mir und ich liebe es, sein Gewicht zu spüren. Dann steht er auf und ich höre, wie er ins Badezimmer geht.

Das Wasser in der Dusche läuft etwa fünf Minuten, dann hört es auf. Nach einer Minute höre ich ihn ins Schlafzimmer kommen. Das Rauschen der Kleider sagt mir, dass er sich anzieht, und dann höre ich die Schlafzimmertür, bevor sich die Apartmenttür schließt.

Ich bin ganz allein und er hat kein verdammtes Wort zu mir gesagt!

Tränen brennen in meinen Augen, als ich mich benutzt, ungeliebt und vernachlässigt fühle. Ich bereue es zutiefst, mich in diese Lage gebracht zu haben.

Ich bin besser als das! Ich verdiene mehr! Und er versteckt sich nur vor dem, was er für mich empfindet!

Ich weine, was mit dem verdammten Knebel in meinem Mund nicht leicht ist. Meine Gedanken rasen und sagen mir, dass ich das nicht tun kann. Kein Geld ist diese Schmerzen wert, die ich fühle.

Die Schlafzimmertür öffnet sich. „Petra, ich bin es – Pat."

Gott sei Dank!

Meine Beine und dann meine Arme werden befreit, und endlich zieht sie mir den Knebel aus dem Mund, während ich die Augenbinde abnehme. Ich erstarre, als der Knebel entfernt wird. „Danke."

„Du weinst", sagt sie besorgt. „Hat er dir wehgetan?"

„Nur meinem Stolz und meinem Herzen. Nichts Körperliches." Ich steige aus dem Bett und gehe unruhig ins Badezimmer.

„Petra, du kannst dich nicht emotional an ihn binden", sagt sie, als ich von ihr weggehe, „bitte denk daran."

Ich nicke und schließe die Badezimmertür hinter mir. Ich brauche Zeit für mich im Whirlpool. Alles, was ich jetzt denken kann, ist, dass es enden muss. Ich kann das nicht.

Die Tür öffnet sich, gerade als ich in das heiße Wasser gleite. „Pat, kannst du die Laken für mich wechseln, während ich bade? Ich will nicht zu ihnen zurückkehren und ihn daran riechen. Es wird mich nur traurig machen."

„Natürlich." Sie sieht mich an, als Tränen über mein Gesicht strömen. „Petra, ich weiß, dass wir nicht sagen sollen, wie viel Geld auf die Subs wartet, und ich werde dir keinen Dollarbetrag nennen."

Ich sehe sie mit großen Augen an und wische dann die Tränen weg „Gibt es einen Geldbetrag, der all das wert ist?"

Sie nickt. „Der Betrag, der auf dich wartet, ist es sicherlich wert. Und er ist dein erster Dom. Du solltest wissen, dass dies oft mit dem ersten Mann passiert, dem eine Sub sich hingibt. Das Gefühl verschwindet mit der Zeit und du baust eine Immunität dagegen auf, dich in die Männer zu verlieben, die nur eins von dir wollen. Du lernst, zwischen Liebe und Lust zu unterscheiden. Es ist eine wichtige Lektion. Du wirst feststellen, dass sie dir auch in der realen Welt hilft. Wenn ein Mann zu dir kommt, kannst du sofort erkennen, was du vor dir hast. Wenn er wirklich an dir interessiert ist, wirst du den Unterschied zwischen ihm und den Männern, die nur deinen Körper wollen, bemerken."

„Großartig", sage ich, während ich Wasser über mein Gesicht spritze, „was für eine Erleichterung!"

Sie lacht. „Sarkasmus steht dir gut, Petra. Es ist mein Ernst. Du wirst eines Tages in der nahen Zukunft dankbar dafür sein, dass du diese Erfahrung gemacht hast. Dass du den Unterschied zwischen einem Mann, der dich für deinen Körper will, und einem, der dich für deinen Verstand will, kennengelernt hast."

„Ich werde darüber nachdenken, was du gesagt hast, Pat. Vielen Dank für den Versuch, mir zu helfen. Du bist sehr nett. Kannst du mich jetzt ein bisschen weinen lassen?"

Mit einem Nicken verlässt sie mich und ich breche wieder in Tränen aus.

Werde ich mich daran gewöhnen? Werde ich lernen, Männer zu erkennen, die mich nur für Sex haben wollen? Gibt es etwas Gutes an dieser Sache, außer dass sie mir finanzielle Sicherheit bringt?

16

OWEN

Ich sitze im Auto im Parkhaus des Clubs und kann mich nicht dazu bringen, loszufahren. Alles fühlt sich so unvollendet an. *Ich habe sie dort liegenlassen, ohne ein einziges Wort zu sagen!*

Ich habe das Gleiche mit meinen anderen Subs getan, mich aber noch nie so schuldig deswegen gefühlt. Bei Petra kann ich nicht aufhören, wegen allem Möglichen Schuldgefühle zu haben. Ich muss lernen, damit aufzuhören, bevor es eskaliert.

Mein Handy klingelt und ich nehme es vom Beifahrersitz, nur um zu sehen, dass es Petra ist. Sie soll mich nicht anrufen und das weiß sie auch. Und ich sollte ihr nicht antworten, aber ich gehe ran, weil ich mich nicht davon abhalten kann. „Hallo."

Ihre Stimme ist rau, als ob sie geweint hat, und schon schmerzt mein Herz noch schlimmer. „Ich weiß, ich soll dich nicht anrufen oder mit dir reden. Aber ich wollte, dass du weißt, dass mir das gut gefallen hat. Ich kann das sein, was du brauchst."

Ich lege meinen Kopf auf das Lenkrad und murmle: „Das ist immer noch mehr, als ich normalerweise tue."

„Dann tue mit mir, was du normalerweise tust."

Ich bin nicht sicher, ob ich das kann, aber ich antworte: „Vielleicht."

Ich höre sie seufzen und dann sagen: „Sag mir, was du mit den anderen getan hast."

„Die anderen saßen mit gefesselten Armen und gespreizten Beinen auf dem Bett. Das Bett ist gerade hoch genug, dass ich meinen Schwanz in sie stoßen und sie an den Schultern halten kann, während ich sie ficke. Ich komme zum Orgasmus, dann gehe ich."

„Tu das mit mir. Es klingt überhaupt nicht schlecht", sagt sie und wirkt, als wäre es so einfach für sie zu ertragen.

Ich mache ein Bekenntnis, das ich wahrscheinlich bereuen werde: „Petra, es ist nicht so einfach. Ich sehne mich danach, deine weiche Haut zu spüren. Es ist fast unmöglich für mich, weniger zu wollen. Ich muss zugeben, dass ich sogar noch mehr von dir will."

„Du musst nicht immer das Gleiche tun, Owen. Es steht mir vielleicht nicht zu, das zu sagen, aber was, wenn du dich weiterentwickelst? Vielleicht erwartest du mehr von einer Frau, für die du so viel bezahlt hast. Du kannst mit mir tun, was du willst. Alles. Komm einfach heute Abend zu mir zurück. Lass uns herausfinden, ob du mit mir tun kannst, was du mit den anderen gemacht hast, oder etwas anderes. Komme einfach zurück. Bitte."

Ein plötzlicher, gigantischer Ausbruch von Schuld kommt über mich. „Ich bin nicht sicher, was ich von dir will. Und du sollst mich nicht anrufen. Wir sind keine Freunde und ich werde dich treffen, wann ich es will." Ich lege auf und fühle mich schrecklich, noch bevor ich mein Handy wieder auf den Beifahrersitz werfe.

Ich bin ein Arsch!

Warum muss das so verdammt schwer sein? Und warum

steige ich aus meinem Auto aus? Und was zum Teufel werde ich jetzt machen?

Ich lasse mein Handy zurück, schließe den Wagen ab und gehe wieder in den Club. Mein Herz führt mich hinein und mein Gehirn lässt es gewinnen. Ich gehe in den Geschenkladen und schaue mir den Schmuck dort an. Der *Dungeon of Decorum* hat eine schöne Kollektion zur Auswahl und ich wähle eine Halskette mit einem Herzen aus Diamanten. Es wird schön an ihr aussehen und das ist alles, was ich will. Ich möchte, dass sie sich wunderschön fühlt. Und ich habe ihr nicht dieses Gefühl gegeben.

„Ist das alles?", fragt die Verkäuferin, als sie zu einem sehr schönen Korb voller Käse, frischer Früchten und einer Flasche Wein nickt. „Dieser Geschenkkorb wäre ideal, um die Kette zu verbergen und Ihre Sub wirklich zu überraschen." Sie zeigt mir, wie kunstvoll der Korb gestaltet ist. „Ich wette, sie ist sehr gut zu Ihnen und Sie wollen ihr zeigen, wie sehr Sie alles schätzen, was sie getan hat."

„Sie ist perfekt", murmle ich, „besser als ich es verdiene."

„Ah, ich bin froh, dass Sie eine gute Sub bekommen haben", sagt sie, als sie die Halskette in eine schwarze Schachtel legt. „Wie lange sind Sie beide schon Partner?"

„Ähm, noch nicht lange." Ich ziehe den Korb zu mir und sehe mir auch die Parfüms an. „Legen Sie auch ein Parfüm in den Korb. Können Sie ihn zu Apartment 22 schicken lassen?"

„Ja. Möchten Sie ihn sofort liefern lassen oder irgendwann später?", fragt sie, als sie ein schönes Parfüm nimmt und etwas davon auf einen Teststreifen spritzt.

Ich rieche das florale Aroma und nicke. „Ich nehme es. Lassen Sie ihr den Korb sofort bringen. Ich gehe zur Bar."

„Möchten Sie ihr auch eine Nachricht senden?", fragt sie, als sie einen Stift und einen mit Herzen bedeckten Notizblock zu mir schiebt.

Ich nehme ihn und schreibe vier Worte darauf: *Es tut mir leid*. Dann schiebe ich alles zurück zu ihr und sehe ein Lächeln auf ihrem Gesicht.

„Ich bin sicher, dass sie Ihre Entschuldigung annehmen wird." Sie schiebt die Rechnung zu mir und ich unterschreibe sie. „Sie sehen so gut aus. Ich kann mir keine Frau vorstellen, die lange wütend auf Sie sein könnte."

Mit einem Nicken gehe ich. Petra verdient mehr als Geschenke als Entschuldigung für mein Verhalten. Sie verdient es, die Worte aus meinem Mund zu hören. Sie verdient so viel mehr von mir. Und ich werde es ihr nicht geben.

Ich finde die Bar, die voller Paare ist, und fühle mich noch schlechter, weil ich hier bin und Petra alleingelassen habe. Aber ich muss nachdenken. Etwas ist anders in mir.

Als ich mich auf einen Barhocker in der Nähe des Endes der langen Theke setze, kommt der Barkeeper, der gerade ein Kristallglas abtrocknet, zu mir. „Was darf ich Ihnen bringen?"

„Suchen Sie etwas aus. Ich will mich betrinken. Können Sie mir dabei helfen?", frage ich den Mann, der mich mit dunklen Augen ansieht, von denen ich weiß, dass sie schon ziemlich üble Dinge gesehen haben.

„Bevor ich Ihnen diesen Dienst erweise, sagen Sie mir bitte, ob Sie heute Abend nach Hause fahren müssen. Falls ja, werde ich einen Fahrer für Sie arrangieren, bevor ich Ihnen etwas gegen Ihr Leiden serviere."

„Oh, ein Barkeeper mit Verantwortungsgefühl. Ich mag Sie jetzt schon. Ich habe hier ein Apartment. Aber falls ich Ihnen sage, dass ich doch in mein Hotel gehe, besorgen Sie mir bitte einen Fahrer."

„Natürlich", sagt er, während er seine Hände ausstreckt, „ihre Autoschlüssel, bitte."

Ich reiche ihm meine Schlüssel in dem Wissen, dass ich in kürzester Zeit betrunken sein werde. Manchmal brauche ich einfach einen Neustart. Ich trinke, bis ich nicht mehr kann und es irgendwie mein Gehirn zurücksetzt und mich auf den richtigen Weg zurückbringt. Das brauch ich jetzt.

Ich habe keine Ahnung, was der Mann vor mich stellt, aber ich kippe es herunter und meine Kehle brennt. Die Hitze bewegt sich in meinen Bauch und ich nicke zustimmend. Er schenkt mir nach und stellt dann ein Glas mit kaltem Bier vor mich. „Ich lasse Sie das austrinken, dann sehen wir weiter."

Während ich das Bier trinke, denke ich über meine Abneigung gegen betrunkene Frauen nach und darüber, warum es okay ist, wenn ich trinke, aber nicht, wenn sie es tun. Vielleicht denke ich insgeheim, dass sie stärker sein sollten als Männer. Frauen sollten ihre Familie stützen und nicht so schwach sein wie ihre Partner.

Mom war keine fürsorgliche Ehefrau und Mutter. Dad hat das oft gesagt, als wir aufgewachsen sind. Sie ist ausgegangen und hat uns zu Dad geschickt, weil sie Zeit für sich haben musste. Mein Bruder, meine Schwestern und ich gingen zu Dad und erzählten es ihm, und er sagte uns, dass sie uns verlassen hatte, um sich zu betrinken, einen Mann aufzureißen und eine selbstsüchtige Schlampe zu sein.

Er tat das alles, während er reichlich Bier trank und sich Dinge im Fernsehen ansah, die so nah an Pornos waren, wie man sie im öffentlichen Fernsehen senden konnte. All das, während er Kommentare über Mom abgab, die uns Kinder ziemlich schlecht über sie denken ließen.

Wenn ich daran zurückdenke, ist es kein Wunder, dass ich mich für ungeeignet halte, Kinder oder eine echte Frau in meinem Leben zu haben. Ich trinke aus und der Barkeeper bringt mir Nachschub. „Danke", sage ich, als er das Schnapsglas und ein neues Bierglas vor mich stellt.

„Ich kann Ihnen weibliche Gesellschaft vermitteln, wenn Sie wollen", bietet er an.

„Nein, ich habe das schon, wenn ich es will. Sie ist in mein Apartment eingesperrt." Ich nehme den Schnaps, während ich darüber nachdenke, dass ich eine schöne Frau habe, die alles für mich tun will und die mir erlauben wird, alles mit ihr zu tun, was ich will. Und hier bin ich und betrinke mich.

„Sicher, lassen Sie mich wissen, wenn Sie etwas brauchen. Ich komme gleich wieder." Er lässt mich wieder mit meinen Gedanken allein und ich hasse es.

Der Alkohol bringt meine Gedanken durcheinander, bis ich nur noch eines denken kann.

Petra!

17

PETRA

Ich schaute auf den Korb mit den Dingen, die Owen mir geschickt hat. Ich möchte mich bei ihm bedanken und ihm sagen, dass ich seine Entschuldigung annehme. Die Halskette ist atemberaubend. Ich habe noch nie etwas so Schönes gesehen. Das Parfüm riecht wunderbar und das Essen und der Wein sehen köstlich aus. So gut alles auch ist – ich kann nur daran denken, wie sehr ich ihn hier bei mir haben will.

Ich rufe ihn an, um mich zu bedanken, aber er geht nicht an sein Handy. Ich war ziemlich sicher, dass er es tun würde, da die Nachricht besagte, dass es ihm leidtut. Jetzt mache ich mir Sorgen um ihn und darüber, wo er ist. Ich möchte wissen, ob er in Ordnung ist, und bitte ihn per Textnachricht, mir einfach zurückzuschreiben, damit ich weiß, dass ihm nichts passiert ist. Aber es kommt keine Antwort.

Es macht mich noch verrückt!

Ich stehe vom Sofa auf und gehe ins Bett. Ich werde wahrscheinlich nicht einschlafen können, aber wenigstens kann ich mich hinlegen. Pat hat die Laken gewechselt, also muss ich Owen nicht riechen, aber jetzt wünschte ich, dass ich es könnte.

Ich will ihn riechen.

Ich ziehe das Negligé aus, steige unter die Decke und schiebe meine Nase in das Kissen, um zu sehen, ob irgendwelche Reste von ihm noch da sind. Ich rieche nur frisches Leinen. Mein Herz schmerzt, als ich meine Augen schließe und mir sein Gesicht vorstelle.

Die Schlafzimmertür fliegt auf, und Owen stolpert herein und sieht ein wenig betrunken aus. „Baby, ich bin zu Hause", murmelt er, als ich aus dem Bett springe, um ihm zu helfen.

„Owen, geht es dir gut?", frage ich, als ich meinen Körper unter seinen Arm schiebe, um ihn zu stabilisieren. „Soll ich dir helfen, dich auszuziehen? Willst du hier schlafen? Willst du ..."

Sein Mund stürzt sich auf meinen, als er die Kontrolle übernimmt. Ich weiche zurück, bis ich gegen das Bett stoße, und er drückt mich hinunter. Seine Augen wandern über meinen nackten Körper, während er sich auszieht.

Der Alkohol hat ihn ungeschickt gemacht und ich rutsche weiter nach oben und stütze meinen Kopf auf die Kissen, während er sich ganz entkleidet. Dann breite ich meine Arme für ihn aus und er kommt zu mir.

Unsere Münder kollidieren und ich schmecke die Mischung aus Schnaps und Bier. Es stört mich nicht im Geringsten. Ich bin begeistert darüber, dass er zu mir gekommen ist!

Er packt meine Haare und zieht an ihnen, bis es wehtut. Ich bin ziemlich sicher, dass er sich dessen nicht bewusst ist. Wie im Rausch berührt er mich, während sein Körper sich über meinen bewegt.

Meine Hände bewegen sich über ihn und prägen sich jeden harten Muskel ein. Ich benutze meine Füße, um über die Rückseite seiner Beine zu streichen und liebe es, wie stark sie sich anfühlen. „Ja", stöhne ich.

Sein Mund verlässt meinen, als er mich ansieht, dann schenkt er mir ein schiefes kleines Lächeln. „Hi."

Ich lächle zurück. „Hi."

Seine Worte klingen verschwommen. „Ich mag dich, Petra. Ich mag dich sehr. Hat dir die Kette gefallen?"

„Ich liebe sie. Vielen Dank."

Mit einer schweren Hand streichelt er meine Wange. Es fühlt sich eher wie ein Stoß als eine Liebkosung an, aber es ist mir egal. Ich bin so froh darüber, ihn ansehen und berühren zu können, dass ich alles liebe, was dieser Mann tut.

„Du liebst sie?", fragt er. Dann küsst er mich wieder, als er mich packt und sich mit mir umdreht.

Ich bin auf ihm und möchte ihm einen Vorgeschmack auf das geben, was ich für ihn tun kann. Ich zerre meinen Mund von seinem weg, beuge mich über ihn und küsse seinen Hals. Dann flüstere ich: „Wie wäre es, wenn du mich deinen großen Schwanz mit meinem Mund verwöhnen lassen würdest?"

„Oh ja, Baby! Verdammt gute Idee." Ich sehe, wie er lächelt, und küsse seinen Körper.

Ich bewege mich zwischen seine Beine, berühre mit meinen Händen seinen riesigen Schwanz, schaue ihn an und denke, dass er das Beste ist, was ich je zwischen den Beinen eines Mannes gesehen habe. Ich küsse die Spitze und lecke darüber, und Owen stöhnt vor Verlangen.

Ein Lächeln ist auf meinem Gesicht. Dann senke ich meinen Mund über ihn und nehme ihn in mir auf. Owens Stöhnen hört nicht auf. Es geht immer weiter, während ich meine Lippen über ihn gleiten lasse. Er zieht an meinen Haaren und ich liebe, wie es sich anfühlt.

Ich schmecke einen Hauch von Sperma und er zerrt mich hoch. „Auf die Knie."

Ich knie mich auf das Bett und schreie, als er seinen harten Schwanz von hinten in mich rammt. Ich bin noch wund von dem, was er zuvor getan hat, und es brennt ein wenig, als er in mich stößt.

„Magst du es, wenn ich dich ficke, Petra?"

„Ja", stöhne ich, als ich mich auf meine Ellbogen stütze, „Ja."

„Ich ficke dich auch gern. Ich mag es, mit dir zu reden, dich zu ficken und dich anzusehen." Er knurrt, als er härter zustößt. „Und ich mag es, an dich zu denken."

„Ich denke auch gern an dich", stöhne ich, als sein Schwanz genau die richtige Stelle trifft. „Baby, du fickst mich so gut, es sollte illegal sein."

„Ja?", fragt er, als er eine Kreisbewegung macht, die mich fast um den Verstand bringt.

„Ahh!"

„Ja, Baby. Du magst es!" Er schlägt mir auf den Hintern.

„Ja!", schreie ich und er tut es immer wieder, während er mich fickt.

Ich kann den Orgasmus nicht stoppen, der durch mich stürzt, und er knurrt: „Komm für mich, Petra. Verdammt nochmal, du fühlst dich gut an!"

Mein Körper zittert, als er sich herauszieht und mich umdreht, dann rammt er sich wieder in mich, während er mich ansieht. Ich streiche mit meinen Händen über seine Wangen und schiebe seine langen dunklen Haare zurück, damit ich ihn anschauen kann, während er mich so nimmt, wie ich es mir erträumt habe. „Du bist so wunderschön", flüstere ich.

Er lächelt und sagt dann: „Du auch!"

Ich ziehe ihn zu mir hinunter und küsse ihn. Sein Mund wird sanft und unser Kuss verwandelt sich in etwas, das mit Leidenschaft gefüllt ist.

Seine Hände bewegen sich über meine Schultern, als er sie um mich legt und uns wieder umdreht. Dann schiebt er mich hoch und ich reite ihn, während er mich beobachtet. Er hält mich an der Taille fest und sieht mich mit anbetenden Augen an.

Seine Bauchmuskeln sind angespannt und ich muss meine Hände auf sie legen und bewundern, wie viel Arbeit der Mann in seinen Körper investiert hat. „Du bist wie ein griechischer Gott."

Er blickt mich an, zieht mich dann zu sich und küsst mich erst süß und dann hart, als er seine Hände auf meine Hüften legt und mich schneller bewegt. Mein Körper kann nicht noch mehr ertragen und ich komme wieder, während wir uns küssen. Er zuckt in mir, als er mich mit seinem Samen füllt.

Unsere harten Atemzüge vermischen sich, da er unseren Kuss nicht beendet. Ich kann mich nicht daran erinnern, dass ich mich je zufriedener gefühlt habe. Als unsere Münder sich trennen, lächelt er mich an und rollt sich wieder herum, so dass ich auf dem Rücken liege und sein Körper sich an meine Seite drückt. „Ich habe alles, was wir eben getan haben, gemocht. Und du?"

Ich schüttle meinen Kopf und lächle ebenfalls. „Ich auch."

Er zieht mich fest an sich und seine Stirn berührt die Seite meines Kopfes. Er küsst mich dort und gibt mir das Gefühl, etwas Besonderes zu sein. Wenn ich ihn nie wieder so bekomme, ist es eine Sünde, aber zumindest habe ich dieses eine Mal. Ich werde es niemals vergessen.

Ich wache verwirrt auf, als ich Owens Arm schwer über meine Taille drapiert fühle. Sein Schwanz drückt sich gegen meinen Rücken und ein Lächeln bewegt sich über meine Lippen, die von seinen Küssen geschwollen sind. Er ist geblieben!

Ich drehe mich in seinen Armen zu ihm und nehme mir die Zeit, ihn im Morgenlicht anzusehen. Ein leichter Bart bedeckt sein Gesicht, weil er sich noch nicht rasiert hat, und verleiht ihm eine wilde Schönheit. Ich mag es sehr.

Seine Lippen sind etwas geöffnet und er schnarcht leise. Das mag ich auch!

Zärtlich lasse ich meine Hand über seinen enormen Bizeps wandern, während mein Inneres anfängt zu glühen. Er wirft ein Bein über mich, als er sich näher zu mir bewegt. Sein Schwanz wächst, während er gegen meinen Bauch gedrückt wird.

Er bewegt sich rhythmisch und dann berühren seine Lippen erst meine Stirn und dann meinen Mund. Wir küssen uns mit geschlossenen Lippen und er zieht mich noch näher zu sich und dreht mich dann um. Schon lieben wir uns.

Sein Körper bewegt sich schläfrig über meinen und ich wickle meine Beine um ihn herum. Ich bin ganz wach, aber er ist immer noch im Halbschlaf. Unsere Körper bewegen sich rhythmisch und bevor ich mich versehe, atme ich schneller. Bald kommen wir beide zu Orgasmen, die uns nach Luft schnappen lassen.

Er fällt von mir herunter und liegt neben mir auf dem Rücken. „Guten Morgen, meine Schöne."

Ich nehme seine Hand. „Guten Morgen, mein schöner Mann."

Er zieht meine Hand hoch, schaut mich mit Liebe in den Augen an und sagt: „Ich wünschte, ich wäre ein anderer Mann. Ich wünschte, ich würde glaube, dass Liebe ewig währen kann. Ich wünsche mir so viele Dinge, Petra. Aber am allermeisten wünsche ich mir, ich könnte der Mann sein, den du verdienst."

Ich streichle sein Gesicht. „Du kannst es sein. Du bist es schon."

Er schüttelt den Kopf. „Du hast keine Ahnung, wie kaputt ich bin."

„Sind wir nicht alle ein bisschen kaputt?", frage ich, „ich meine, schau, was ich getan habe. Ich habe mich für den Sommer verkauft. Das ist auch kaputt."

Er lacht, nimmt meine Hand und hält sie an sein Herz. „Und warum hast du das getan, Petra?"

„Um mein Studium zu finanzieren. Die Ehe meiner Mutter

machte es mir unmöglich, Geld für das College zu bekommen", sage ich ihm, während er eine meiner Fingerspitzen küsst, „und mein Stiefvater ist ein Idiot, der mir niemals ein Darlehen geben würde, um mein letztes Jahr am College zu finanzieren."

„Isabel sagte mir, dass du Lehrerin werden willst. Ein angesehener Beruf", sagt er, „ich kann verstehen, warum du es getan hast, und ich bin froh, dass ich derjenige war, der die Auktion gewonnen hat. Du solltest auch wissen, dass ich dir genug Geld gegeben habe, um den Rest deines Lebens komfortabel zu verbringen, wenn du es richtig investierst. Und da du weißt, wer ich bin, werde ich dir helfen, das zu tun. Ich will dich nie wieder auf dem Auktionsblock sehen."

„Ich werde nie wieder dort stehen. Und danke für deine Hilfe bei der Investition des Geldes. Ich habe keinen Sinn fürs Geschäft", gebe ich zu, während ich seinen muskulösen Arm streichle.

Ich liebe es. Ich liebe es, wie er mit mir spricht und mir erlaubt, ihn so kennenzulernen.

Ein Licht füllt seine Augen, als er sagt: „Petra, ich muss dir sagen, dass ich den Gedanken nicht ertragen kann, dass irgendein anderer Mann dich berührt. Ich bin froh zu hören, dass du niemals wieder bei einer Auktion teilnehmen willst. Glaubst du, du könntest mit der aktuellen Situation für längere Zeit zufrieden sein?"

„Ich kann nicht länger hierbleiben als diesen Sommer", erinnere ich ihn.

„Ich meine nicht hier." Er beugt sich über mich und küsst mich auf die Stirn. „Ich meine in Los Angeles. Nachdem du deinen Abschluss gemacht hast, könnte ich dir helfen, dort Fuß zu fassen. Und in der Zwischenzeit könnte ich dich in Ohio besuchen. Du würdest kein Geheimnis sein, Petra. Aber ich würde dich irgendwo außerhalb meines Hauses unterbringen und nur zu dir kommen, wenn ich will. Glaubst du, du könntest so leben?"

Mein Kopf ist voller Fragen, aber mein Herz schreit mich an, ihm die Wahrheit zu sagen. „Owen, ich weiß nicht, ob mir das reicht. Ich weiß, dass du mir viel bedeutest. Und ich würde dich gerne weiterhin sehen. Ich werde unsere Vereinbarung für die Vertragslaufzeit einhalten. Danach möchte ich aber keine Frau sein, die auf einen Mann wartet, der nur dann zu ihr kommt, wenn er Sex will."

Seine Augen wandern zur Seite und er sieht aus, als ob er darüber nachdenkt, mir etwas zu erzählen, aber er sagt nur: „Ich will keine normale Beziehung."

Ich lehne mich an die Kissen und frage: „Und warum, Owen?"

Sein Stirnrunzeln lässt mich denken, dass ich vielleicht alte Wunden aufreiße, die er lieber vergessen würde. Aber ich muss es tun, wenn er mich will.

18

OWEN

Obwohl ich nicht verstehen kann, warum mein Mund sich bewegt und so viel über mich erzählt, tue ich es trotzdem: „Mein Vater und meine Mutter ließen sich scheiden, als wir Kinder waren. Sie haben einander im Namen der Liebe und der Familie schreckliche Dinge angetan. Sie haben uns alle fast mit in den Abgrund gerissen und dabei behauptet, dass sie all das nur aus Liebe zu ihrer Familie taten. Sie haben mir gezeigt, wie die Ehe wirklich ist. Ich glaube nicht an das Märchen, von dem die meisten Paare reden."

Petras weiche Hand streichelt meine Brust. „Scheidungen müssen furchtbar sein. Ich weiß es nicht. Ich habe meinen Vater nie gekannt. Er hat Mom früh verlassen. Ich hatte überhaupt keinen Vater. Dann traf dieser reiche Kerl Mom in der Bank, wo sie arbeitete, und hat sie mir weggenommen. Jetzt habe ich niemanden." Sie sieht mein trauriges Gesicht und hebt den Kopf, um meine Wange zu küssen. „Schau mich nicht so an. Ich finde meinen eigenen Weg in dieser Welt. Ich brauche kein Sicherheitsnetz."

„Aber du brauchst Leute, auf die du zählen kannst", sage ich.

„Es klingt, als ob du das auch nicht hast. Und dir geht es

großartig. Ich habe meine Ausbildung, meine Karriere, die bald beginnen wird, und dank dir genug Geld, um mein Leben angenehm zu gestalten."

„Ich hatte auch kein Sicherheitsnetz. Du hast recht", stimme ich ihr zu.

„Was ewige Liebe angeht, muss ich zugeben, dass ich nur schwer daran glauben kann. Meine Mutter sagte mir, dass mein Vater ständig seine Liebe für sie beteuerte, aber sie trotzdem bald nach meiner Geburt verließ."

„Dann haben wir ähnliche Vorstellungen darüber, was wir glauben und vom Leben wollen", sage ich, als ich sie zu mir ziehe und denke, ich könnte sie dazu bringen, alles so zu machen, wie ich es will.

Sie legt ihre Hand auf meine Brust, um mich davon abzuhalten, sie ganz zu mir zu ziehen. „Owen, ich weiß, ich habe gesagt, dass es mir schwerfällt an die ewige Liebe zu glauben, aber ich habe ein romantisches Herz. Wenn ich für einen Mann ans andere Ende des Landes ziehe, muss ich wissen, dass ich mehr für ihn bin als eine Frau, zu der er nur dann kommt, wenn ihm gerade danach ist."

„Was, wenn mir oft danach ist?", frage ich sie. „Vielleicht öfter als normalerweise bei anderen Frauen. Ich meine, ich empfinde mehr für dich als für jede andere."

„Das glaube ich dir", sagt sie und sieht mich dann an, „aber ich möchte trotzdem etwas Festes. Du und ich werden drei Monate damit verbringen, alles zu machen, was du willst. Ich befürchte, dass das ein Muster werden könnte. Und ich verstehe es. Aber ich möchte mehr."

„Wie viel mehr?", frage ich, da ich keine Ahnung habe, was sie will.

„Es fühlte sich gut an, in deinen Armen aufzuwachen. Bist du gerne aufgewacht, wie du es heute getan hast?", fragt sie, als sie zu mir aufsieht.

Ihre großen Augen wecken in mir den Wunsch, sie zu küssen, und ich beuge mich vor. „Ich habe es geliebt."

„Nun, das ist es, was ich langfristig will. Ich will jeden Abend zusammen zu Bett gehen. Ich will mit dem Mann aufwachen, mit dem ich eingeschlafen bin. Ich will unsere Tage, Nächte und Wochenenden gemeinsam planen. Zusammen ausgehen, zusammen zu Hause bleiben und dabei ständig ich selbst sein. Ich will mich bei einem Mann in meiner Haut wohlfühlen und ich will, dass er sich auch bei mir wohlfühlt."

Mit einem Stirnrunzeln sage ich: „Das ist ein Märchen, Petra. Die Geschichte, die jedes vermeintlich glückliche Paar uns Singles erzählt. Siehst du nicht, wie du darauf hereinfällst?"

„Vielleicht falle ich auf das Märchen mit dem glücklichen Ende, von dem so viele Paare reden, herein. Aber was für ein Leben wäre es, wenn wir keine Hoffnung hätten, dass es mehr für uns geben könnte? Sag mir, wie dein Leben deiner Meinung nach sein wird, wenn du nur dann zu mir kommst, wenn du mich ficken willst."

„Nun, du willst das vielleicht nicht hören, aber ich denke, es wäre verdammt großartig!" Ich lache und kitzelte sie.

Sie lacht ebenfalls und windet sich, bis sie flach auf dem Rücken liegt. „Owen, hör auf!"

Die Art, wie sie mich ansieht, während ich aufhöre, sie zu kitzeln, zieht meine Aufmerksamkeit ganz auf sie. „Petra, versprich mir, dass du darüber nachdenken wirst. Dieser Sommer wird dich wissen lassen, wie es sein wird, wenn du dich dazu entscheidest, weiterhin mit mir zusammen zu sein. Ich glaube nicht, dass es so schlimm sein wird, wie du denkst. Und ich werde weiterhin für dich sorgen. Ich kaufe dir ein Auto und ein riesiges Haus. Alles, was du willst, wirst du bekommen. Und wie ich schon sagte, wirst du kein Geheimnis sein. Wir gehen zusammen aus, wann immer wir wollen. Von dir wird nur erwartet, dass du darauf wartest, dass ich dich frage. Erlaube mir, zu dir zu kommen, wann immer ich es will. Es klingt nicht so schlimm, oder?"

Sie streichelt meine Wange, während sie mich ansieht. „Owen, bei dir klingt es einfach, aber ich weiß, dass ich dich so viel wie möglich bei mir haben wollen würde. Ich will, dass du dich dafür interessierst, was ich in einer Beziehung brauche. Es geht um so viel mehr als um ein Haus und ein Auto. Es geht darum, dass du nach einem harten Tag da bist und mich daran erinnerst, dass ich jemanden habe, der mich liebt. Es geht darum, die schlechten Zeiten und die guten Zeiten zu teilen."

„Aber niemand hat all das, Baby. Es ist ein Mythos."

„Und was ist mit Kindern, Owen?", fragt sie, „werden wir niemals welche haben?"

„Nein, wir werden keine haben, Petra." Ich starre sie an und frage mich, ob sie eine Ahnung davon hat, wie hart es für Kinder ist, wenn ihre Eltern sich trennen. „Ich will keine unschuldigen Kinder in eine Welt setzen, in der sie so schlimm verletzt werden können."

„Was ist dann der Sinn von all dem, Owen?", fragt sie mich, als sie ihre Hände durch meine Haare bewegt. „Geht es darum, dass Männer und Frauen sich treffen, Sex haben, weil es sich gut anfühlt, und dann einander verlassen? Geht es darum, kein neues Leben zu schaffen, weil die Welt ein harter Ort ist und Menschen verletzt werden? Geht es darum, dass deine Vergangenheit dich davon abhält, in die Zukunft zu blicken? Eine Zukunft, die du für dich und die Menschen, die du liebst, selbst gestalten kannst?"

„Oh, Baby, du bist eine jener Frauen, die an die Lüge der Liebe glauben. Vielleicht willst du nicht, was ich mache. Aber ich werde mein Bestes geben, um dir zu zeigen, wie das Leben sein kann, wenn du meine Einschränkungen akzeptierst."

„Einschränkungen wie dein Unvermögen, dich für eine Frau zu entscheiden?"

Ich schüttle den Kopf und antworte: „Das ist kein Problem. Wenn du und ich unsere Beziehung fortführen, werde ich keine anderen Frauen daten. Ich kann das versprechen. Aber ich werde nicht bei dir leben. Ich werde nicht meinen Zeitplan um dich herum ausrichten. Aber ich werde erwarten, dass du mich zu deiner Priorität machst und da bist, wenn ich dich brauche. Und ich werde erwarten, dass du keine anderen Männer datest."

„Das ist nicht genug für mich", sagt sie und mein Herz sinkt.

„Nun, wenn du so empfindest, dann habe ich keine andere Wahl als einfach so weiterzumachen", sage ich zu ihr, als ich aufstehe. Dann drehe ich mich um, hebe sie hoch und gehe mir ihr zur Dusche.

Sie wickelt ihre Arme um mich, als sie lacht. „Owen, du bist verrückt."

„Ich weiß." Ich drehe sie um, damit sie das Wasser einschalten kann. Dann trete ich mit ihr in die Dusche und stelle sie auf ihre Füße.

Sie gibt Shampoo in ihre Hände und stellt sich auf die Zehenspitzen, um ihre Hände durch meine Haare gleiten zu lassen. Ich drehe mich um und lehne mich zurück, damit sie mich besser erreichen kann. Ihre Hände fühlen sich großartig an, als sie meinen Kopf massieren, und mein Schwanz reagiert sofort.

Ich drehe mich um und spüle meine Haare aus, während sie meine Erektion betrachtet.

„Was sagst du? Sollen wir es nochmal tun, Baby?"

Mit einem Kichern packt sie meine Schultern und springt hoch, dann wickelt sie ihre Beine um mich und drückt meinen Schwanz in sich hinein. „Nur zu gern. Nimm mich nochmal, Sir."

„Ich glaube, das werde ich", sage ich mit einem Lachen, dann schiebe ich sie mit dem Rücken an die Wand und gebe ihr, was sie will.

Tatsache ist, dass ich Petra alles geben könnte, was sie will, und mehr. Aber was würde uns das bringen? Sicher, wir könnten uns vorübergehend verlieben, wie es bei den meisten Menschen der Fall ist. Wir könnten zusammen ein Haus bauen, Hunde kaufen und uns die ganze Zeit an den Händen halten, während wir unsere Pläne für die Zukunft machen.

Ich habe all das bei meinen Eltern gesehen.

Aber wie fair wäre es, wenn ich so tun würde, als ob Petra und ich für immer glücklich sein werden, wenn ich weiß, dass so etwas nicht passieren kann?

Die Menschen sind nie darauf vorbereitet. Ist es nicht besser, von vornherein so zu leben, dass Dinge wie Trennungen erträglicher und weniger zerstörerisch sind?

Bin ich der einzige Mensch auf dem Planeten, der so denkt?

Petras Stöhnen bringt meine Aufmerksamkeit auf sie zurück. Ihre Nägel wandern über meine Schultern. „Das ist schön. Denkst du nicht?"

„Es ist schön. Ich ficke dich gern. Im Bett, in der Dusche und auch sonst überall. Und du?"

„Ich glaube, ich mag es auch", stöhnt sie.

Das denke ich auch, aber ich muss sie dazu bringen, sich so sehr danach zu sehnen, dass sie alles dafür tun würde. Einschließlich eines Umzugs nach L.A., um dort meine kleine Liebessklavin zu sein!

19

PETRA

Owen hat den ganzen Tag mit mir verbracht. Er hat einige Andeutungen gemacht, wie großartig es wäre, wenn ich meine Meinung über den Umzug nach L.A. ändern würde, um seine stets auf ihn wartende Geliebte zu sein.

Ich bin keine Idiotin. Ich weiß, dass ich es hassen würde. Ich werde im Moment dafür bezahlt, genau das für ihn zu sein, aber danach will ich viel mehr.

Er hat sich einen schönen Anzug bringen lassen und plant, in einen Club zu gehen, der in der Nähe seines Hotels ist. Er ködert mich. Ich weiß es. Er hat mir schon gesagt, dass er bereit ist, Änderungen vorzunehmen, wenn ich damit einverstanden bin, diese Sache fortzuführen, solange er will. Wenn nicht, hat er keine andere Wahl als so weiterzumachen, wie er es von Anfang an geplant hatte.

Ich springe nicht auf seinen Köder an. Ich werde nicht auf seine dummen Forderungen eingehen. Wenn er nach diesem Sommer mehr von mir will, muss er bereit sein, mehr in unsere Beziehung zu investieren. Es kann nicht sein, dass alles immer so weitergeht.

Er ist heiß wie die Hölle und es macht Spaß, bei ihm zu sein, aber ich muss an mein Herz denken. Er muss Zugeständnisse für mich machen, wenn er mich wirklich will. *Ich hoffe, dass er es tut!*

Wir haben zu Abend gegessen und die Angestellten sind gekommen, um das Geschirr abzuholen. Dann ging Owen duschen und jetzt macht er sich bereit zum Ausgehen. Ich wähle einen Film aus, den ich mir ansehen werde, und warte ab, ob er tatsächlich ausgeht und mich hier alleinlässt.

Sein moschusartiger Duft dringt aus dem Schlafzimmer, als er edel gekleidet aus der Tür kommt. „Ich gehe jetzt, Petra. Ich habe keine Ahnung, wann ich zurückkomme."

„Ich weiß", sage ich, stehe auf und gehe in die Küche. Ich trage ein kleines schwarzes Hemdchen mit passendem Höschen, da er nur diese Art von Kleidung für mich bereitgestellt hat. „Viel Spaß, Sir."

„Oh, ich werde Spaß haben", sagt er, während seine Augen mir folgen, „und was wirst du tun, um dich heute Abend zu unterhalten?"

„Ich habe einen Film gefunden, eine Liebesgeschichte. Mir geht es gut." Ich beuge mich mit Absicht nach vorn und recke meinen Hintern, als ich in den Mini-Kühlschrank schaue. „Oh, Limonade." Ich richte mich wieder auf. „Ich denke an Popcorn mit Mais-Butter-Aroma und Limonade. Klingt gut, oder?"

„Nun, nicht so gut wie Cocktails und Tanzen. Aber gut, dass du etwas zu tun hast, während ich weg bin." Er lehnt sich gegen die Küchentheke, als ich den Korb voller Leckereien durchgehe, um die Packung zu finden, die ich will. „Worum geht es bei dieser Liebesgeschichte?"

„Ein Marine findet nach seinem 30. Geburtstag endlich die große Liebe. Er heiratet sie und sie haben wunderbare Flitterwochen, dann wird er in den Krieg geschickt. Er stirbt und seine Frau bleibt zurück. Sie ist schwanger und allein auf der Welt.

Sein bester Freund kommt zurück, um sie zu trösten, und er und sie verlieben sich und heiraten. Er nimmt das Kind als sein eigenes an."

„Das ist nett von ihm, aber ich hasse es, dass sie gleich einen anderen Mann heiratet. Sie hat den ersten Kerl wohl nie richtig geliebt, oder?", fragt er, als er seine Arme über seiner massiven Brust verschränkt, was seinen Bizeps noch größer macht.

„Ich nehme an, sie denkt, dass ihr toter Mann gewollt hätte, dass sie glücklich ist und einen anderen guten Mann hat, um für sie und ihren Sohn da zu sein. Ich finde es romantisch." Ich entdecke die Tüte, die ich gesucht habe, und er zieht seine Nase kraus.

„Ich denke, du sollst diesen Film und dieses Popcorn-Aroma vergessen. Es gibt eine neue Komödie, auf die ich aufmerksam geworden bin, als ich vorhin die Kanäle durchgegangen bin. Und das Aroma, das du ausgesucht hast, wird mit der Limonade zusammen nicht gut schmecken. Warum versuchst du nicht etwas Salziges ohne Butter?"

„Danke für die Empfehlung, Owen." Ich stelle die Tüte auf die Mikrowelle. „Wirst du zum Essen bleiben?"

„Nein", sagt er und sieht mich dann an. „Ich sollte gehen. Die heißen Frauen sollten inzwischen in den Clubs auftauchen. Ich werde wahrscheinlich eine Frau finden, die ich ins Hotel mitnehme und ficke."

Obwohl mein ganzer Körper vor Eifersucht brennt, versuche ich, es nicht zu zeigen. „Ich bin sicher, du wirst eine Frau finden, die in dein Bett kommen will. Du siehst gut aus und bist ein guter Fang. Geh schon, Owen, hol dir eines dieser glücklichen Mädchen."

Er ergreift meinen Arm und zieht mich zu sich. „Du weißt, wie du mich zum Bleiben bewegen kannst, oder?"

Ich schaue in seine Augen und sehe, dass er glaubt, mein Einverständnis zu bekommen, aber das wird nicht passieren.

„Ja. Aber ich will mehr von dir als das. Hab Spaß. Führe dein Leben so, wie du es geplant hast. Ich bleibe hier."

„Du könntest mich haben, Petra, jedenfalls zu einem großen Teil. Du würdest mehr bekommen als jede andere jemals bekommen hat, und trotzdem sagst du Nein", murmelt er, als er mich loslässt, „ich verstehe dich überhaupt nicht."

„Ich habe meinen Körper für ein paar Monate verkauft, aber ich werde meine Seele nicht verkaufen, Owen."

Er sieht schockiert aus und sagt dann: „Weißt du was, Petra? Ich kenne viele Frauen, die das nehmen würden, was ich dir anbiete. Ein eigenes Haus, Autos und manchmal mich. Wir könnten reden, lachen und uns sogar lieben. Ich will dich nur zu meinen eigenen Bedingungen. Ich kenne sechs Frauen in Los Angeles, die das, was ich dir geben will, sofort annehmen würden."

„Ich wette, dass du das tust", sage ich, als ich eine Tüte Popcorn mit Meersalzaroma finde, „ich will alles von dir. Nicht nur zu deinen Bedingungen. Ich gebe dir alles von mir und im Gegenzug will ich alles von dir. Ein fairer Deal. Nichts Einseitiges." Ich halte die Tüte Popcorn hoch. „Schau, es ist die Sorte, die du wolltest."

Seine Lippen heben sich auf einer Seite, dann sagt er: „Wenn du dich für die Komödie entscheidest und das Popcorn machst, das ich mag, wäre ich vielleicht dazu bereit, heute Abend bei dir zu bleiben, anstatt in den Club zu gehen."

„Keine anderen Frauen?", frage ich.

„Keine anderen Frauen." Er zieht mich zu sich und küsst mich. „Also, was sagst du? Willst du mit mir den Abend verbringen? Vielleicht auch die Nacht?"

„Ich würde dich die ganze Nacht bekommen?", frage ich und tue so, als wäre ich überrascht.

„Vielleicht", sagt er mit einem Grinsen, „ich möchte nicht, dass du dir falsche Hoffnungen machst. Ich könnte auch gehen."

„Nun, ich nehme, was ich bekommen kann. Zieh deine unbequemen Kleider aus und lasse nur deine sexy Boxerbriefs an. Wir treffen uns im Wohnzimmer." Ich gebe ihm einen Klaps auf den Hintern und er zwinkert mir zu.

„Wie wäre es, wenn du mir beim Ausziehen hilfst und ich dir dann bei den Snacks helfe?"

„Ich mag diese Idee", sage ich, als er mich gehen lässt.

Wir nehmen die Snacks und gehen ins Wohnzimmer, wo er sich auf das Sofa setzt und mich anlächelt. „Kompromisse sind nett, nicht wahr?"

„Ja", sage ich, obwohl ich das überhaupt nicht als Kompromiss betrachte. *Es war die ganze Zeit mein Plan!*

Ich knie mich vor ihm hin, ziehe ihm seine Schuhe und Socken aus, öffne seine Hose und ziehe sie ihm herunter. Er schlüpft aus seinem Jackett, und ich knöpfe sein Hemd auf und ziehe es ihm aus, dann nehme ich den teuren Anzug und hänge ihn auf.

Als ich aus dem Schlafzimmer zurückkomme, hat er den Film angemacht und liegt mit gespreizten Beinen auf dem Sofa. Er klopft auf den Platz vor sich, und ich setze mich und schmiege mich an seine breite Brust. Er steckt mir ein Stück Popcorn in den Mund und gibt mir die Flasche Limonade.

Ich probiere einen Schluck. Dann sagt er: „Siehst du, es passt gut zusammen, nicht wahr?"

„Ja", stimme ich zu, „du hattest recht. Kannst du eigentlich kochen?"

„Ich versuche es ab und zu. Um wirklich gut darin zu sein, bräuchte ich wohl einen Küchenpartner. Kennst du jemanden, der das für mich sein würde?", fragt er und küsst dann die Seite meines Kopfes.

„Ich könnte das für dich sein", sage ich, als ich den Kopf drehe, um meine Wange auf seine nackte Brust zu legen, „ich könnte alles sein, was du willst."

Er umfasst meine Brust und grinst. „Wie wäre es, wenn du heute Nacht mein kleines Betthäschen bist, und später sehen wir weiter?"

„Was auch immer du willst, Sir. Ich gehöre dir."

Ich lehne mich wieder zurück, als der Film anfängt, und er stützt sein Kinn auf meinen Kopf. Sein Herz klopft ein bisschen schneller als normalerweise. Vermutlich denkt er über alles nach.

Ich nehme seine freie Hand und lege sie auf meinen Bauch. Er seufzt und bewegt seine Hand von meiner Brust, um mein Kinn zu umfassen und mein Gesicht zu ihm zurückzudrehen.

Seine Lippen sind warm, als er mich küsst, und ich kann fühlen, wie sein Herz schneller schlägt.

Er lässt innerlich los. Nur ein bisschen, aber etwas in ihm bricht immer weiter auf, so dass Teile seines Herzens weit offenstehen.

Sie öffnen sich, um zu sehen, ob Liebe eine Lüge ist, die niemals zwischen zwei Menschen Bestand haben kann. Um zu sehen, ob er und ich haben könnten, was es braucht, um sich mir ganz zu öffnen.

Als unsere Lippen sich trennen, sehe ich, wie er seine Augen öffnet. „Ich mag dich wirklich, Petra."

„Gut. Ich mag dich auch, Owen."

„Wenn ich dich jetzt bitten würde, mich zu heiraten, was würdest du dazu sagen?", fragt er und ich weiß, dass es kein richtiger Antrag ist.

Ich halte sein Gesicht in meinen Händen und sehe ihm tief in die Augen. „Owen, ich will dich kennenlernen. Dein wahres Ich. Und ich will, dass du auch mein reales Ich kennenlernst. Zeit ist ein Geschenk und ich bin mehr als glücklich, dass ich Zeit mit dir verbringen darf. Ich bin damit vorerst zufrieden."

Sein Gesicht ist wie erstarrt, als er sagt: „Nur zu gerne, Petra. Ich möchte alles über dich erfahren. Und ich will, dass du *mich* siehst. Nicht den attraktiven Mann, nicht den reichen Arzt oder den Prominenten, sondern nur das, was unter der Oberfläche ist."

„Gut", sage ich, als ich seine Wange küsse, „weil das der Mann ist, den ich kennenlernen möchte. Du bist schön. Aber ich möchte wissen, was dich wirklich schön macht. Ich wette, es ist tief in dir. Tief in deinem Inneren."

„Mit attraktiven Menschen zu arbeiten, die nur noch attraktiver aussehen wollen, hat mich glauben lassen, dass es allen anderen auch nur um das Äußere geht. Ich möchte, dass jemand mich für das will, was in meinem Inneren ist. Ich weiß nur allzu gut, wie die Außenseite beschädigt und durch alle möglichen tragischen Ereignisse hässlich werden kann."

„Ich auch, Baby", lasse ich ihn wissen, „ich will alles sehen. Keiner von uns ist in jedem Aspekt attraktiv. Es ist wichtig, die Hässlichkeit zu akzeptieren, die jeder in sich trägt."

Er nickt und zieht mich zurück an seine Brust. „Lass uns diesen Film anschauen und lachen. Ich mag dich, du magst mich und wir könnten gut miteinander harmonieren. Oder vielleicht auch nicht. Nur die Zeit wird es zeigen."

Sein Herzschlag ist zu einem normalen Rhythmus zurückgekehrt und seine Gedanken scheinen sich beruhigt zu haben. Ich habe mich noch nie in meinem ganzen Leben glücklicher gefühlt!

20

OWEN

Nachdem ich noch eine Nacht mit Petra verbracht habe, denke ich, wir sollten ein wenig mehr zusammen machen. Ich fühle mich so anders bei ihr, dass es eine Sünde wäre, nicht mehr zu versuchen. Das, was ich bisher mit meinen Subs getan habe, reicht nicht mehr. *Es wird vielleicht nie wieder für mich reichen!*

Ich habe ihr letzte Nacht, während sie schlief, ein paar Kleider, die keine sexy Negligés sind, bestellt. Sie ist jetzt in der Dusche und ein Klopfen an der Tür sagt mir, dass die Kleider geliefert werden.

Ich öffne und finde einen Kurier mit einer Tüte, dem ich 20 Dollar Trinkgeld gebe. „Danke."

Mit einem Nicken geht er und ich mache mich daran, meine Sub mit etwas Neuem zu überraschen. Sie ist in ein Handtuch gewickelt, als ich das Schlafzimmer mit der Tüte in der Hand betrete. „Was hast du da, Owen?"

„Wenn du willst, können wir heute ausgehen und uns die Sehenswürdigkeiten ansehen", sage ich und ein Lächeln zieht über ihre süßen Lippen. „Du brauchst etwas weniger Offenherziges zum Anziehen. Natürlich nur, falls du mitkommen willst. Du musst es nicht. Ich erlaube dir, selbst die Wahl zu treffen."

Sie lässt das Handtuch fallen, kommt zu mir und wirft ihre Arme um meinen Hals. „Ich komme mit, Sir. Ich würde überall mit dir hingehen. Du musst nur fragen." Sie sieht die Tüte an. „Möchtest du mir zeigen, was du für mich hast?"

Ich ziehe ein schönes, teures korallenfarbenes Sommerkleid heraus und halte es vor sie. „Ich denke, es wird passen, oder?"

Mit einem Nicken blickt sie in die Tüte und sieht den Rest der Dinge, die ich ihr gekauft habe. „Hier sind noch ein paar Sachen. Auch BHs."

„Nun, ich möchte nicht, dass jeder sieht, was du zu bieten hast, Sub." Ich küsse ihre Nasenspitze.

„Du bist heute voller Überraschungen", sagt sie, zieht dann die Unterwäsche aus der Tüte und fängt an, sich anzuziehen. „Willst du, dass ich Frühstück bestelle, bevor wir aufbrechen?"

„Nein, ich lade dich heute zum Essen ein." Ich gebe ihr einen Klaps auf den Hintern, nachdem sie das korallenrote Höschen hochgezogen hat, und sie kichert. „Vielleicht werde ich dich sogar heute Abend in die Stadt ausführen."

Ich lasse mich auf das Ende des Bettes fallen, und sie klettert auf meinen Schoß und küsst mich. Bei ihr fühle ich mich besser als je zuvor in meinem ganzen Leben. Ein süßer Kuss, die weiche Berührung ihrer Hand und dieser gewisse Blick sagen mir, dass sie mich will.

Unsere Lippen trennen sich und sie sieht mich an. „Owen, danke für alles. Ich habe mich eingesperrt gefühlt und einmal rauszukommen ist schön."

Ich drehe ihre dunklen, seidigen Haare um meinen Finger und fühle mich schuldig, weil ich sie hier festgehalten habe. „Das tut mir leid. Ich werde darüber nachdenken, dir mehr Freiheiten zu geben."

Ihre Hand bewegt sich über meine Wange, während sie

seufzt. „Ich denke, das ist nett von dir. Und ich glaube, ich will ohnehin nur die Wohnung verlassen, wenn du mich ausführst. Ich kann alles, was ich brauche, zu mir bringen lassen und ich will nicht durch den Club gehen, um nach draußen zu gelangen, wenn ich nicht bei dir bin. Allein fühle ich mich schutzlos."

„Ich bin froh, dass du das erkennst", sage ich, „zieh dich jetzt an. Ich habe Hunger."

Sie steht auf und zieht das Kleid an, das ihr perfekt passt und fantastisch aussieht. Ich ziehe die Ballerinas aus der Tasche und lege sie auf den Boden und sie schlüpft hinein. „Du siehst noch besser aus als das Modell, das es online trug."

Sie wackelt mit dem Hintern. „Danke, Baby. Wo wollen wir frühstücken? Ich bin am Verhungern."

„Pfannkuchen oder Eier?", frage ich sie, als ich aufstehe und ihr meinen Arm hinhalte.

„Hmm, muss ich mich entscheiden?", fragt sie, als wir aus der Tür des Apartments gehen.

„Ich denke, ich kann es mir leisten, dir beides zu bestellen." Ich lache und lege meinen Arm um sie.

Wir müssen durch den dunklen Flur gehen, in dem sich die privaten Räume befinden, und sehen nur grüne Lichter an jeder Tür, was bedeutet, dass sie leer sind. Sie schaut sie alle an, dann stößt sie mir mit dem Ellbogen in die Seite. „Hmm, diese Räume sind morgens leer, Sir. Können wir einen Blick hinein riskieren?"

„Will meine kleine Sub ein Spanking?", frage ich und bleibe an einer der Türen stehen.

„Vielleicht", kichert sie, „können wir jetzt kurz hineinschauen?"

Ich öffne eine der Türen, und Rotlicht beleuchtet den Raum. Die Wände sind weiß gestrichen und das Licht lässt sie rot wirken. Es ist unheimlich, und man hört fast die Geräusche von Peitschen und das Stöhnen, das ihren Schlägen folgt.

„Das sieht ...", sagt sie und verstummt dann.

„... mittelalterlich aus?", vollende ich ihren Satz.

Sie dreht sich um und legt ihre Arme um mich. „Ich wollte *erotisch* sagen, Sir."

Bei einem schnellen Klaps auf ihren Hintern zuckt sie überrascht zusammen und ich lache. „Du könntest nicht damit umgehen, Petra."

„Wenn du es wolltest, könnte ich es", sagt sie mit einem sexy Grinsen.

„Ich müsste dazu ausgebildet werden, die meisten Dinge hier zu benutzen. Ich habe keine Ahnung, wie ich dich mit diesen Seilen fesseln könnte, um dich zu ficken."

Ich fühle, wie sie ein Schauder durchläuft, und sie umarmt mich fester. „Oh, Sir, was du mit mir machst, ist unglaublich."

Ich umfasse ihr Kinn und streichle ihre rosa Wange. „Petra, was *du* mit mir machst, ist unglaublich. Lass uns essen gehen, bevor ich dich verschlinge."

Ihr Lachen füllt die Dunkelheit, als ich die Tür schließe, und wir in den Hauptraum des Clubs kommen. Er ist leer und frisch gereinigt. Petra sieht sich das Dekor an und lächelt. „Hast du jemals daran gedacht, mich hier zu nehmen, um mit mir anzugeben?"

„Der Gedanke ist mir schon gekommen. Aber ich müsste wissen, ob du das, was wir tun, auch außerhalb des Clubs fortsetzen möchtest. Wenn ich dich vor anderen nehmen würde, müsstest du eine Maske tragen."

„Also würde ich genauso geheimnisvoll sein wie du?", fragt sie mit einem süßen kleinen Grinsen.

Ich nicke und öffne eine andere Tür, die zum Foyer führt. Einer der Mitarbeiter des Parkservice wartet vor dem Eingang und läuft sofort los, um mein Auto zu holen.

Wir warten und ich streiche mit meiner Hand durch ihr dunkles, seidiges Haar und atme das Aroma ein, das es verströmt. „Ich liebe das Shampoo hier. Deine Haare sind so glänzend und weich. Ich sollte etwas für dich mit nach Hause nehmen. Wo lebst du?"

„In einer Wohnung. Einer ziemlich miesen Wohnung. Aber ich werde in eine bessere ziehen, wenn ich meine Karriere beginne." Sie streicht mir über die Haare. „Oh, du hast recht, es macht die Haare weich und seidig, und der Duft ist so ungewöhnlich und anregend. Denkst du nicht auch?"

„Doch." Ich ziehe sie zu mir und küsse sie. „Du machst mich glücklich. Ich weiß nicht, wann ich mich zuletzt so entspannt gefühlt habe. Ich wünsche, ich könnte dich ganz haben."

„Aber das hast du doch", sagt sie, als ob sie es nicht besser wüsste, „ich gebe dir alles, was du willst."

„Ich will, dass es länger dauert." Ich sehe, wie mein Auto sich nähert, und beschließe, dieses Gespräch ein anderes Mal fortzuführen. „Lass uns einfach unseren Tag genießen. Ich werde nicht mehr darüber reden."

„Okay, Sir", sagt sie gehorsam.

Sie steigt in den Maserati und bewundert das außerordentlich luxuriöse Interieur, ohne sich dabei wie viele junge Frauen zum Narren zu machen. „Magst du mein Auto?"

„Ja." Sie schaut zu mir auf, bevor ich die Tür schließe. „Es ist aber nur gemietet, nicht wahr?"

Ich nicke und schließe die Tür. Sie ist klug, süß und sexy wie die Hölle. *Womit habe ich das verdient?*

Ich lasse mich auf dem Fahrersitz nieder und starte den Motor. „Okay, der Club liegt für heute hinter uns. Ich bin Owen, du bist Petra, und wir sind nur ein schönes, normales Paar. Okay, Baby?" Ich nehme ihre Hand und lasse unsere gefalteten Hände zwischen uns ruhen.

„Normal. Verstanden." Sie lächelt mich an und sieht dann aus dem Fenster. „Es war dunkel, als wir hier angekommen sind. Ich habe nichts gesehen."

„Wir?", frage ich neugierig.

„Leticia, meine Freundin, war es, die mir von dem Club und der Auktion erzählt hat. Sie hat mich ausgebildet. Und wir sind zusammen nach Portland gekommen. Wir werden auch gemeinsam nach Hause gehen." Sie blickt aus dem Fenster. „Es ist hübscher hier in Portland als in Ohio."

Der Gedanke, dass sie mit jemand anderem nach Hause geht, lässt meine Haut kribbeln. „Es ist nett hier. Ich habe ein Haus in Malibu."

Sie sieht mich mit einem Grinsen an. „Ich weiß das, Owen. Die Medien haben darüber berichtet. Du hast ein Haus am Strand von Malibu, wo du schon viele junge Schauspielerinnen und Models empfangen hast, wenn ich mich richtig erinnere. Und du hast ein riesiges Haus in Big Bear, wohin du ebenfalls junge, schöne Frauen eingeladen hast."

„Und?", frage ich sie, weil ich nicht sicher bin, worauf sie hinaus will.

„Und du wirst auch weiterhin solche Dinge machen." Sie schaut wieder aus dem Fenster, als wäre unser kleines Gespräch mit ihren letzten Worten vorbei.

„Und das stört dich?" Ich parke vor einem kleinen Café.

„Nur wenn wir unsere Beziehung fortsetzen." Sie greift nach der Tür.

„Wage es nicht", warne ich sie.

Sie hält inne und sieht mich mit großen Augen an. „Was?"

„Die Tür selbst zu öffnen. Ich öffne sie für dich, meine kleine Prinzessin." Ich steige aus und lasse meinen Worten Taten folgen.

Sie grinst mich an und hält mir ihre Hand hin. „Ein perfekter Gentleman."

Ich küsse die Oberseite ihrer Hand und sage: „Das bin ich. Und meine Lady wird auch so behandelt. Vielleicht behandle ich dich heute Abend wie ein ungezogenes Schulmädchen. Aber jetzt werde ich dich verwöhnen."

Sie lehnt sich an meine Seite, während wir in Richtung der gläsernen Front des Cafés gehen. „Du bist verrückt, Owen."

„Danke." Ich küsse die Seite ihres Kopfes. „Und du bist süß."

„Du hast keine Ahnung, wie glücklich ich darüber bin, dass du mich ersteigert hast."

„Shhh, rede nicht so in der Öffentlichkeit, Baby. Meine größte Angst ist, dass mich jemand outen könnte. Aber das weißt du, nicht wahr?", frage ich sie, als ich die Tür öffne.

Sie nickt und geht vor mir hinein. Dann greift sie nach meiner Hand. „Ja. Es tut mir leid. Ich werde jetzt normal sein."

Wir setzen uns in einer Nische direkt nebeneinander, und die Kellnerin kommt zu uns und lässt zwei Speisekarten auf den Tisch fallen. „Was möchten Sie an diesem schönen Morgen trinken?"

Petra sieht mich an. „Wähle etwas für mich aus."

„Zwei Tassen Kaffee und Wasser."

Der Ausdruck auf dem alten, zerfurchten Gesicht der Kellnerin macht mir Sorgen. Ihre Augen leuchten auf. „Dr. Cantrell? Aus *Beverly Hills Reconstruction*?"

Oh, verdammt!

21

PETRA

Owen sieht wie ein Reh im Scheinwerferlicht aus, also beeile ich mich, ihm zu helfen, indem ich sage: „Haha! Nicht schon wieder, Baby." Kopfschüttelnd sehe ich die Kellnerin an. „Mein Mann Roger bekommt das die ganze Zeit zu hören. Er ähnelt dem hübschen Doktor aus dem Fernsehen, aber er ist kein Chirurg. Er besitzt eine Baufirma in Boise, Idaho. Ich habe einen hübschen Mann, nicht wahr?"

Die alte Frau blinzelt nicht einmal, als sie Owen anstarrt. „Und er klingt auch noch wie er. Ich habe jede Episode gesehen und spare jeden Cent für ein Facelifting. Ich war früher einmal Miss Portland und ich würde gern etwas von meiner früheren Schönheit zurückholen."

„Zigaretten, hm?", fragt Owen.

Ich sehe ihn mit blinzelnden Augen an und hoffe, dass er versteht, dass er sich mit seiner gezielten Frage enttarnen könnte. „Baby, sei nicht unhöflich!"

„Er hat recht. Ich rauche." Ihre Augen bohren sich in Owen und ich spüre, wie unruhig er neben mir ist.

„Nun, Ma'am", sagt Owen in einem sehr falschen südlichen Akzent. „Ich versuche nur zu helfen. Meine Granny rauchte wie ein Schlot und hat ebenfalls ihr Aussehen ruiniert. Sparen Sie weiter und ich wette, man kann Ihr Gesicht wieder in Ordnung bringen. Können wir unsere Getränke haben?"

Sie schaut über ihre Schulter zu dem Mann an der Kasse, der sie finster anstarrt. Dann nickt sie und eilt davon. Ich versuche, nicht in Lachen auszubrechen, scheitere aber und muss mein Gesicht an Owens Schulter begraben, um nicht das ganze Café auf uns aufmerksam zu machen. „Verdammt, Baby!"

Er lächelt mich mit leuchtenden Augen an und küsst meine Lippen schnell. „Du bist eine kluge kleine Ehefrau, Süße."

Ich erröte, weil er mich seine Ehefrau genannt hat, und murmle: „Jemand musste etwas sagen. Du warst geschockt und hast ausgesehen, als hättest du keine Ahnung, was zur Hölle du antworten sollst. Ich wette, du hattest den gleichen Ausdruck auf deinem Gesicht, als ich deinen Namen in jener Nacht gesagt habe."

„Vielleicht. Ich wusste nicht, dass ich so geschockt aussah. Aber ich war es. Danke, dass du mich gerettet hast." Er küsst mich wieder und umfasst mein Knie unter dem Tisch.

Die Frau kommt mit unseren Getränken zurück und sieht mich direkt an. „Ich habe keine Eheringe bemerkt." Sie stellt die Tassen auf den Tisch und sieht mich herausfordernd an.

Owen kichert. „Wir sind hierhergekommen, um den Funken zwischen uns neu zu entfachen, Ma'am. Wir haben die Ringe zusammen mit unseren Kindern Billy Ray und Bobby Sue zu Hause gelassen. Und jetzt tun wir so, als ob wir wieder daten, anstatt ein Ehepaar zu sein."

„Hmmm", murmelt sie und geht dann weg.

Owen beugt sich zu mir und flüstert: „Denkst du, dass sie uns das abkauft?"

„Ich bin nicht sicher, aber du wirst diesen Akzent später bei mir verwenden müssen. Ich finde ihn so sexy." Ich kichere und er grinst.

„Verstanden, Ma'am."

Als die Kellnerin sich uns schnell nähert, sage ich: „Lass mich bestellen. Du solltest aufhören zu reden. Sie hat Adlerohren."

„Augen", sagt er.

„Was?"

„Adleraugen, nicht Ohren. Ich denke, du meinst Elefantenohren. Elefanten haben große Ohren. Ich habe noch nie die Ohren eines Adlers gesehen. Du etwa?", fragt er und blickt dann auf, als die Kellnerin ihn ansieht.

„Kein alberner Akzent, wenn Sie flüstern, Dr. Cantrell?", fragt sie mit ihren Händen auf ihren Hüften.

„Doris!", schreit der Mann hinter der Kasse und winkt sie zu sich.

Sie verlässt uns und ich sage: „Sieht aus, als würde sie in Schwierigkeiten sein."

Owen nickt und grinst schief. „Wenn ich aus irgendeinem Grund geoutet werde, dann sage ich, dass du meine Freundin bist. Wir haben uns online getroffen, als du einige Fragen über plastische Chirurgie gestellt hast. Du wolltest ... eine Brustverkleinerung. Okay?"

„Brauche ich eine?", frage ich, während ich auf meine großen Brüste schaue.

„Nein, das behaupten wir nur. Du hast mir eine Frage auf Twitter gestellt. Und ich habe dir geantwortet. Du hast mir deine Handynummer gegeben, und ich habe angerufen und den Klang deiner Stimme gemocht. Dann haben wir uns in Portland getroffen."

„Und warum sollten wir uns ausgerechnet in dieser Stadt treffen?", frage ich. Nur für den Fall, dass ich bei seinem Plan mitspiele.

„Ich komme immer für meinen Sommerurlaub hierher. Um meine Familie zu besuchen."

„Oh, du hast hier Familie?", frage ich, als eine andere Kellnerin auf uns zukommt. „Lass mich bestellen. Ich möchte nicht, dass sie deine Stimme hört. Was willst du?"

„Das, was du auch nimmst", sagt er. Dann wird er still, als sie sich dem Tisch nähert.

„Haben Sie beide entschieden, was Sie zum Frühstück möchten?"

„Wir nehmen beide das Gleiche. Den Frühstücksteller mit zwei Pfannkuchen, Rührei und Speck", sage ich und lege die Speisekarte wieder auf den Tisch.

„Toast oder Kekse?", fragt sie.

„Kekse", sage ich. Dann nickt sie und geht weg.

Seine Augen bewegen sich über mich, während er mich mustert. „Ich mag alles, was du bestellt hast. Es ist, als ob du mich kennst. Und du hättest das nicht aus den Medien wissen könne. Ich bestelle in L.A. nie solches Essen."

„Ich weiß", sage ich, als ich seine bärtige Wange streichle, „du isst immer gesundes Zeug."

„Du wirst mich fett machen", sagt er mit einem Lächeln und dreht meine Haare um seinen Finger.

„Nein, ich werde dafür sorgen, dass du viel Bewegung bekommst, um diese Kalorien zu verbrennen. Warum solltest du nicht etwas essen, das Dr. Cantrell niemals essen würde?"

„Du bist verdammt klug. Wie ein perfekter kleiner Engel. Es ist schwer zu glauben, dass du real bist." Er stößt mich mit der Schulter an, als ob er überprüfen will, ob ich es bin.

„Du scheinst begeistert von mir zu sein", flüstere ich, während er sich an mich lehnt.

„Das bin ich", sagt er und küsst mich.

Mein Herz pocht wild, während unsere Lippen sich kaum berühren. Nasse Hitze sammelt sich zwischen meinen Beinen und ich kann kaum atmen. *Könnte es sein, dass er sich in mich verliebt?*

Wir sehen einander in die Augen, als die Kellnerin viel zu schnell mit unserem Essen zurückkommt. „Hier, bitte."

Widerwillig wenden wir uns voneinander ab und ich beginne, mich zu fragen, ob wir heute überhaupt noch Sightseeing machen werden. Die sexuelle Spannung an diesem Morgen ist nicht zu leugnen!

„Danke", sage ich zu der Kellnerin. Dann schneide in den Stapel Pfannkuchen durch, über den Owen bereits Sirup gegossen hat.

„Iss, Baby. Ich glaube, wir sollten zuerst zu meinem Hotel zurückkehren."

Ich sehe ihn unschuldig an: „Warum? Hast du etwas vergessen?"

Er beugt sich zu mir und sagt leise: „Ja, ich habe vergessen, mein Verlangen nach dir zu stillen."

Mein Körper wird heiß, aber ich schüttle tadelnd den Kopf. „Du hast gesagt, dass du Familie hier hast. Hast du sie schon getroffen?"

„Ich habe keine Familie hier. Ich sage das nur. Meine Großeltern sind schon verstorben. Wahrscheinlich aus Enttäuschung über ihre Kinder." Er streicht etwas von dem Traubengelee auf seinen Keks und hält ihn an meine Lippen. „Probiere das."

Ich mache einen Bissen und nicke. „Das ist gut. Der Keks ist wunderbar weich."

„Es ist schon ewig her, dass ich irgendetwas anderes als Lowcarb-Weizenbrot gegessen habe. Soll ich einen Bissen wagen?", fragt er mich.

„Man lebt schließlich nur einmal."

Er beißt ab und stöhnt. „Das ist so gut ..." Nachdem er heruntergeschluckt hat, trinkt er seinen Kaffee. „Oh, du und ich müssen das heute abtrainieren. Trainierst du?"

„Nein, ich bin allergisch gegen Training", sage ich und esse ein Stück Speck.

„Wie zum Teufel bleibst du in so großartiger Form, wenn du so viel isst und nicht trainierst?" Er mustert mich wieder, als wäre das unmöglich.

„Ähm", murmle ich, während ich darüber nachdenke, wie das sein kann, „nun, meine Mutter ist schlank. Und ich bin jung. Das ist vielleicht der Grund. Ich weiß es nicht. Ich habe immer gegessen, was ich wollte, und ich bin nicht gerade eine Couchpotato, aber ich habe keinen Trainingsplan. Ich gehe viel. Aber nur, wenn ich irgendwohin will."

„Du bist von Natur aus fit und in Form", sagt er und sieht neidisch aus. „Ich war ein dickes Kind."

„Ich weiß", sage ich, weil ich schon Bilder von ihm gesehen habe, bevor er der heiße Mann wurde, der er heute ist. „Es tut mir leid, dass du so hart für deinen heißen Körper arbeiten musst, aber du machst einen tollen Job."

Er streicht mit der Hand über sein dunkelblaues T-Shirt, während er seine Brustmuskeln anspannt. „Danke. Es war harte Arbeit und es ist nicht einfach, die Resultate beizubehalten. Aber es ist eine Leidenschaft, die ich habe. Ich liebe das Training. Und obwohl du schon fit bist, würde ich es lieben, wenn du heute mit mir im Fitnessstudio des Hotels trainieren würdest."

„Dann tue ich es. Für dich würde ich alles tun."

Seine Augen senken sich. „Nur wegen unseres aktuellen Deals."

Seine traurigen Worte lassen mein Herz schmerzen und ich berühre seine Wange, damit er in meine Augen sieht. „Ich dachte, wir würden heute nicht mehr darüber reden. Vorerst werde ich alles tun, was du willst. Und nur damit du es weißt – ich liebe es."

Er nickt und isst auf. „Zum Mittagessen gibt es Salat. Ich kann von meiner normalen Diät nicht noch mehr abweichen."

„Okay, Salat", sage ich.

Nachdem er gezahlt hat, gehen wir. Er legt seinen Arm um mich, zieht mich an sich und küsst meine Wange. „Wie kann es so verdammt viel Spaß machen, mit dir zu frühstücken?"

Ich lache, als er mich hochhebt und zu seinem Auto trägt.

Er bringt mich zum Fahrersitz und ich bin überrascht. „Du fährst. Ich muss wissen, ob du alles so gut kannst."

„Ähm, Owen, ich glaube nicht, dass ich dieses Auto fahren sollte. Es ist teuer und gemietet, und ich habe noch nie etwas gefahren, das mehr als 5.000 Dollar gekostet hat."

Seine Augenbrauen heben sich, als er sagt: „Traust du dich nicht?"

„Steig ein", sage ich, als ich meinen Kiefer anspanne und mich darauf vorbereite, ein Auto zu fahren, das mehr wert ist als ich.

Er setzt sich auf den Beifahrersitz, ich lege den Gang ein und los geht's. Das Auto hat jede Menge PS und die Räder drehen sich wild, obwohl ich das Gaspedal nur schwach gedrückt habe. „Scheiße!"

„Whoa, mach langsam", sagt er lachend. „Dieses Auto hat so viel PS, wie jedes andere Auto, das ich dir geben würde. Du musst es ruhig angehen."

Mit meinem großen Zeh trete ich sanft auf das Gaspedal und wir bewegen uns langsam vom Parkplatz. „Bin ich richtig abgebogen?"

„Mein Hotel ist in der Gegenrichtung. Aber du kannst einfach geradeaus weiterfahren, wenn du willst. Vielleicht sollten wir unserem Verlangen nicht ständig nachgeben. Wenn wir das tun, kommen wir nie aus dem Bett. Wie wäre es, wenn wir einen Park suchen und einen Spaziergang machen? Ich finde einen für uns. Oder willst du uns zum Hotel fahren, damit ich dich leidenschaftlich lieben kann, bevor wir das machen?"

„Ich mag die Vorstellung, aber ich denke, du hast recht. Lass uns heute etwas unternehmen. Ins Bett können wie heute Abend auch noch."

Mit einem Nicken sind wir uns einig. Es ist so einfach, mit ihm klarzukommen. Ich wünschte nur, die Dinge wären nicht so verdammt kompliziert!

22

OWEN

Die Sonne lässt ihr dunkles Haar glänzen und zeigt, wie viele Farbnuancen es hat. Wir liegen nach einem Spaziergang durch den Park auf dem kühlen grünen Gras.

Petra denkt, dass sie nicht trainiert, aber ihr Tempo beim Gehen ist phänomenal!

Ich bin außer Atem, teils von dem Spaziergang, teils von dem riesigen, kalorienreichen Frühstück und teils von ihrer Gegenwart. Ich drehe mich auf die Seite und schaue auf sie herab, während sie auf dem Rücken liegt und immer noch schwer atmet. Ihr Gesicht glüht und sie hat noch nie schöner ausgesehen.

„Petra, ich will mehr. Der ganze Rest ist mir egal. Ich will dich bei mir haben. Immer." Ich beuge mich herab und küsse ihre süßen Lippen.

Sie streichelt meinen Hals und hält mich fest. Unsere Zungen tanzen. Dann weiche ich zurück und sehe sie nur an. Sie ist wunderschön und ich kann nur daran denken, sie bei mir zu behalten.

„Ich muss zurück zum College."

„Du bist jetzt reich. Du musst niemals arbeiten, wenn du nicht willst."

Sie schüttelt den Kopf „Ich will Lehrerin werden. Es ist seit meiner Kindheit ein Traum von mir. Ich konnte nicht so gut lesen wie die anderen Kinder in meiner Klasse. Ich bin bei Mrs. Hamilton in der ersten Klasse sitzengeblieben, während alle meine Freunde weitergekommen sind. Und ich konnte immer noch nicht lesen."

„Deine Mutter hätte dich in eine andere Klasse schicken sollen", sage ich und habe Mitleid mit ihr.

„Das hat sie getan. Ich kam in Mr. Scars Klasse. Ich hatte Angst davor. Sein Name allein war erschreckend. Eigentlich hieß er Scarborough, aber keines der Kinder konnte das aussprechen, also war sein Name für uns alle Mr. Scar."

„Sah er gemein aus?", frage ich.

Mit einem Nicken bestätigt sie meinen Verdacht. „Er war riesig und hatte einen langen weißen Bart. Seine Augen waren schwarz wie die Nacht und er roch nach Schinken."

„Wie schrecklich", necke ich sie und kitzle ihre Rippen ein wenig, „ich wette, er war gar nicht so schlimm."

„Nun, so habe ich von ihm gedacht, bevor ich in seine Klasse gebracht wurde. Dort habe ich herausgefunden, dass er normal groß war. Und er hatte keine schwarzen Augen. Er hatte braune und sie sahen nett aus, als ich sie endlich ansah. Sein Bart war nicht einmal weiß. Er hatte die gleiche Farbe wie sein braunes Haar und er hielt ihn ordentlich gestutzt. Und er hat mir beigebracht, wie man in Rekordzeit liest. Er hat mir auch die Leidenschaft vermittelt, kleine Kinder zu unterrichten. Aus diesem Grund will ich Grundschullehrerin werden. Ich möchte kleinen Kindern helfen zu erblühen."

Mein Herz schmerzt. Es ist verrückt, wie sie durch die Mauern dringt, die mein Herz seit Jahren umgeben. „Du lässt etwas in mir erblühen, Petra."

Ihre Hand auf meiner Wange lässt mich meine Augen schließen, während so viele Gefühle durch mich hindurchfließen. Liebe ist eines davon. Dann flüstert sie: „Du lässt auch etwas in mir erblühen. Ich hatte eine romantische Vorstellung davon, wer und wie mein Dom sein würde. Jeder sagte mir, dass die Liebe niemals ins Spiel kommen würde. Jeder hat mich gewarnt, dass ich mit einem gebrochenen Herzen zurückbleiben würde. Hast du vor, mich zurückzulassen, Owen?"

Ich öffne meine Augen und glaube nicht, was sie sagt. „Mir wurde auch gesagt, dass Liebe nichts ist, das ich in diesem Club finden würde. Und ich glaubte es. Habe ich Liebe gefunden, Petra? Ist es das?"

„Sag du es mir", entgegnet sie, „denkst du oft an mich?"

Ich nicke und sage: „Ich denke die ganze Zeit an dich. Ich träume sogar von dir. Und was ist mit dir? Denkst du oft an mich?"

„Die ganze Zeit. Aber ich denke auch an mich und daran, womit ich leben kann. Ich kann nicht nur eine Geliebte sein, zu der du kommst, wann du willst."

„Aber ich will es die ganze verdammte Zeit", sage ich mit einem Lachen, „es gibt also nicht viel zu befürchten."

Kopfschüttelnd sagt sie: „Das ist nicht genug für mich."

Mit einem Seufzen antworte ich: „Ich weiß das. Und du hast recht, es sollte nicht genug für dich sein. Du verdienst alles. Einen ganzen Mann, der den Himmel und die Erde für dich in Bewegung setzen würden. Nicht irgendeinen Mann, der dich alleinlässt, damit du ihn vermisst, und der nur zu dir kommt, wenn er Sex will. Du bist besser als das."

Sie nickt und ich bin froh, es zu sehen. „Es ist schön, dass du das verstehst."

„Es ist schön, dass du so ehrlich zu mir bist. Die Tatsache, dass du einen eigenen Kopf hast, ist attraktiv. Du versuchst nicht, mich dazu zu überreden, bei dir zu bleiben. Du bringst mich dazu, das zu tun, ohne ein Wort zu sagen. Du bist perfekt, Petra. Und wahrscheinlich mehr als ich verdiene, aber ich will dich trotzdem."

„Ich dachte, wir würden heute nicht darüber reden", sagt sie, als ihre Hände mein Gesicht streicheln und sie mich anstarrt, „wir sollten diesen Tag einfach nur zusammen verbringen. Es besteht keine Notwendigkeit, etwas zu übereilen."

„Ich habe mit dir gespielt", gebe ich zu.

„Und ich bin mir dessen bewusst", sagt sie.

Es überrascht mich ein wenig, aber nicht allzu sehr. Ich hatte das Gefühl, dass sie auch mit mir gespielt hat. „Du und ich sind großartig zusammen. Denkst du nicht auch?"

„Ich weiß", sagt sie und zieht mich dann hinunter, um sie zu küssen.

Ich bin nicht normal, wenn ich bei ihr bin. Ich bin ein junger Mann, der sich verliebt hat – und ich habe noch nie so empfunden. Ich dachte, ich wüsste, was Liebe ist. Ich hatte eine High-School-Freundin und ein Paar Beziehungen am College. Wir haben *Ich liebe dich* zueinander gesagt, aber ich hatte keine Ahnung, was Liebe wirklich ist. Ich weiß es jetzt, weil verrückte Emotionen durch mich hindurchfließen. Das ist mir noch nie passiert.

Ich frage mich, wie viele Doms sich in ihre Subs verlieben. Ich frage mich, ob es häufiger passiert, als die anderen Clubmitglieder zugeben. Oder reden sie nicht darüber, weil die Dinge für sie unerfreulich geendet haben?

Sie sind alle noch im Club und auf der Suche nach mehr. Sie kaufen immer noch neue Subs. Wenn einer von ihnen gefunden hätte, was ich habe, wären sie überhaupt noch da?

Habe ich wirklich Liebe gefunden?

Ich habe Petra gesagt, dass sie nichts persönlich nehmen soll. Könnte sie ihre Gefühle nur vortäuschen?

Ich ziehe meinen Mund weg und frage: „Petra, bist du aufrichtig zu mir?"

Sie nickt und lächelt. „Natürlich bin ich das."

„Nein", sage ich, als ich den Kopf schüttle und sie in eine sitzende Position hochziehe, „ich habe dir gesagt, dass du das nicht persönlich nehmen sollst."

„Das tue ich nicht", sagt sie und bestätigt meine Ängste.

Sie tut nur so!

Ich stehe auf, beginne hin und her zu gehen und bemerke den finsteren Ausdruck auf ihrem Gesicht. Ich habe keine Ahnung, warum sie mich so ansieht oder warum sie aufsteht, um mich davon abzuhalten, mich zu bewegen, während ihre Hände meine Schultern berühren.

„Owen, kannst du mir sagen, was los ist? Ich bin nicht sicher, was gerade in deinem Kopf los ist. Ich weiß nur, dass ich diese Veränderung an dir nicht mag."

„Ich bin aufrichtig zu dir und du denkst, dass ich dir etwas vorspiele. Ich weiß, dass ich dir gesagt habe, dass du die Dinge nicht persönlich nehmen sollst. Das war, bevor sich alles geändert hat. Bevor ich dich gefragt habe, ob wir unsere Beziehung weiterführen können."

„Und du weißt, dass ich das nicht will. Nicht so wie jetzt", sagt sie, „ich will nicht, dass du weiterhin die Kontrolle über mich hast. Das kann ich nicht zulassen."

„Aber ich bedeute dir etwas, oder?", frage ich, weil ich es wissen muss. Ich umfasse ihre Schultern und halte sie fest. „Ich will die Wahrheit, Petra. Egal ob sie mir wehtut oder nicht. Ich will die Wahrheit. Nicht das, was der Vertrag besagt. Im Moment bist du nicht meine Sub."

Sie sieht mich mit einem Schimmer in ihren dunklen Augen an. Augen, die ich für immer betrachten könnte. Augen, die ich für immer ansehen will. Die Frau hält mein Herz in ihren Händen und scheint es nicht einmal zu wissen.

„Willst du die Wahrheit?", fragt sie, „Owen, ich bin nicht sicher, ob du deine Fantasie auslebst oder ob das echt ist. Ich lebe in diesem Moment mit dir. Aber ich habe keine Ahnung, ob es echt oder nur eine Sinnestäuschung ist. Weißt du es?"

Sie hat mich mit ihrer Frage getroffen. Weiß ich überhaupt, ob ich eine Fantasie auslebe oder ob es sich um echte Gefühle handelt? Kenne ich den Unterschied zwischen Liebe und Lust? Kenne ich mich gut genug, um mit ihr die feste Bindung einzugehen, die ich mit ihr erleben möchte? Soll ich langsamer machen? Soll ich meine Worte für mich behalten?

Ihre Hand gleitet über meine Schulter, als sie mich ansieht. Mein Körper wurde im Fitnessstudio geformt. Mein Verstand wurde von Professoren und anderen Ärzten geformt. Mein Herz wurde von Eltern geformt, die keine Ahnung haben, was Liebe wirklich ist. Und hier stehe ich vor einer perfekten Frau und habe die Kühnheit zu denken, dass das alles real ist.

Das ist nur eine Fantasie, nicht mehr!

Ich bin nicht zu mehr fähig. Ich habe keine Ahnung, wie ich jemanden lieben kann. Und Petra verdient eine Liebe, die echt ist.

Ich nehme ihre Hand und führe sie zurück zum Wagen. „Lass uns das alles vergessen. Ich möchte mit dir einkaufen gehen. Was sagst du zu einem Haufen neuer Kleider? Ich möchte, dass du wie eine Lehrerin aussiehst, wenn du zurück ans College gehst. Wenn es das ist, was du willst."

Sie geht hinter mir her. Vögel zwitschern, die Sonne dringt durch die hohen Bäume und ich halte ihre Hand. Eine Hand, die in meine Hand zu gehören scheint. Eine Hand, die ich vermissen werde, wenn Petra zurück nach Ohio geht und ich nach L.A. zurückkehre.

Ich werde sie wahrscheinlich niemals wiedersehen, wenn das hier vorbei ist. Es ist nur eine Fantasie, die wir jetzt ausleben.

Die Befehle des Doktors

„Owen", sagt sie und bringt mich zum Stehenbleiben.

Ich drehe mich um und sehe, dass Tränen über ihre Wangen fließen. „Warum in aller Welt weinst du?"

„Weil ich dachte, dass etwas passieren würde und es mir das Herz bricht, dass es geendet hat. Das ist keine Fantasie in meinem Kopf. Wenn du das denkst, dann will ich, dass du weißt, dass das nicht der Fall ist. Alles, was ich für dich empfinde, ist hundertprozentig real. Und ich würde es lieben, wenn du mir deine wahren Gefühle mitteilst."

Ich starre sie an und muss mich fragen, ob ich es jetzt sagen kann. Nichts davon fühlt sich real an. Aber ich arbeite schließlich für eine Reality-Show, die sich ebenfalls nicht real anfühlt.

23

PETRA

Seine Augen werden schmal und mich durchläuft ein eiskalter Schauder, als er von mir weggeht und sich auf dem Fahrersitz niederlässt. „Petra, was fällt dir ein, mich so unter Druck zu setzen?" Ich erstarre bei seinen harschen Worten.

Sicher, es wurden mir schon schlimmere Dinge an den Kopf geworfen, aber was er gerade gesagt hat, trifft mich in meinem Kern. „Was mir einfällt?", frage ich ihn.

Er schließt die Tür und sieht geradeaus, als er den Motor startet. Ich drehe mich um und gehe weg. Er besitzt mich den Rest des Sommers, aber das bedeutet nicht, dass ich mit ihm in ein Auto steigen muss. *Nicht nach seiner abrupten Verhaltensänderung!*

Ich höre, wie das Fenster heruntergefahren wird. „Petra, steig ein."

Ich gehe weiter. *Zur Hölle mit ihm!*

Reifen quietschen, der Motor heult auf und dann ist er weg. Ich drehe mich ungläubig um. Er hat mich verlassen.

Mein Herz pocht laut, als ich darüber nachdenke, was ich

tun sollte. Ich habe nichts bei mir. Kein Portemonnaie, kein Handy, nichts!

Ich beobachte, wie er links abbiegt. Dann bin ich wirklich allein in diesem Park irgendwo in Portland. *Ich wünschte, ich wäre eingestiegen.*

„Kenne ich dich nicht?", ertönt eine hohe Männerstimme.

Ich drehe mich um und sehe einen kleinen Mann mit einem langen, dunklen Schnurrbart, der mich anstarrt. Er kneift die Augen zusammen, dann zieht er eine Brille aus der Brusttasche seines kurzärmeligen weißen Hemdes. Als er sie aufsetzt, wirken seine hellblauen Augen riesig. Er nimmt seine Baseballmütze ab, damit er mich noch besser sehen kann. Ich stelle fest, dass er nur noch ein paar einzelne dunkle Haare auf seiner Glatze hat. Er scheint zu begreifen, dass er mehr von sich zeigt als beabsichtigt, und setzt die Mütze wieder auf, während sein rundes Gesicht sich rötet.

„Sir, ich bin nicht von hier", sage ich, als er mich mustert, „es ist unmöglich, dass Sie mich kennen." Ich drehe mich um, um wegzugehen, weiß aber nicht, wohin.

Schnell kommt er neben mir heran und passt sich meinem Tempo an. „Nein, ich habe dich schon einmal irgendwo gesehen." Seine kleine Hand berührt meinen Arm und ich bleibe stehen und starre ihn an. „Kennst du einen Club namens *Dungeon of Decorum*?"

Ich bin sprachlos. Der seltsame kleine Mann kennt mich aus dem BDSM-Club und ich bin plötzlich sehr ängstlich. „Ich gehöre jemandem."

„Ja, ich weiß", sagt er und sieht sich dann um, „und wo ist dein Dom?"

Unsicher, was ich sagen soll, sage ich gar nichts. Ich gehe wieder los und versuche mein Bestes, ihn hinter mir zu lassen. Er sollte es besser wissen, als die Sub eines anderen Mannes zu belästigen.

Ich bin erstaunt, als er meinen Arm packt und mich herumreißt. Er ist klein, aber stark! „Hey!"

„Es tut mir leid", sagt er, als er seine Brille wieder in die Tasche steckt. „Es ist nur so, dass du nicht allein hier draußen sein solltest. Bist du weggelaufen? War dein Dom gemein zu dir oder hat er dich verletzt?"

„Nein", sage ich, als ich mich umschaue und bete, dass Owen zurückkommt. „Sie sollten mich wirklich in Ruhe lassen. Ich weiß nicht, was mein Dom mit Ihnen tun wird, wenn er Sie in die Hände bekommt."

Er lässt mich los und nickt. „Du hast recht. Aber wo ist er?"

Ich will ihm nichts verraten, also zucke ich mit den Schultern. „Er hatte etwas zu erledigen und hat mich hiergelassen, damit ich auf ihn warte."

„Du hast nicht so ausgesehen, als ob du wartest. Du hast so ausgesehen, als ob du weinst. Ich habe auf dich geboten. Hat er dir das gesagt?", fragt er mich, während er sein Gewicht von einem Fuß auf den anderen verschiebt.

„Ähm", ich zögere, dem kleinen Mann, der mich mit verrückten Augen anstarrt, zu antworten, „ich möchte allein sein, Sir."

„Chance", sagt er, „mein Name ist Chance, und ich wollte dich von dem Moment an, als ich dich auf der Webseite des Clubs gesehen habe. Ich hatte interessante Ideen für uns beide. Ich habe bei der Auktion leider verloren. Wenn dein Dom nicht genug daran interessiert ist, für deine Sicherheit zu sorgen, macht er vielleicht einen Deal mit mir. Ich glaube, ich werde mit dir auf ihn warten und sehen, was er dazu sagt, dich an mich zu verleihen, wenn er keinen Gebrauch für dich hat."

Jetzt bin ich wütend, weil er über mich spricht, als ob ich nichts anderes als ein Spielzeug für die Clubmitglieder wäre!

„Hören Sie gut zu! Ich werde nicht wie irgendein Besitz ausgeliehen. Mein Dom und ich sind sehr glücklich zusammen. Er würde niemals erlauben, dass ein anderer mich berührt."

„Kein Problem. Ich habe Gadgets, die meine Hände von dir fernhalten würden", fügt er hinzu, als ob das hilft, „ich habe einen Medizinfetisch. Welche Art von Fetisch hat dein Dom?"

Also das ist der Typ mit dem Medizinfetisch!

Gott sei Dank habe ich dort meine harte Grenze gezogen.

„Das geht Sie nichts an." Ich will dem kleinen Idioten gerade ordentlich die Meinung sagen, als ich den Motor des Maserati höre. Als ich mich umdrehe, sehe ich das Stahlgrau der Karosse, während der Wagen beschleunigt.

Owen sieht den Mann, der mit mir spricht, und ich denke, der Kerl sollte schnell weglaufen. „Ist er das?", fragt der Narr, „ich werde mit ihm über meine Idee sprechen."

„Sie sollten verschwinden", warne ich ihn, „er wird unheimlich wütend sein."

Ich sehe ein schlaues Grinsen auf seinen dünnen Lippen. „Vielleicht auf dich."

Mein Mund öffnet sich, als ich höre, wie Owen schreit: „Komm ins Auto, Sub!"

Ich beeile mich zu gehorchen und sehe, wie er mit langen Schritten in Richtung des armen kleinen Chance geht, der zu dumm ist, meiner Warnung zu folgen. Ich schaue nicht zu Owen, als ich an ihm vorbei zum Wagen eile und einsteige.

Die beiden Männer tauschen Worte aus. Der kleinere Mann gestikuliert wild. Dann sehe ich Owens Gesicht, als er mit einem verzweifelten Ausdruck darauf zu mir zurückblickt. Dann sieht er zu Chance zurück und die beiden schütteln sich die Hände.

Während ich auf Owens Rückkehr warte, mache ich mir Sorgen wegen dieses Händedrucks. Sein Gesicht ist aschgrau, als er wieder in den Wagen kommt. „Scheiße!"

„Was?", frage ich, als er losfährt.

„Er weiß, wer ich bin."

Ich sitze schweigend da. Owen wird mich an den kleinen Troll ausleihen. Ich weiß, dass er es tun wird. Wenn dieser Mann ihn erpresst, hat Owen keine andere Wahl, als auf seine Forderungen einzugehen.

„Das ist meine Schuld", sage ich, als ich auf den Boden schaue.

„Nein, es meine. Ich hätte dich nicht allein hier zurücklassen sollen." Seine Knöchel sind weiß, als er das Lenkrad fester umfasst. „Er will dich für ein paar Sessions ausleihen, wie er es nennt."

„Owen", sage ich und schlucke dann, „ich will es nicht, aber ich werde tun, was er verlangt, wenn es bedeutet, dass er dein Geheimnis wahrt."

Er hält am Straßenrand und sieht mich mit traurigen Augen an. „Das werde ich niemals zulassen."

„Ich kann nicht untätig dasitzen und ihn zu den Medien gehen lassen. Ich weiß, dass das deine größte Angst ist. Ich werde nicht zulassen, dass jemand dir schadet." Ich nehme seine Hand und reibe sie über meine Wange. „Ich hatte unrecht damit, dich dazu zu drängen die Worte zuerst zu mir zu sagen. Es tut mir leid, Owen. Ich liebe dich. Ich werde es niemandem erlauben, dich zu verletzen. Niemals. Ich gehe zu dem Mann und tue, was er will. Ich kann das für dich tun."

Owens Augen funkeln, als er in meine starrt. „Du liebst mich?"

Mit einem Nicken sage ich es nochmal. „Ich liebe dich, Owen Cantrell. Und ich werde alles tun, um dein Geheimnis zu wahren."

Seine Unterlippe zittert und ich sehe, wie Gefühle ihn überwältigen. Tränen funkeln in seinen Augen. Dann senkt er den Kopf. „Niemand hat mich jemals so empfinden lassen, wie du es tust, Petra. Ich habe diese Worte hunderte Male gehört, aber mich nie so geliebt gefühlt wie bei dir. Du würdest Folter für mich ertragen. Das ist mehr als man von jemandem verlangen sollte, den man liebt."

„Ich würde es für dich tun. Ich meine, ich *werde* es für dich tun", sage ich und schüttle meinen Kopf, um ihn freizubekommen, „warte! Hast du eben gesagt, dass du mich liebst?"

Als er den Kopf hebt, um mich anzusehen, fallen Tränen von seinen Wangen. „Ich liebe dich, Petra Bakari."

Ich nehme sein schönes Gesicht zwischen meine Handflächen und küsse ihn. Das Salz seiner Tränen lässt mein Herz für den Mann schmerzen. Ich muss ihn beschützen. Egal wie hoch die Kosten für meinen Körper sind, ich muss sein Geheimnis bewahren!

Als unsere Münder sich trennen, treffen sich unsere Augen. „Also, wir lieben einander. Was jetzt?"

„Jetzt finden wir heraus, wie wir dieses kleine Arschloch loswerden, ohne dass du die Dinge machen musst, die er von dir will. Er hat mir erzählt, was genau das ist. Auf der Auktion war er sehr offen über seine Fetische."

„Okay", sage ich mit einem Seufzen, „rede. Was würde er mit mir machen?"

„Erst sollst du eines wissen", sagt er, als er mein Kinn umfasst und seinen Daumen über meine Lippen streichen lässt, „weder dieser Mann noch irgendein anderer Mann wird jemals einen Finger an dich legen."

„Owen ..."

„Nein", unterbricht er mich, „ich liebe dich, Petra. Ich werde es niemandem erlauben, dich zu berühren. Wenn mein Geheimnis herauskommt, dann ist das eben so."

„Nein!"

„Doch", sagt er, als er sich herunterbeugt und meine Wange küsst, „das ist mein Problem. Ich wollte nie, dass du denkst, dass du mit diesem Mann irgendetwas machen musst. Ich war nur aufgebracht und habe versucht, darüber nachzudenken, was ich tun kann."

„Du kannst mich ihm ausleihen, Owen", sage ich mit einem Lächeln, „meine harten Grenzen sind gesetzt. Er kann nicht mehr tun, als meinen Blutdruck zu messen und meine Reflexe zu überprüfen."

„Du hast keine harte Grenze für Sex gesetzt, Baby." Owens Finger streichen über meinen Hals zu meinem Schlüsselbein. „Das will er. Er weiß, dass er die Dinge, die er wirklich tun will, nicht mit dir machen kann, es sei denn, er kann dir so großes Vergnügen verschaffen, dass du deine Grenzen änderst."

„Denkt der Dummkopf, er kann mich mit Sex dazu bringen, mich ihm unterzuordnen?"

Er nickt und ich lache. Dann sagt er: „Ich lasse mir etwas einfallen. Mach dir keine Sorgen." Er fährt weiter.

„Owen, ich würde wirklich alles für dich tun. Bitte lass mich dir helfen, wenn du mich brauchst. Versprich es mir."

Mit einem Seitenblick lässt er mich wissen: „Ich bin ein Mann, Petra. Du bist die erste Frau, die mich jemals um meiner Selbst willen geliebt hat. Du bist die erste Frau, die weiß, was mein Fetisch ist und mich so akzeptiert, wie ich bin. Ich werde dich keinem anderen überlassen. Wenn das bedeutet, dass ich die Show und meine Praxis verliere, dann ist es nun mal so. Du bist alles, was ich brauche."

24

OWEN

Ich liege auf meinem Hotelbett und halte Petra in meinen Armen, während sie schläft. Mein Kopf ist ein Durcheinander. Ich habe Angst und bin gleichzeitig furchtlos in diesem Moment. Ich liebe sie und das allein gibt mir eine Kraft, von der ich nicht wusste, dass ich sie besitze.

Ihre Lippen drücken sich gegen meine Brust, als sie sich bewegt, und ihre samtige Haut fließt über meine, als sie ihren Kopf reckt und mich anblinzelt. „Bist du noch wach?"

Ich nicke und küsse ihre Stirn. „Geh wieder schlafen, Baby."

Sie hört nicht auf mich und setzt sich stattdessen auf, während sie mit dem Handrücken über ihre Augen reibt. „Owen, sei nicht nervös. Während ich schlief, ist die Antwort in meinem Unterbewusstsein aufgetaucht."

Mit einem Lachen frage ich: „Und was ist die Antwort?"

„Es gibt harte Strafen für das Herausgeben der Informationen eines Mitglieds. Allein die Tatsache, dass Chance dir gedroht hat, das zu tun, ist bestimmt genug, um ihn aus dem Club zu werfen. Hast du niemanden, mit dem du darüber reden kannst? Isabel oder einem der Verantwortlichen?"

„Ich sollte einen der Verantwortlichen treffen. Isabel wird

mir bei dieser Sache nicht helfen können." Ich ziehe sie zurück und küsse die Oberseite ihres Kopfes, während ich sie umarme. „Du bist verdammt klug."

„Danke", sagt sie und ich fühle, wie sie sich an mich schmiegt. „Owen, was machen wir wegen der Distanz zwischen uns, wenn der Sommer vorbei ist?"

„Ich habe viel darüber nachgedacht. Warum kannst du nicht an ein College in Kalifornien wechseln? Vielleicht an das UCLA? Sind deine Noten gut genug, um dort aufgenommen zu werden?"

„Ich denke schon", sagt sie. „Aber wo würde ich wohnen?" Sie setzt sich auf, um mich anzusehen. „In einer eigenen Wohnung, wo du mich besuchen kommst, wann du willst?"

„Als ob du das erlauben würdest", sage ich mit einem Grinsen, „wie wäre es, wenn du bei mir wohnst?"

„Bist du sicher?", fragt sie mit einem ernsten Gesicht, das mir sagt, dass sie mir nicht ganz vertraut.

„Warum fragst du mich so etwas?"

„Weil du diese Entscheidung zu schnell getroffen hast und ich glaube, dass du erst alles überdenken solltest." Sie legt sich zurück und lässt ihren Kopf auf meiner Brust ruhen.

Ich liebe es, wie ihr weiches Haar über mich fließt. Ich liebe es, wie ihr Gewicht mich wissen lässt, dass sie da ist. Ich liebe alles an ihr und ich weiß, dass meine Entscheidung richtig ist.

„Wir haben den Rest des Sommers, um die Details zu besprechen. Aber ich will es, Petra. Wenn es das ist, was du auch willst."

„Ich werde darüber nachdenken", sagt sie mit einem Lächeln auf ihrem schönen Gesicht.

Ich gebe ihr einen Klaps auf den Hintern und sage: „Scheinbar muss ich dir beibringen, wer hier der Boss ist." Ich lache und sie seufzt.

„Ist es das, was du willst, Owen?", fragt sie mich, als sie ihre

Fingerspitzen über meinen Bauch wandern lässt, „willst du mich beherrschen?"

Ich ziehe sie hoch, damit ich in ihre Augen schauen und sie wissen lassen kann, was ich will. „Petra, ich möchte, dass du mich so nimmst, wie ich bin. Ich möchte nicht, dass du versuchst, mich zu ändern, und ich werde nicht versuchen, dich zu ändern. Es gibt Zeiten, in denen du schweigen und mich zu dir kommen lassen musst, damit ich durch das Zusammensein mit dir die Frustrationen der Welt vergessen kann. Manchmal sexuell, manchmal nicht. Kannst du das für mich tun?"

„Ich kann alles für dich tun", sagt sie und lehnt dann den Kopf an meine Schulter, „aber ich muss vorsichtig sein, mich dabei nicht zu verlieren. Kannst du mir versprechen, mir dabei zu helfen?"

Ich drücke ihre Schultern und flüsterte: „Ich verspreche es."

Ihre Finger streichen über meine Lippen. „Dann ist es entschieden. Du und ich ziehen zusammen."

Ich blicke sie an und denke, dass sie viel mehr haben sollte als das. Ich nehme ihre Hand und küsse jede Fingerspitze. „Du verdienst mehr."

„Du bist mehr, als ich brauche, Owen. Mit dir zusammen zu sein ist alles, was ich brauche." Ihre Worte tun etwas mit meinem Herzen. Es rast, während ich die perfekte junge Frau betrachte, die jetzt ein Teil meines Lebens sein wird.

Die erste Frau, die tatsächlich ein Teil meines Lebens ist!

Ich ziehe sie an mich und küsse ihre rosa Lippen. Sie seufzt und schickt ihren Atem meinen Hals hinab. Der Luftaustausch ist erotisch, sinnlich und provokativ. Ich lege sie wieder auf den Rücken, rolle meinen Körper über ihren und drücke mich gegen sie.

Ihr Herz schlägt stetig. Ihre Hände bewegen sich über meinen Rücken und schweben über jedem Muskel. Die Art, wie sie stöhnt, lässt unsere Münder vibrieren und erweckt meinen Schwanz zum Leben.

Ich spreize ihre Beine mit meinem Knie, dringe in sie ein und knurre, als sie schon nass für mich ist. *Die Frau muss mich lieben, sie ist immer bereit für mich!*

Ich löse mich von ihren Lippen und sehe sie an, während ich sie zum ersten Mal nehme, seit wir unsere Beziehung besiegelt haben. „Du bist wunderschön. Bitte mich niemals, etwas an deinem Gesicht oder deinem Körper zu ändern, Petra. Ich will dich so, wie du bist. Für immer."

Bei ihrem Grinsen macht mein Herz einen Salto. „Auch wenn ich anfange, Falten zu bekommen, Dr. Cantrell?"

„Sogar dann", sage ich und küsse ihre süßen Lippen.

Ihr Körper wölbt sich unter mir. Sie will jederzeit mit mir verbunden sein. Ich teste sie ein bisschen, halte ihre Hüften fest und ziehe mich ganz aus ihr heraus.

Die Art, wie sie stöhnt, lässt mich wissen, dass sie nicht glücklich darüber ist, und als ich wieder in sie hineingleite, wickeln sich ihre Beine um meine Taille, um mich davon abzuhalten, sie wieder zu verlassen.

Ein Lächeln erfasst meine Lippen und ich schaue auf sie herunter, streiche ihre Haare beiseite und verliebe mich immer mehr in sie. Ohne ein Wort zu sagen tauschen wir Gefühle mit unseren Augen aus. Zärtlich wandern ihre Augen über mein Gesicht, und ich tue das Gleiche und präge mir jedes kleine Detail von ihr ein. Die Art und Weise, wie eine Augenbraue leicht gewölbt ist und die andere in einer festen, glatten Linie verläuft. Die Lachfältchen um ihren Mund.

Für mich bedeuten sie, dass sie die meiste Zeit glücklich ist. Ich mag es, dass ihr Gesicht mir das erzählt, ohne es zu wissen. Ihre Pupillen sind groß, als sie in meine Augen schaut. „Ich liebe dich, Owen."

Es ist erstaunlich, wie mein Herzschlag sich bei ihren

Worten beschleunigt und mein Körper wärmer wird. „Ich liebe dich, Petra." Mein Mund schwebt über ihrem und nimmt mehr von der Luft auf, die sie ausatmet. Sie berauscht mich mit nichts anderem als ihrer Essenz.

Ich bin 34 Jahre alt und das ist das erste Mal, dass ich jemals jemanden geliebt habe. Ich kann es selbst kaum glauben.

Die Muskeln in ihrem Inneren beginnen, sich um meinen Schwanz zusammenzuziehen, und ich beobachte, wie sie ihre Augen schließt und stöhnt. „Owen ..." Sie spreizt ihre Beine und öffnet sich für mich.

Ich ziehe eines ihrer Beine hoch, um noch tiefer in sie zu stoßen und ihr zu helfen, ihren Orgasmus zu genießen. Mein Schwanz gleitet in sie und ich kann spüren, wie sie zittert, als ihr Orgasmus durch sie fließt, während sie sich in die Unterlippe beißt und sich an den Laken festklammert.

Ich knurre in ihr Ohr: „Du gehörst mir in jeder Hinsicht, Petra."

„Ich gehöre dir, Sir."

Sie macht ein schnurrendes Geräusch und ich beiße sanft in ihren Hals. Ihre Füße bewegen sich über die Rückseite meiner Beine, während ihre Hände durch meine Haare streichen. Und dann fühle ich, wie ihr Körper einen weiteren Orgasmus erlebt.

Ich möchte ihn viel tiefer als zuvor spüren, also ziehe ich mich aus ihr heraus, drehe sie um und ziehe sie auf ihre Hände und Knie hoch. Ich zerre an ihren Haaren und ramme meinen Schwanz in sie, bis sie schreit: „Fick mich! Zeig mir, wem ich gehöre!"

Ich lasse ihre Haare los, packte sie an der Taille und zerre sie zurück zu mir, anstatt in sie zu stoßen. Ich liebe es, dass sie sofort tut, was ich will.

Ihr runder Hintern ist so sexy. Ich gebe ihr einen Klaps und sie stöhnt. „Gefällt dir das?"

„Ja", wimmert sie, „nochmal bitte."

Ich schlage ihren Hintern wieder und spüre, wie sie immer feuchter wird. Sie mag es. Ich gebe ihr noch drei weitere Klapse, und sie legt ihr Gesicht auf das Kissen und schreit in Ekstase.

Während ich meinen Schwanz in sie ramme, frage ich mich, ob sie wirklich gern in einen der privaten Räume gehen und mit mir etwas Schmutziges machen würde. Das habe ich noch nie gemacht, aber Petra bringt Dinge in mir zum Vorschein wie niemand vor ihr.

Immer wieder dringe ich in sie ein, bis ihr Inneres zu pulsieren beginnt, während sie noch mehr ins Kissen schreit, und plötzlich spüre ich, wie ich komme und mein Körper sie mit meinem Samen füllt.

Ein Samen, den ich niemals wachsen sehen wollte, aber nun denke ich, dass ich ihr vertrauen könnte. *Selbst mit meinen Kindern.*

25

PETRA

Ich erwache zum Klang des Fernsehers und setze mich schnell auf, als ich höre, wie ein Mann den Namen Dr. Owen Cantrell sagt. „Was ist los?"

Owen geht auf und ab, und seine Schritte erzählen mir mehr als seine Worte, denn er scheint sprachlos zu sein. „Sie ... wie konnte sie nur? Ich ... kann nicht ..."

Ich stehe auf, packe ihn und umarme ihn fest, während ich dem Fernseher lausche. Über Owens Schulter sehe ich sein Foto oben rechts auf dem Bildschirm. Ein Moderator sagt: „*Beverly Hills Reconstruction* wurde einstweilig von seinem aktuellen Netzwerk abgesetzt, bis weitere Schritte beschlossen werden. Das hat uns einer der Produzenten der Reality-TV-Show, an der Dr. Owen Cantrell beteiligt ist, gestern Nacht mitgeteilt. Seine Kollegin, Dr. Dena Dion, ebenfalls plastische Chirurgin, aber mit einer kleineren Rolle in der Serie, war völlig schockiert von dem, was sie herausfand, als sie nach Portland, Oregon ging, um den Mann zu überraschen, den sie laut eigener Aussage seit 3 Jahren datet. Zu sagen, dass der Arzt, den dieses Land verehrt, sowohl seine Fans als auch seine Freundin enttäuscht hat, ist noch untertrieben."

Ich lasse Owen los, damit ich die Fernbedienung ergreifen und den Fernseher ausschalten kann. „Okay", sage ich, als ich seine zitternde Hand nehme und ihn dazu bringe, sich auf den Bettrand zu setzen. Ich nehme einen der weichen weißen Bademäntel des Hotels, um meine Nacktheit zu bedecken. Owen trägt auch einen. „Du bist geoutet worden. Das kann nicht mehr rückgängig gemacht werden. Hast du einen Publizisten?"

Ich bin nicht überrascht, als er den Kopf schüttelt. Wenn er einen hätte, dann hätte er schon längst bessere Entscheidungen getroffen. „Ich bin ruiniert, Petra."

„Nein, das bist du nicht." Ich setze mich neben ihn und lege meinen Arm um ihn. „Das ist etwas, das viele Leute tun. Und du solltest dich nicht dafür schämen."

Seine Augen sind dunkel, als er mich ansieht. „Es ist eine schändliche Sache. Deshalb verstecken wir es."

„Nein, ihr versteckt es, weil es missverstanden wird. Wir sollten nicht mehr versuchen, es zu verbergen. Wir sind schließlich erwachsen. Alle Subs, mit denen du es getan hast, waren damit einverstanden. Du hast niemandem wehgetan."

„Es ist nur so, dass ich mir Sorgen wegen dieses kleinen Medizinfetisch-Freaks gemacht habe, nur um von meiner eigenen Kollegin geoutet zu werden. Ich fühle mich so dumm." Er lässt den Kopf hängen und ich fühle Wut in mir aufsteigen.

„Ich habe sie in der Show gesehen. Sie ist nicht wirklich deine Freundin, oder?"

Er sieht auf, umfasst meine Schultern und hält mich fest, während er meine Augen sucht. „Petra, ich habe ihr immer wieder gesagt, dass ich sie niemals daten würde. Ich mag die Frau nicht! Aber ich habe sie regelmäßig gefickt."

„Regelmäßig?", frage ich, „wie regelmäßig?"

„Fast jeden Samstagabend."

„Und du hattest nicht das Gefühl, dass zwischen euch etwas lief?", frage ich und versuche mein Bestes, ihn nicht zu verurteilen. „Weil *fast jeden Samstagabend* oft ist und ich verstehen kann, dass sie denkt, dass mehr zwischen euch ist."

„Ich war ehrlich zu ihr. Und ich war immer betrunken, als ich zu ihr ging und sie mich hereinließ. Ich bin wieder gegangen, sobald ich fertig war." Er lässt mich los und senkt voller Scham den Kopf. „Ich bin ein schrecklicher Mensch."

„Nein, das bist du nicht", sage ich, als ich aufstehe und meine Arme um ihn lege.

„Jeder wird mich hassen und man wird mich aus der Show werfen. Ich könnte sogar all meine Patienten verlieren." Er sieht mich nicht an, als er sein Gesicht mit seinen Händen bedeckt.

„Vielleicht ist das der Beginn einer Kursänderung für dich, Owen." Ich ziehe sein Gesicht hoch, damit er mich ansieht. „Vielleicht machst du jetzt etwas anderes aus dir."

„Ich will nichts anderes aus mir machen", sagt er, als er mich ansieht, „ich bin glücklich mit meinem Leben."

„Ach ja?", frage ich, „warum dann so viele betrunkene Samstagnächte mit einer Frau, von der du sagst, dass du sie nicht einmal magst?"

„Ich weiß es nicht", sagt er. Dann steht er auf und geht zum Badezimmer. „Ich habe einen schrecklichen Fehler gemacht. Ich habe in meinem Leben noch nie so versagt und jetzt ist es so, als wäre ein Vulkan ausgebrochen und hätte mich verschlungen."

Ich folge ihm, weil ich ihn nicht in eine Depression fallen lassen will. „Ist diese Frau in Portland?"

„Ich bin nicht sicher, ob sie noch hier ist oder schon wieder gegangen ist", antwortet er mir, als er sich ein Bad einlässt.

„Kannst du sie nicht anrufen und ihr sagen, dass wir mit ihr darüber sprechen müssen, was sie getan hat?"

„Wir?", fragt er, als er Badeschaum in die Wanne gießt.

„Ja, wir", sage ich, als ich meinen Bademantel ausziehe, da er das Gleiche getan hat und jetzt in die Wanne mit warmem Wasser steigt. Ich gleite in das Wasser, während ich ihn ansehe, lege meine Arme um seinen Hals und platziere meinen Körper auf seinem. „Ich lasse dich nicht allein, Owen."

„Du solltest es aber", sagt er und schiebt mir dann die Haare zurück, „Hollywood kann böse sein. Ich bin sicher, dass sie deinen Namen nicht kennt. Ich werde das allein durchstehen und dich und deinen Ruf aus dieser Sache heraushalten."

Plötzlich wird mir klar, dass ich ebenfalls in den Nachrichten auftauchen könnte und dass das meine Bewerbungschancen bei Schulen beeinträchtigen würde, vor allem in Los Angeles, wo Owen mit mir leben will.

Ich werde still, als ich darüber nachdenke, was das für mich bedeuten würde. Owen küsst meine Wange. „Ich verstehe, wenn du es mit mir beenden willst."

Ich hebe den Kopf, um ihn anzusehen, und flüstere: „Niemals."

Er schüttelt den Kopf. „Ich kann nicht zulassen, dass du in diese Sache hineingezogen wirst, Baby. Ich werde das nicht zulassen."

„Ich will mit ihr reden. Ich kann sie zur Vernunft bringen. Lass mich das tun."

Er schüttelte wieder den Kopf, küsst mich und sagt dann: „Du wirst nur ihr Feuer anfachen. Ich muss selbst die Konsequenzen für mein Verhalten tragen."

„Owen, lass mich dir helfen. Lass mich für dich da sein und das gemeinsam mit dir ertragen. Wir sind jetzt zusammen." Ich lege meinen Kopf auf seine Brust und atme seinen Duft ein.

„Nicht mehr, Petra." Er hebt meinen Kopf, damit ich ihn ansehe. „Ich will dich nicht mit mir in den Abgrund reißen. Ich liebe dich zu sehr, um dir das anzutun."

„Owen, nicht ..."

Er lässt mich mit einem Kuss verstummen und ich spüre Tränen in meinen Augen brennen. *Das kann nicht wahr sein!*

Ich entziehe ihm meinen Mund und starre in seine Augen, als er flüstert: „Mach es nicht noch schwerer, als es schon ist."

„Bitte beende nicht das, was wir haben. Ich habe noch nie jemanden so geliebt wie dich. Tu mir das nicht an, Owen. Wenn du mich deswegen verlässt, bin ich ruiniert. Ich meine es ernst."

„Nein, das bist du nicht." Er lächelt mich an. „Petra, du wirst dich davon erholen. Ich verspreche es dir. Und während du zusieht, wie die Medien mich in Stücke reißen, wirst du dankbar dafür sein, dass ich dich gehen lassen habe. Ich werde Monster und Perverser genannt werden. Und wenn du bei mir bist und an meiner Seite stehst, wirst du eine hirnlose Hure genannt werden."

„Ich bin aber keine", sage ich und lächle ihn an, „ich bin auch kein kleines Mädchen, Owen. Ich weiß, dass ich erst 21 bin, aber ich bin vernünftig und habe ein Herz voller Liebe für dich. Es wird nicht so leicht sein, das zu verspotten."

„Du wirst nicht unterrichten können", erinnert er mich, „das ist dein Traum. Du hast mir das selbst erzählt. Ich will nicht der Grund dafür sein, dass du deinen Traum nicht verwirklichen kannst."

Ich weiß nicht, was ich dem Mann noch sagen soll. Er ist ein Held, aber auf seine eigenen Kosten. Und ich will ihm das nicht erlauben.

Ein Klopfen an der Zimmertür lässt uns beide erstarren. „Wer ist das?", frage ich.

„Keine Ahnung. Wir sollten aus der Wanne steigen und uns anziehen. Ich muss dich wieder in die Sicherheit des Club-Apartments bringen." Er hilft mir, zuerst die Wanne zu verlassen, und ich ergreife ein Handtuch und wickle es um mich, bevor ich ihm eins reiche.

„Du kannst bei mir im Apartment bleiben." Ich beeile mich, mir etwas anzuziehen.

Er folgt mir zum Schrank, als das Klopfen anhält. Dann ruft

eine Frauenstimme: „Owen, ich weiß, dass du da drin bist. Ich habe deinen verdammten Mietwagen gesehen. Und du hast auch die kleine Hure bei dir. Es ist Zeit, mir Rede und Antwort zu stehen."

Seine Augen sind geweitet, als er mich ansieht. „Scheiße! Es ist Dena."

Etwas bewegt sich in mir. Panik wird gefolgt von Empörung und schließlich reiner, glühender Wut.

Diese Frau hat die Karriere meines Mannes ruiniert und das ist nicht okay!

„Wie sollten uns anziehen und sie reinlassen", sage ich ihm, als ich mich von ihm entferne, ein Kleid finde und es über meinen Kopf ziehe. Ich gehe zu der Tüte und ziehe eines der Höschen daraus an, während er mich entsetzt ansieht.

„Wir können sie nicht hereinlassen."

„Oh doch, das können wir", sage ich und gehe aus dem Schlafzimmer in den Wohnbereich.

Owen erreicht in seinen schwarzen Boxerbriefs vor mir die Tür und baut sich davor auf. „Nein." Seine Augen sehen hart aus und er wirkt dominant.

Aber der Frau auf der anderen Seite der Tür muss eine klare Ansage gemacht werden und ich plane, genau das zu tun. „Warum nicht?", frage ich mit lauter Stimme.

„Lasst mich rein", schreit Dena, „ich kann euch beide hören."

Owen tritt von der Tür weg und legt seine Hände auf meine Schultern, als er mir in die Augen sieht. „Weil ich dein Dom bin und dir einen direkten Befehl gegeben habe. Öffne diese Tür nicht. Du musst tun, was ich dir sage, Sub."

Mein Kiefer spannt sich an, während ich darüber nachdenke, was er gesagt hat. Ich will die Tür öffnen und der Schlampe entgegentreten, aber dann würde unsere Bindung, die uns zusammengeführt hat, vielleicht zerbrechen. Etwas, das die meisten Menschen nicht verstehen, ich aber tief in meinem Herzen trage.

Ich weiche zurück, knie mich hin, nehme die devote Position ein und lasse mein Kinn auf meine Brust fallen. Kein Wort verlässt meine Lippen. Ich gehöre ihm, bis der Vertrag endet. Ich werde den Regeln folgen, denen ich zugestimmt habe. Ich werde ihn diese Situation kontrollieren lassen.

Er legt seine Hand auf meine Schulter und flüstert: „Danke, Petra."

Owen ist kein typischer Dom. Ich bin eine noch ganz neue Sub, aber selbst ich kann es sehen. Für seine Abenteuer in dieser Welt ist er im Begriff, den ultimativen Preis zu zahlen: seine Karriere. Und er will, dass ich danebenstehe, nichts sage und mich sogar verstecke. Ich vermute, ich muss ihn das für mich tun lassen. Ich muss zulassen, dass er den Helden spielt und meinen Ruf rettet.

Aber es fühlt sich falsch an.

„Ich will, dass du ins Schlafzimmer gehst und dort bleibst, während ich sie reinlasse und mit ihr rede", sagt er und mir läuft ein Schauder über den Rücken.

Ich hebe meinen Kopf und schreie: „Nein!"

Seine Hand ist hart, als er sie auf meine Schulter drückt. „Doch." Er zieht mich hoch und führt mich ins Schlafzimmer. „Erinnere dich daran, wem du gehörst, Petra. Tu, was ich sage. Ich will nicht, dass du noch tiefer in diese Sache hineingezogen wirst." Er nimmt seine Jeans und zieht sie an. Seinen Oberkörper lässt er frei.

Ich packe sein T-Shirt von gestern und sage: „Hey." Er dreht sich um und ich werfe es ihm zu. „Das auch. Ich bin verdammt eifersüchtig, was dich angeht."

Er lächelt, als er sich das T-Shirt über den Kopf zieht, und ich verschränke meine Arme und nicke dann. Er schließt die Tür und gibt mir das Gefühl, ein Feigling zu sein.

Als ich mein Ohr an die Tür drücke, höre ich, wie er die Tür öffnet. Dann sagt Dena: „Endlich!"

Die Tür schließt sich und Owen sagt: „Warum hast du das getan, Dena? Ich war immer ehrlich zu dir. Du hättest niemals hierherkommen und den Medien erzählen sollen, was ich hier mache."

„Also gibst du es zu", sagt sie und ich höre, wie sie sich auf die Couch fallen lässt, „du hast dir eine kleine Sexsklavin besorgt und bist Teil eines geheimen Sexclubs. Ich weiß nicht, was mich mehr ärgert: Dass du ohne mich hier bist oder dass du überhaupt hier bist."

„Und ich kann nicht glauben, dass du in die Öffentlichkeit gegangen bist und gesagt hast, was du nicht einmal sicher wusstest", sagt er.

„Ich war sicher. Ich war sicher, dass ich dich und ein junges Mädchen gestern Morgen aus einer seltsamen Garage kommen sah. Ich war sicher, dass ich, als ich in diese Garage fuhr, an einen merkwürdigen Ort kam und von Sicherheitsbeamten begrüßt wurde, die mich fragten, was ich dort zu suchen hatte."

„Du hattest dort nichts zu suchen, Dena. Du warst einfach neugierig."

„Nun, wenn der Mann, den man liebt ..."

Er unterbricht sie. „Nein! Sag so etwas nicht. Du und ich lieben uns nicht, Dena."

„Hast du deine kleine Sklavin wissen lassen, wie oft du zu mir kommst und mich leidenschaftlich liebst?", fragt sie ihn und ich fange an, Rot zu sehen.

„Ich habe dich nie geliebt. Nie. Ich habe dich nur gefickt."

„Ja, du hast mich gefickt. Also, weiß sie es?", fragt sie. „Hast du sie an dein Bett gefesselt? Wartet sie darauf, dass du mich loswirst? Hört sie das alles?"

„Das geht dich nichts an", sagt er und ich höre, wie seine Stimme ein bisschen schwankt.

„Owen, du und ich haben etwas Besonderes. Und du hättest mir von deinen Bedürfnissen erzählen können. Du musst nicht den ganzen Weg hierherkommen, um sie dir zu erfüllen. Wenn du eine Frau verprügeln willst, dann nimm mich. Wenn du jemanden deinem Willen beugen willst, dann versuche es bei mir. Aber lass um Himmels willen junge Mädchen in Ruhe. Es ist böse."

Ich höre, wie etwas in ihm bricht, und er sagt: „Ich glaube, ich bin böse."

Mein Herz schmerzt für ihn und ich kann es nicht mehr ertragen.

26

OWEN

„Hau ab!", ruft Petra, als sie aus der Schlafzimmertür kommt.

Ich packe sie schnell und halte sie zurück, als sie versucht, sich von mir loszureißen und sich auf Dena zu stürzen. „Halt!"

Das Grinsen auf Denas Gesicht verärgert mich und macht Petra noch wütender, als sie schon ist. Das Knurren, das aus ihrer Kehle tritt, macht selbst mir Angst. „Du Schlampe! Er ist nicht böse! Du kennst diesen Mann nicht einmal", kreischt Petra.

„Hör auf!", schreie ich wieder und schüttle Petra ein bisschen, um sie auf mich aufmerksam zu machen, „jetzt!"

Ihr Körper zittert und ich habe noch nie jemanden so aufgebracht gesehen. Ihre Augen wenden sich an meine und ich sehe den Schmerz in ihnen. „Sie hat unrecht, Owen. Du bist nicht böse. Ich habe gehört, dass du ihr zugestimmt hast, und ich möchte, dass du weißt, dass absolut nichts falsch an dir ist."

„Du musst mich das machen lassen", sage ich ihr, während ich erfolglos versuche, sie zurück in das Schlafzimmer zu manövrieren.

„Lass sie bleiben", sagt Dena, als sie aufsteht und Petra mustert, „dieses Kind hat keine Ahnung, was der Unterschiede zwischen Richtig und Falsch ist." Petras Augen sehen von mir zu Dena, die eindringlich zu ihr zurückblickt. „Was hat er mit dir gemacht? Du kannst es mir sagen, Kind."

„Zunächst einmal bin ich kein Kind", sagt Petra mit angespanntem Kiefer. „Und was er und ich getan haben, geht dich nichts an. Dieser Mann hat mich nie verletzt. Nicht ein einziges Mal. Du bist es, die ihn verletzt hat. Ich weiß, dass er dich regelmäßig gefickt hat und dass du eifersüchtig sein musst, aber seine Karriere deswegen zu ruinieren ist nicht richtig."

„Du bist ein Kind", sagt Dena mit einem Grinsen, „du bist vielleicht volljährig, aber glaube mir, du bist nichts weiter als ein Kind. Und du wurdest dazu verführt, Dinge zu tun, die du nicht einmal mehr in Betracht ziehen wirst, wenn du wirklich erwachsen bist. Vertraue mir."

Petra hört auf zu zittern und lächelt Dena an. „Ich bin erwachsen. Ich sorge seit vielen Jahren für mich selbst. Ich halte mein Leben in Ordnung. Wie du. Der Unterschied zwischen uns ist, dass ich diesen Mann liebe und du ihn einfach nur haben willst. Du zerstörst ihn lieber, als dass du ihm erlaubst, jemand anderen als dich zu lieben."

Mit einem lauten Lachen sagt Dena: „Du kennst den Mann nicht einmal."

„Das ist genug", sage ich, „Dena, geh jetzt. Was du getan hast, lässt sich nicht mehr ändern. Ich werde wahrscheinlich nicht mehr in der Show sein, du allerdings schon. Ich bin mir dessen sicher. Geh zurück nach L.A. und lass mich allein, um herauszufinden, was zum Teufel ich mit meinem Leben anfangen werde, jetzt, da du es zerstört hast."

„Glaubst du, dass es so einfach für dich sein wird, Owen?", fragt Dena mit einem Grinsen auf ihren dünnen Lippen, „ich werde dich nicht einfach so gehenlassen. Ich habe einen Plan.

Du gehst in ein Rehabilitationszentrum für Sexsucht und Alkoholismus. Du hast diese böse Angewohnheit, dich an den meisten Samstagen zu betrinken und dann bei mir aufzutauchen. Hat er dir gesagt, dass ich ihm vor drei Jahren einen Schlüssel zu meiner Wohnung gegeben habe, damit er mich ficken und wortlos wieder verschwinden kann?"

Petra nickt und ich räuspere mich. „Ich habe ihr alles erzählt, Dena. Du wirst sie nicht schockieren können."

„Hör zu, du Schlampe", sagt Petra leise, „dieser Mann ist kein Sexsüchtiger. Er ist auch kein Alkoholiker. Er ist dabei, zu dem Mann zu werden, der er sein soll. Du versuchst, ihn zu vernichten, aber ich werde es nicht zulassen."

Denas Lachen hallt durch die Luft und ich bekomme eine Gänsehaut, weil sie wie eine Hexe klingt. Dann verengen sich ihre Augen auf Petra. „Hör mir zu, du kleine Hure. Dieser Mann hat Probleme. Du bist zu jung, um diese Art von Dingen zu verstehen. Aber er kann Hilfe bekommen und ich werde die Frau an seiner Seite sein, die dafür sorgt. Nicht du."

„Dena, ich habe dich gebeten zu gehen und du hast mich ignoriert. Ich will nicht den Sicherheitsdienst rufen müssen", sage ich und beobachte, wie ihr boshafter Gesichtsausdruck leidend wird.

„Owen, schick das Mädchen weg. Lass mich dir helfen. Wenn du und ich das Hotel zusammen verlassen, werden die Medien das sehen und du wirst noch eine Chance bekommen. Hollywood liebt eine gute Comeback-Geschichte. Wenn du hier mit deiner Liebessklavin rausgehst, werden die Medien euch beide zerreißen." Dena streckt ihre lange, dünne, knochige Hand aus. „Tu, was das Beste für dich ist, Schatz. Es wird auch für deine kleine Närrin das Beste sein."

Petra lacht und sagt: „Liebessklavin? Was zum Teufel redest du da? Owen und ich haben uns online getroffen, als ich ihm eine Frage zu Brustkorrekturen gestellt habe. Er und ich haben uns unterhalten, und er hat mir erzählt, dass er immer den Sommer in Portland verbringt. Er hat mich gebeten, den Sommer über in dieses Hotel zu kommen. Ich war es, die einen der zahlreichen Clubs für Menschen mit speziellen Vorlieben in dieser Stadt ausprobieren wollte. Er hat mich dorthin gebracht, um meine Neugier zu befriedigen, mehr nicht. Du glaubst, du weißt Bescheid, aber du weißt nichts. Wir haben die Lügen gehört, die du den Medien erzählt hast, und werden dafür sorgen, dass alle wissen, was wirklich passiert ist, du dumme Schlampe."

Bei Petras Worten habe ich das Gefühl, dass sie die richtige Idee haben könnte. Keiner im Club wird irgendwelche Informationen über mich herausgeben.

„Ich bin eine dumme Schlampe?", fragt Dena, „du bist hier die dumme Schlampe. Er hat schon gestanden!"

„Nur, dass er im Club war, mehr nicht", schreit Petra, „du siehst, dass er sich deswegen schuldig fühlt. Er sollte es nicht, aber er tut es."

Dena sieht mich an. „Erwartest du, dass ich und der Rest der Welt diesen Haufen Lügen glauben?"

„Es ist die Wahrheit", sage ich, „und du kannst sie glauben oder nicht. Ich werde mit den Produzenten reden und ihnen die Wahrheit sagen. Und ich werde sie bitten, dich aus der Show zu nehmen. Du hast nicht annähernd so viele Fans wie ich."

„Nun, deine Fans sind von dir angewidert, Owen. Lass uns das nicht vergessen."

„Weswegen?", fragt Petra, „wegen deiner Lügen? Wir werden das in Ordnung bringen."

Ich schaue Petra an und schüttle meinen Kopf. „Ich werde das in Ordnung bringen, Baby. Du hältst dich da raus."

Als Denas rote Lippen ein Lächeln formen, kann Petra es nicht mehr ertragen und sie kämpft gegen mich an, um Dena anzugreifen. Ich verstärke meinen Griff und halte sie auf. Ich bin ziemlich sicher, dass ihre Arme inzwischen blaue Flecken haben. Dena lacht und ich spiele mit dem Gedanken, Petra auf sie loszulassen. Es würde der Schlampe recht geschehen.

Dena geht zur Tür hinüber. Ich denke, ihre Instinkte sind endlich erwacht und sie fängt an zu begreifen, dass die junge Frau, die ich zurückhalte, ihr das Herz herausreißen wird, wenn sie die Chance dazu bekommt. „Wir sehen uns wieder in L.A., Owen. Falls du überhaupt zurückkommst. Ich kann sehen, dass du lieber den harten Weg wählst als den leichten Weg, den ich dir anbiete. Viel Glück." Dann geht sie durch die Tür und ich kann endlich Petra loslassen.

Sofort muss ich sie wieder packen, als sie zur Tür stürzt. Ich hebe sie an der Taille hoch, sperre die Tür ab und bringe Petra in das Schlafzimmer, während sie sich in meinen Armen windet. „Owen, lass mich nur einmal zuschlagen!"

„Als ob einmal genug für dich wäre." Ich werfe sie auf das Bett. „Wir müssen hier verschwinden. Ich werde die Autovermietung anrufen und den Maserati gegen einen langweiligen, einfachen Wagen austauschen lassen. Dann rufe ich den Concierge an, damit er uns Sweat-Anzüge mit Kapuzen besorgt. Wir müssen hier verschwinden, ohne bemerkt zu werden."

Petra starrt mich an und sagt dann: „Hör auf, Owen. Hör endlich auf. Du hast nichts falsch gemacht. Das geht nur uns etwas an. Und niemand im Club wird uns jemals verraten."

„Chance, dieses kleine Arschloch, würde es tun", erinnere ich sie.

„Ruf den Club an. Erzähle ihnen von Chance und seiner Drohung. Sie sollen sich um ihn kümmern. Leticia, die Trainer und Isabel haben mir alle gesagt, dass ich den Club informieren soll, wenn ich mich bedroht fühle. Sie werden ihre Mitglieder zu jeder Zeit schützen. Also mach den Anruf, Owen. Sie werden dich auch beschützen."

„Ich habe nie darüber nachgedacht", murmle ich.

Die Befehle des Doktors

„Nun, fang an zu denken und hör auf, irgendwelchen Unsinn zu gestehen", sagt sie. Dann geht sie im Bett auf die Knie und kommt mit ausgebreiteten Armen auf mich zu.

Ich umarme sie und hebe sie hoch, um sie dann zu küssen. Niemand hat sich je so stark für mich eingesetzt wie sie. Meine Eltern haben mich niemals so beschützt. Keiner war jemals so sehr für mich da wie Petra.

Ich kann sie nicht mit in den Abgrund reißen. Sie denkt, dass Lügen mich aus diesem Chaos herausholen können. Ich weiß, dass es nicht so ist. Ich weiß, dass die Reporter Nachforschungen anstellen werden. Dann werden meine Lügen entdeckt und alles wird noch schlimmer.

Petra ist jung und kennt die Welt da draußen nicht. Alles, was man tut, wird beurteilt. Was wir essen, was wir trinken und wie wir aussehen. Ich weiß das besser als die meisten Leute.

Ich muss mich den Konsequenzen stellen – allein.

27

PETRA

Ich folge Owens Führung, als er beschließt, zunächst in den Club zu gehen, um sich um Chance zu kümmern. Der Mietwagen ist jetzt ein Minivan und wir verstecken uns unter Kapuzen. Es waren nicht viele Paparazzi in der Hotellobby, aber genug, um uns das Leben schwerzumachen, wenn sie uns unvorbereitet erwischt hätten.

Auf der Fahrt zum Club ist es viel zu leise. Owens Gedanken müssen chaotisch sein, während er versucht, einen Ausweg zu finden. Alles, was ich ihm bisher gesagt habe, hat ihn in seiner tiefen Sorge scheinbar kaum erreicht. Aber ich kann nicht einfach aufhören, ihm zu helfen. „Owen, lass uns zu Isabels Büro gehen und sie unseren Vertrag vernichten lassen. Hole dir das Geld, das du für mich in dem Treuhandkonto hinterlegt hast, wieder zurück. Beende deine Mitgliedschaft beim *Dungeon of Decorum*. Es wird somit keine Spuren geben, denen die Reporter folgen können."

Er sieht mich an, als er die Straße hinunterfährt. „Wenn ich das mache, ist dir das Geld nicht sicher. Und ich will, dass du es bekommst, Petra."

„Wenn du aus der Show geworfen wirst und die Patienten deiner Praxis verlierst, wirst du das Geld selbst brauchen. Ich komme schon klar. Ich bin es gewöhnt, arm zu sein. Du nicht."

Ich streichle sein Bein und sehe, wie er die Stirn runzelt.

„Ich werde dir das Geld nicht wieder wegnehmen." Er nimmt meine Hand und küsst sie. „Ich habe selbst viel Geld. Niemand kann meine Investitionen anrühren. Wenn meine Patienten mich fallen lassen, dann ist es eben so. Wen interessiert es, ob die Show eingestellt wird oder die Produzenten einen anderen Arzt dafür finden?"

„Für jemanden mit einer so entspannten Einstellung, wirkst du überaus besorgt."

Er fährt direkt zum Parkhaus des Clubs. „Ich mache mir Sorgen um dich Petra. Ich möchte nicht, dass irgendjemand jemals etwas Schlechtes über dich sagt."

Mein Herz flattert. Er macht sich Sorgen um mich. Nicht um sich selbst, wie ich gedacht hatte. Ich kann nicht lügen und sagen, dass ich mir nicht auch Sorgen um mich mache. Aber ich denke, der ursprüngliche Plan wird funktionieren. Das Schlimmste, was wir laut unserer Lüge getan haben, ist der Besuch eines BDSM-Clubs. Na und?

Gerade als wir in die Garage des Clubs fahren wollen, begegnen uns die restlichen Paparazzi. Kameras werden auf uns gehalten, als Reporter zu dem Minivan rennen.

Owen legt den Rückwärtsgang ein und rast davon. „Owen! Scheiße! Sie wissen nicht, wer wir sind. Du hättest einfach weiterfahren müssen. Wir haben die Kapuzen auf. Wir sind in einem anderen Auto. Du hast uns schuldig wie die Hölle aussehen lassen. Sei nicht so dramatisch!"

„Ich weiß nicht, wie ich das schaffen soll, Petra." Er wird schneller, da einige der Reporter in ihre Autos steigen und uns nachfahren.

„Diese Leute sind wahnsinnig." Ich schaue aus dem hinteren Fenster. „Fahr langsamer, Owen. Nichts davon ist wichtig. Gib ihnen kein weiteres Drama. Halte dich einfach an die Geschwindigkeitsbegrenzung und hör auf, dich schuldig zu verhalten."

„Petra, du und ich tragen Kapuzen. Wir haben das Auto gewechselt und wir wollten durch die Parkgarage heimlich in den Club. Was sollen wir noch tun?" Er fährt so schnell um eine Ecke, dass mir fast schlecht wird.

„Owen!" Ich packe die Haltestange über der Tür.

„Bitte hör auf zu schreien. Du machst mich nur noch nervöser, Petra."

Furcht durchläuft mich, als ich Owens Profil anschaue. Er hat Angst. Um mich, um sich, um seine Karriere und seine Reputation. Alles nur wegen der Meinung anderer Leute über seinen Lebensstil. Ich werde immer wütender. „Lass mich raus, Owen. Lass mich mit den Reportern reden."

„Nur über meine Leiche, Petra. Du bist jung. Das ist wahr. Du hast keine Ahnung, wie andere Leute dir dein Leben ruinieren können. Ich weiß es, Baby. Ich liebe dich und ich lasse nicht zu, dass du verletzt wirst, indem du Dinge tust, die du nicht verstehst." Er biegt nach rechts ab.

Er verlässt die Stadt. Die Gebäude bleiben hinter uns zurück, aber die Autos folgen uns immer noch. „Wann wirst du anhalten?"

„Wenn ich sie alle abgeschüttelt habe." Er biegt scharf nach links und dann wieder nach rechts ab, und wir gelangen tiefer in den Wald.

„Du hast keine Ahnung, wohin wir fahren, oder?"

„Weg von Portland." Er biegt wieder rechts ab und ich sehe ein Verkehrsschild, das mir sagt, dass er keine andere Wahl hat, als denjenigen entgegenzutreten, die ihn jagen. Denjenigen, die denken, dass sie den Mann, den ich liebe, schrecklicher Dinge anklagen können.

„Du bist in eine Sackgasse geraten, Owen."

Die Reifen quietschen, als der Van zum Stillstand kommt. Weißer Rauch steigt um uns herum auf. Er ist dicht und zieht wegen all der Bäume um uns herum nicht gleich ab. „Steig aus", schreit Owen mich an.

„Owen ..."

„Tu, was ich sage. Steig aus dem Auto und lauf."

Ich trete in den Rauch, der nach verbranntem Gummi riecht. Ich kann nichts sehen und meine Augen brennen. Meine Hand wird ergriffen und ich werde in den Wald gezogen. Dankbar für die Turnschuhe, die ich trage, laufe ich hinter Owen her, als er im Zickzack-Kurs durch den Wald rennt.

Hinter uns kann ich Autos hören. Türen öffnen und schließen sich, und Leute reden. Ich kann nichts davon verstehen, während wir mit jedem Schritt, den wir machen, tiefer in die Wildnis gelangen.

Wir laufen und laufen, und Owen bleibt erst stehen, als wir eine weitere Sackgasse erreichen. Wir stehen auf der Spitze einer Klippe. Ein See dehnt sich unter uns aus. Keiner von uns bekommt Luft. Ich lasse seine Hand los, lege meine Hände auf die Knie, beuge mich vor und versuchte, zu Atem zu kommen. „Was jetzt?"

Er schaut sich um und schnappt nach Luft. „Ich glaube, wir haben sie abgeschüttelt."

Ich sehe hinter uns, wo nur der dichte Wald zu sehen ist. „Ich glaube, wir haben uns verlaufen."

Owen schaut sich um. „Ja vielleicht. Aber hier wird uns niemand finden."

„Und was werden wir essen? Wo werden wir schlafen?" Ich breite meine Arme aus und drehe mich um. „Irgendwelche Ideen? Ich meine, du weißt, dass unsere Handys im Auto waren, richtig? Diese Reporter werden wissen, dass wir in dem Van waren. In dem Van, den du gemietet hast. Das ist alles leicht zu recherchieren."

„Fuck!", schreit er und setzt sich dann auf den Boden.

„Du schaffst es, furchtbar schuldig zu wirken, auch wenn du nichts falsch gemacht hast." Ich setze mich neben ihn. „Als ich damals deinen Namen gesagt habe, bist du ausgeflippt und geflohen. Und jetzt machst du das Gleiche. Was wir getan haben ist nicht illegal. Es könnte missverstanden und sogar verspottet werden, aber es verstößt nicht gegen das Gesetz."

Er starrt auf den Boden und zerrt an dem Moos, das den Granitfelsen bedeckt. „Habe ich dich verloren?"

„Warum fragst du mich so etwas?" Ich streichle seine bärtige Wange.

Traurige Augen sehen mich an. „Weil ich dumme Entscheidungen treffe. Ich bringe mich in Schwierigkeiten und jetzt ziehe ich dich auch noch mit hinein. Ich würde es verstehen, wenn du mit mir Schluss machen willst."

„Würdest du das?"

Er nickt. „Ja."

„Und du würdest mich überhaupt nicht vermissen?"

„Ich würde dich wie verrückt vermissen." Er nimmt meine Hand und hält sie fest. „Aber ich liebe dich, Petra. Es ist eine wahre, reine Liebe. Ich will dir nicht noch mehr wehtun."

„Also würdest du mich gehenlassen?" Ich ziehe unsere Hände hoch und halte sie an mein Herz. „Du würdest mich verlassen, um mich zu beschützen. Ist es das, was du sagst? Sagst du, dass du mich aus dem Vertrag entlassen, mir das Geld geben und mich in Ruhe lassen würdest?"

Er nickt und ich senke meinen Kopf. Ich weiß nicht, was ich sagen soll. Er würde sich eher das Herz aus der Brust reißen, als für sich einzustehen. Er ist schwach.

„Ich liebe dich so sehr, dass es mich umbringen würde, dich zu verletzen. Dena wird in den Nachrichten auftreten und der ganzen Welt erzählen, wie ich sie in betrunkenem Zustand fast jeden Samstagabend drei verdammte Jahre lang gefickt habe. Das ist schon ziemlich schlecht. Dazu noch die Berichte, wie sie mich aus dem BDSM-Club kommen sah ... Wenn ich dich behalte, werden mich die Leute als Kinderschänder bezeichnen, weil du 21 bist und ich 34 und somit 13 Jahre älter als du."

„Hör auf, Owen. Du übertreibst." Ich stehe auf und werfe meine Hände in die Luft. Während ich das blaue Wasser unten betrachte, beschließe ich, etwas Verrücktes zu machen, um zu ihm durchzudringen. „Bye."

Er sieht mich mit verwirrtem Gesicht an. Ich gehe an den Rand der Klippe, winke ihm zu und springe. Ich höre ihn schreien, während ich falle, und als ich nach oben sehe, beobachtet er mich.

Ich tauche mit den Füßen voran in das Wasser und schwimme sofort wieder an die Oberfläche. Das Wasser ist schön kalt und genau das, was ich jetzt brauche. Ich höre ein Spritzen, sobald mein Kopf durch die Oberfläche dringt.

Ich wischte mir die Augen ab, schaue auf die Klippe und sehe, dass Owen weg ist. Während ich darauf warte, dass er ebenfalls auftaucht, wächst meine Sorgen um ihn. Dann schreie ich, als etwas mein Bein berührt und mich nach unten zieht.

Mit großen Augen stelle ich fest, dass Owen seine Arme um mich wickelt, während wir auftauchen. Wir ringen beide um Atem, als wir oben ankommen, und dann küsst er mich. Wir lachen und schwimmen ans Ufer, das nicht allzu weit entfernt ist. Schließlich klettern wir auf einen der großen Granitfelsen dort, legen uns zurück und schauen zu den Bäumen auf, die das Licht der Sonne filtern.

„Und du nennst mich dramatisch", sagt er und nimmt meine Hand, „du hast mir Angst gemacht."

„Gut. Du hast mich erschreckt. Also habe ich dich aus deiner Depression geholt." Ich drücke seine Hand.

„Für einen Mann, der alles im Griff haben sollte, bin ich ein einziges Chaos." Er seufzt und dreht sich zu mir um. „Ich werde nicht wieder in Selbstmitleid versinken, während du da bist."

„Gut", sage ich und drehe mich auf die Seite, um ihm zu begegnen, „und du musst wissen, dass ich nirgendwohin gehe."

„Können wir uns nicht einfach für immer hier, in den Wäldern von Oregon, verstecken? Ich verspreche, dass ich dir ein Haus aus Baumstämmen bauen kann. Ich kann Fische zum Abendessen fangen und Beeren zum Frühstück sammeln. Es wird wie unser eigenes kleines Eden sein." Er streicht mit dem Finger über meine Lippen. „Du kannst meine Eva sein und ich werde dein Adam sein. Was sagst du dazu, Baby?"

„Das klingt verdammt gut, Owen. Nur du und ich mit Feigenblättern. Warte, gibt es in diesem Wald überhaupt Feigenbäume? Ich meine, wenn nicht, womit würden wir uns bedecken?"

Sein Lächeln lässt mein Herz schneller schlagen. „Mit Bärenfellen?"

„Meine Güte. Es gibt Bären in diesen Wäldern, nicht wahr? Verdammt! Und Wölfe auch, Owen." Ich setze mich auf und schaue mich um. Plötzlich fühle ich mich, als ob wir beobachtet werden. Höchstwahrscheinlich von wilden Tieren, die uns als ihr Abendessen betrachten.

Er setzt sich auf und lacht, um mich dann zu küssen. „Ich werde nicht zulassen, dass dir etwas passiert. Das solltest du inzwischen wissen, Petra."

„Ich glaube dir, dass du mich vor Menschen beschützen kannst – aber vor wilden Tieren? Da bin ich mir nicht so sicher."

Er verdreht die Augen und stöhnt: „Komm schon."

„Hey!", schreit ein Mann und wir sehen beide auf.

„Scheiße", murmelt Owen, „jemand hat uns entdeckt."

„Scheint so", murmle ich.

Ein Mann kommt zwischen den Bäumen hervor. Er trägt

khakifarbene Shorts und ein gelbes T-Shirt. Als er sich uns nähert, nimmt er seine Sonnenbrille ab.

Owen springt auf und zieht mich mit sich, als er sagt: „Hey, ich kenne dich."

Ein Lächeln zieht über die Lippen des anderen Mannes. „Ich kenne dich auch."

OWEN

„Hat Chance tatsächlich gesagt, er würde Informationen über dich herausgeben, Owen?", fragt mich Grant Jamison, als wir in seinem gemütlichen Holzhaus sitzen.

Wir haben den richtigen See zum Hineinspringen gewählt – Grants Holzhaus ist so nah, dass er uns hören konnte. Er kam, um nachzusehen, wer im Wasser herumtollte, und fand uns glücklicherweise.

Petra trinkt ein Glas Weißwein, während sie ein Buch liest, das Grant ihr gegeben hat. Er hat uns auch Bademäntel gegeben, die wir tragen können, während unsere Kleider im Trockner sind.

„Nein, jedenfalls hat er nicht direkt gedroht, dass er jemandem meine Identität verrät. Ich habe einfach das Gefühl, dass er es tun würde." Ich trinke den Scotch, den er uns eingegossen hat, und frage mich, ob ich in Bezug auf Chance paranoid war.

„Ich werde mich um ihn kümmern", sagt Grant und sieht dann Petra an. „Laut ihrer Akte studiert sie am College, um Lehrerin zu werden. Wir wollen nicht, dass ihre Zukunft ruiniert wird. Und deine auch nicht." Er nippt an seinem Scotch, dann sieht er mich mit einem Stirnrunzeln an. „Du solltest direkt zum Club gehen oder dort anrufen. Du hast mehrere Fehler gemacht. Jetzt müssen wir das Durcheinander wieder in Ordnung bringen."

Unsicher frage ich: „Ist das überhaupt möglich?"

„Alles ist möglich, Owen." Bei einem weiteren Blick auf Petra lächelt Grant und sieht dann zu mir zurück. „Das Erste, was wir tun müssen, ist Isabel anzurufen und ihr zu sagen, dass sie alles, was eure Namen oder Fotos enthält, vernichten soll. Ich werde sie alle Informationen, die es über euch beide gibt, löschen lassen. Sie wird das Geld in dem Treuhandkonto für Petra auf das Konto rücküberweisen, von dem es kam. Wenn du das wirklich willst."

„Was kann ich sonst noch tun?", frage ich ihn, weil ich keine Ahnung habe.

Er lächelt. „Sei ehrlich."

„Ich dachte, bei der Zugehörigkeit zu einem Club wie diesem ist Verschwiegenheit oberstes Gebot."

Er nickt. „Das stimmt. Niemand will, dass seine schmutzige Wäsche in die Öffentlichkeit gezerrt wird. Ich sage nicht, dass du irgendjemandem etwas von deiner Zugehörigkeit zum Club erzählen sollst. Ich sage, dass du und Petra mit einer Geschichte zu den Medien gehen sollt."

„Was für eine Geschichte?"

„Eine Liebesgeschichte, Owen. Die Leute mögen zwei Dinge. Sie lieben es herauszufinden, was für schlechte Dinge andere getan haben. Und sie hören gerne Liebesgeschichten. Also gib ihnen eine Liebesgeschichte."

„Wie?" Ich sehe Petra an, die sich zusammengerollt hat und zufrieden ihr Buch liest. Sie sieht aus, als ob sie im Moment keine einzige Sorge hätte.

„Erfinde etwas", sagt er und nickt dann zu Petra. „Sie wird

allem, was du behauptest, zustimmen. Ich habe gesehen, wie sie dich anschaut. Das Mädchen ist verliebt."

Ich beuge mich zu ihm und flüstere: „Ich auch."

„Das sehe ich", flüstert er. Er setzt sich zurück und schlägt seine langen Beine übereinander. „Wenn wir den Teil weglassen, dass du sie in einer Auktion ersteigert hast, könnten wir behaupten, dass ihr eine ganz normale Beziehung habt."

„Ich dachte, wir könnten sagen, dass wir uns online getroffen haben, als sie mir via Social Media eine Frage zu ihren Brüsten gestellt hat. Wir fanden uns sympathisch, haben unsere Telefonnummern ausgetauscht und uns in Portland getroffen."

„Ich mag diese Geschichte. Was hat dich davon abgehalten, den Medien genau das zu erzählen?", fragt er, als er mich anlächelt, „das ist großartig."

„Ich weiß nicht, was mich davon abgehalten hat."

„Es ist schwer, logisch zu denken, wenn man wegläuft. Nicht wahr?"

Petra ruft: „Sag es ihm, Grant. Sag ihm, wie verdächtig er sich macht, wenn er wegläuft."

„Sie hat recht", sagt er und winkt sie zu sich, „komm zu uns, Petra. Wir müssen einen Plan machen." Er nimmt ein Notizbuch aus der Schublade des Beistelltisches neben sich und legt es auf den Couchtisch, der sich zwischen uns befindet. Dann steht er auf, um kurz darauf mit einem Stift zurückzukommen. „Notiere die wichtigsten Punkte deiner Geschichte. Ihr müsst beide das Gleiche sagen. Ich werde Isabel anrufen und den Club informieren."

Ich fühle mich gezwungen, Petra noch einmal zu fragen, ob sie wirklich damit einverstanden ist, dass das Geld wieder an mich geht. „Petra, wenn du willst, dass ich das Geld für dich auf dem Treuhandkonto lasse, werde ich es tun."

Sie schüttelt den Kopf, als sie sich neben mich setzt, und sagt: „Nein. Ich möchte nicht, dass es jemand zum Club zurückverfolgen kann. Lass es zurückschicken und beende den Vertrag."

Ich nicke Grant zu, damit er weiß, dass wir mit dem Plan weitermachen, während ich den Stift und das Notizbuch in die Hand nehme. „Nun zu den Details, Petra. Also, wie lange wusstest du schon, dass ich der Mann deiner Träume bin?"

Sie legt ihre Arme um meinen Hals und ihre Lippen berühren kaum meine Haut. „Seit ich dich vor vier Jahren zum ersten Mal im Fernsehen gesehen habe." Der Wein hat sie wohl ein bisschen verwegen gemacht.

„Warte", sage ich, als ich ihr Alter damals berechne. „Meinst du das ernst?"

Sie nickt und küsst meinen Hals. „Ja. Du siehst in deinem Arztkittel so gut aus. Glaubst du, Grant wird uns die Nacht hier verbringen lassen? Ich will dich, Baby."

„Nein, wir werden ihn in Ruhe lassen." Sie hebt den Kopf und sieht mich an. „Ich werde dich zurück zu unserem Hotel bringen. Alles wird sich ändern. Ich werde nicht mehr davonlaufen."

Ihre Augen glänzen. „Das klingt schön."

„Gut. Nun, zurück zu dir. Du warst vor vier Jahren erst 17, Petra. Das sagen wir besser nicht. Außerdem lässt es dich wie eine Stalkerin wirken, wenn man bedenkt, dass du mich angeblich über Social Media kontaktiert hast. Wie wäre es, wenn du von meiner Arbeit beeindruckt warst? Deshalb hast du dich mit mir in Verbindung gesetzt."

„Okay", sagt sie und lehnt dann den Kopf auf meine Schulter, während ich das aufschreibe, „notiere auch, dass ich deine Meinung über meine Brüste zu schätzen gewusst habe."

Ich schreibe das auf und frage dann: „War es Liebe auf den ersten Blick für mich?"

„Natürlich war es das", sagt sie, als sie mir einen Klaps auf den Oberschenkel gibt.

„Natürlich", sage ich mit einem Grinsen, „und gehst du mit mir nach L.A.? Sie werden das wissen wollen."

Ihre Augen funkeln, als sie sagt: „Wenn du das willst, dann will ich es auch."

Ich kämpfe gegen den Drang, sie auf die weiche Couch zu werfen und sie zu küssen. Grant ist in der Nähe und ich will ihn nicht verlegen machen, also halte ich mich zurück.

Frage für Frage besprechen wir die Details und sind gerade fertig, als Grant wieder in den Raum kommt. „Isabel hat sich um alles gekümmert und ihr beide seid nicht länger Mitglieder des Clubs."

„Das ist zu schade", sagt Petra, „ich wollte mit Owen in einen dieser privaten Räume gehen und sehen, was es damit auf sich hat."

„Nun, das kannst du hier auch machen." Grant zeigt auf den Flur. „Ich habe ein voll ausgestattetes Zimmer hier." Er sieht mich an. „Willst du sie dort hinbringen, Owen?"

Petra drückt meinen Arm, als sie mich bittend ansieht. „Wenn es das ist, was du wirklich willst, Petra."

Sie nickt und blickt zu Grant zurück. „Glaubst du, du kannst ihm ein paar Dinge beibringen? So etwas hat er noch nie gemacht."

„Sicher", sagt Grant und nimmt Platz, „geh ins Schlafzimmer, Petra. Daran grenzt ein privates Badezimmer. Mach dich bereit für die Kamera. In meinem speziellen Raum gibt es nämlich eine. Ich zeige Owen ein Video, das er mit dir nachstellen kann. Es ist eine kleine Szene mit einer neuen Sub, die ich letztes Jahr hatte. Nichts zu Hartes, aber aufregend. Klingt das gut?"

Ich warte auf Petras Antwort. „Das tut es. Denkst du nicht auch, Owen?"

„Ich würde lügen, wenn ich sagte, dass es nicht gut klingt."

Ich stehe auf, ziehe sie hoch und gehe mit ihr auf den Flur. „Bereite dich vor, Petra."

Sie lächelt, als sie davongeht. „Ich bin so aufgeregt, Owen."

Grant ruft Petra nach: „Es gibt Sub-Outfits im Badezimmerschrank. Wähle eins aus und ziehe es an. Binde dein Haar zu einem langen Zopf zusammen und warte im Schlafzimmer, bis dein Dom kommt, um dich zu holen."

Sie verschwindet und ich lehne mich zurück und sehe zu, wie Grant einen Computer bedient und dann den Fernseher einschaltet. Der Bildschirm ist blau und leer, als Grant auf den Flur geht und einen Schrank öffnet. Er kommt mit einer Schaufensterpuppe zurück. Schwarze Linien sind auf sie gezeichnet und ich mustere sie, als er sie an die Wohnzimmerwand lehnt.

„Das ist Queenie. An ihr habe ich geübt, als ich Interesse an diesen Dingen entwickelt habe. Die Linien, die ich gezeichnet habe, zeigen, wo die weichen Stellen auf dem weiblichen Körper sind. Das sind die einzigen Stellen, die du jemals mit irgendwelchen Objekten schlagen darfst, einschließlich deiner Hände."

Ich stehe auf und betrachte die Bereiche, auf die Grant hingewiesen hat. „Ich hatte noch nie den Drang, jemanden zu schlagen, Grant."

„Hast du eine Abneigung dagegen?"

„Ja. Ich bin Arzt. Ich helfe den Menschen. Ich will ihnen nicht wehtun."

„Du solltest es nicht so sehen. Tut ein Klaps auf den Hintern weh oder weckt er eine andere Empfindung?", fragt er, als er etwas anderes aus dem Schrank holt.

„Er tut nicht weh. Wobei ich es aus eigener Erfahrung nicht sagen kann. Meine Eltern haben uns so weit hinten angestellt, dass keiner von uns jemals den Hintern versohlt bekommen hat."

„Wenn beim BDSM jemand geschlagen wird, ist es anders als ein paar Schläge auf den Hintern in der Kindheit. Es ruft ganz andere Gefühle und Emotionen hervor." Er kommt mit einer kurzen Peitsche in der Hand zurück, wie man sie bei Pferden benutzt. „Diese Gerte hinterlässt ein leichtes Stechen. Hast du etwas dagegen, wenn ich sie an deinem Hintern ausprobiere, Owen?"

Mit einem Lächeln drehe ich mich um. „Nur zu." Er verpasst mir einen Schlag und ich spüre kaum etwas. „Der dicke Bademantel ist im Weg."

Grants Grinsen bringt mich fast zum Lachen. „Dann hoch damit."

„Was zum Teufel soll das?", sage ich, als ich den Bademantel ein wenig nach oben ziehe und Grant zunicke.

Er schlägt noch einmal zu und ich zuckte zusammen, als es sticht. „Fühlst du es jetzt?"

„Ja. Es ist wie ein kleiner Biss von einem Insekt." Ich drehe mich um, um zu sehen, ob die Gerte eine Spur hinterlassen hat, sehe aber nichts. „Hinterlässt das Ding auf hellerer Haut Striemen?"

„Manchmal. Sie gehen ziemlich schnell weg. Keine Sorge." Er legt die Gerte in meine Hand. „Gib Queenie, wonach sie verlangt."

„Auf den Hintern?"

Er nickt und zeigt auf den unteren Rückenbereich. „Bleib weg von den Knochen. Steißbein, Wirbelsäule, Rückseite des Halses ... Und schlage niemals jemanden an Stellen, von denen du weißt, dass sich Organe unter der Haut befinden. Als Arzt kennst du dich damit wohl hinreichend aus."

„Das könnte man meinen", sage ich, als ich die Puppe vor mir ansehe. „Aber ich habe ehrlich gesagt nie daran gedacht, so etwas zu tun, also erkläre mir bitte alles, auch wenn ich Arzt bin." Ich berühre die Hüften mit der Gerte. „Die Hüften sind erlaubt, richtig? Ich meine, es gibt nichts unter ihnen, das verletzt werden könnte."

„Sie sind erlaubt. Denke daran, dass sich bei dünnen Frauen die Knochen nicht weit unter der Oberfläche befinden. Du solltest nicht so fest zuschlagen, dass du einen Knochen verletzt."

„Grant, ich werde Petra sicher nicht verprügeln. Ich möchte ihr nur Vergnügen schenken, ohne Striemen oder Prellungen zu hinterlassen." Ich sehe Grant in die Augen und habe das Gefühl, etwas fragen zu müssen: „Was bereitet eigentlich jemandem Lust daran, selbst zuzuschlagen oder geschlagen zu werden?"

Mit einem Grinsen sagt er: „Ich lasse dich die Szene spielen, die du sehen wirst. Vielleicht kannst du es selbst herausfinden, Owen. Sieh genau hin und lerne."

Ich setze mich und warte auf die Show. Hoffentlich wird sie mich lehren, was Petra will. Eine echte BDSM-Erfahrung.

29

PETRA

„Auf die Knie, Sub!", sagt Owen in einem strengen Ton, als er zu Grants Schlafzimmertür kommt. Ich tue, was er sagt.

Mein Herz rast und Aufregung fließt durch mich. Ich habe bereits mit Leticia Schläge geübt, aber ich möchte wissen, wie es sich bei Owen, meinem Dom, anfühlt.

Ich habe ein schwarzes Lederkorsett im Schrank gefunden und es angezogen. Ich fühle mich ziemlich wild und mehr als ein bisschen gefährlich. Aus dem Augenwinkel sehe ich, wie Owen auf mich zukommt. Seine Füße sind nackt und er trägt eine locker sitzende schwarze Pyjamahose.

Er legt seine Hand auf meine Schulter. „Steh auf, Sub."

Ich stehe auf und sehe, dass er kein Shirt anhat. Seine Muskeln glänzen, als ob er sie geölt hat, was Wärme zwischen meinen Oberschenkeln erzeugt. Eine kleine Maske bedeckt seine Augen. Sie lässt ihn ein bisschen geheimnisvoll aussehen. Ich will sein schönes Gesicht streicheln. Seine Bartstoppeln lassen ihn verwegen wirken. Aber ich wage es nicht, ihn zu berühren. Nicht, ohne es befohlen zu bekommen.

Seine Lippen sind zu einer festen Linie zusammengedrückt,

während er mich mustert, dann streicht er mit einem Finger über mein Dekolleté, das sich über die Oberseite des engen Korsetts erhebt. Meine Augen lösen sich von seinen und wandern über seinen prächtigen Körper. Mein Herz setzt einen Schlag aus, als ich die kleine Peitsche in seiner linken Hand bemerke.

Er legt seine Hand auf meinen Rücken und führt mich dorthin, wo er mich haben will. Ich glaube, wir gehen in den Raum auf der anderen Seite des Flurs, aber dann biegt er links ab und wir gehen in das dunkle Wohnzimmer. Der Fernseher geht an und ich sehe ein kerkerähnliches Zimmer mit roten Wänden und einem Bondage-Bett darin.

Die Kamera schwenkt nach rechts und da ist eine Frau, die eine dünne, weiße Robe trägt. Man kann ihren Körper durch den Stoff sehen. Ihre Hände sind gefesselt und sie hängt der Wand zugewandt an einem Haken. Ein Mann in schwarzer Kleidung betritt den Raum. Sein Gesicht ist vollständig mit der furchterregenden Maske eines roten Teufels bedeckt und er trägt einen Umhang. Als er seine schwarzbehandschuhte Hand hebt, befindet sich darin eine lange Peitsche und die Frau schreit um Hilfe.

Er knurrt und ich zittere, als ich ihn beobachte. Sein Körper drückt sich gegen ihren. Er legt die Peitsche auf einen Tisch und nimmt ein Messer. Die lange silberne Klinge glänzt in dem schwachen Licht und er benutzt es, um die Rückseite ihres Gewandes aufzuschneiden, bis ihr Rücken entblößt ist. Mit einem Knurren in der Nähe ihres Ohres tritt er zurück.

Dann nimmt er die Peitsche und schwingt sie auf beiden Seiten von ihr, so dass es laut knallt. Sie schreit jedes Mal, obwohl sie nicht getroffen wird. Dann geht er noch einen Schritt zurück und die Peitsche trifft erst ihre rechte Schulter, dann ihre linke.

Der Unterschied bei ihren Schreien ist offensichtlich. Die

roten Markierungen auf ihrer cremigen Haut lügen nicht. Er lässt die Peitsche noch vier Mal knallen, dann landet sie auf ihrer linken Pobacke. Sie zuckt zusammen und schreit: „Fuck!"

Ein weiterer Schlag landet auf derselben Pobacke und ihr ganzer Körper zittert, bevor er zusammensinkt. Sie schreit nicht, sie wimmert, und der Mann legt die Peitsche weg und bewegt sich hinter sie.

Es ist unmöglich zu sehen, was genau er tut, aber ich glaube, er zieht seinen Schwanz aus seiner Hose. Dann wird es offensichtlich, dass er genau das getan hat, denn er dringt in sie ein. Sie stöhnt und lässt den Kopf zurückfallen. Er packt sie am Kinn und küsst sie, während er sie fickt. Als er sie loslässt, weint sie und die Tränen strömen über ihre Wangen.

Er hört auf mit dem, was er tut, holt einen Schlüssel vom Tisch und öffnet ihre Handschellen. Die Robe fällt zu Boden, als er die Frau hochhebt und zu dem Bondage-Bett trägt. Er beugt sie darüber und ihr Hintern hat rote Markierungen auf einer Pobacke. Der Mann hebt den Kopf, um sie sich anzusehen, während er seine Hand leicht darüber bewegt.

„Es tut mir leid", schluchzt die Frau, „ich werde es nie wieder tun. Ich schwöre es."

„Was tut dir leid, Sub?", fragt der Teufelsmann.

Er setzt sich auf die Bettkante und hebt sie auf seinen Schoß. Dann streichelt er ihre rote Wange und hebt den Kopf auf eine sehr dämonische Weise.

Sie schluckt und sagt dann: „Dass ich diesen Mann geküsst habe."

„Aber ich habe dir gesagt, dass du ihn küssen sollst. Warum tut es dir leid, das getan zu haben, was ich dir befohlen habe?" Er bewegt seine Hand über ihre nackte Brust.

„Weil du mir auch gesagt hast, dass ich niemals einem anderen Mann erlauben darf, mich zu berühren. Ich habe deiner ersten Regel nicht gehorcht. Es tut mir leid und ich werde meine Strafe akzeptieren." Sie blickt zu Boden und ich kann sehen, wie ihre Tränen fallen.

Er nickt und platziert sie mit dem Gesicht nach unten auf seinem Schoß. Dann versetzt er ihrem Hintern einen harten Schlag. „Eins", sagt sie.

Er tut es immer wieder, bis sie bis 20 gezählt hat. Ich zittere, weil ich mir nicht vorstellen kann, so viele Schläge zu ertragen. Sie weint, als sie die letzten acht Zahlen ruft. Schluchzen zerreißt ihren Körper. Dann hebt er sie hoch und stellt sie auf das Bett. Sie hängt an der hölzernen Schiene, die darüber verläuft und weint immer noch.

Der Mann zieht seine Maske ein bisschen nach oben, zeigt seinen Mund und beginnt, Oralsex mit ihr zu haben. Sie schreit, stöhnt und kreischt. Schließlich kommt sie zum Orgasmus und er hört auf.

Er bringt sie an die Wand zurück, fesselt sie wieder und legt ihr eine Augenbinde an. Dann hängt er sie an denselben Haken wie vorhin, nur ist ihr Körper dieses Mal dem Zimmer zugewandt. Er geht die Tür öffnen und ein anderer Mann tritt ein. Er trägt eine blaue Teufelsmaske und die gleiche Kleidung wie der andere.

Ich lege meine Hand auf meinen Mund und wünsche mir, sie würde sehen, was ihr Dom gemacht hat. Er hat einen anderen Mann hereingelassen. Er will sie wieder verführen. Und sie muss wieder bestraft werden, wenn sie der Versuchung erliegt.

Ich greife hinter mich, finde Owens Hand und halte sie fest. Er zieht mich zurück, damit ich mich an ihn lehnen kann. Mein Magen zieht sich zusammen, als ich sehe, wie der Mann in der blauen Maske zu ihr geht und mit seinen behandschuhten Händen über ihre Brüste streicht.

Sie ist ganz still. Dann windet sie sich und schreit: „Halt! Du bist nicht mein Dom. Halt!"

Der Mann tritt zurück und sie hört auf, gegen ihre Fesseln anzukämpfen. Ihr Dom tritt vor und küsst eine ihrer Brustwarzen. Sie bleibt still, weil sie weiß, dass er es ist.

Er sagt kein Wort, als er zurücktritt und der andere Mann seinen Platz einnimmt. Er schwenkt den Kopf auf die gleiche dämonischen Weise wie der andere Mann und zieht seine Maske ein wenig hoch, bevor er sie direkt auf die Klitoris küsst.

Sie tritt wild um sich und er weicht zurück. „Du bist nicht mein Dom. Geh weg von mir."

„Ich kann dir Reichtum geben", sagt der Mann mit einem finsteren Knurren, „ich kann dir die schönsten Häuser und teuersten Autos geben. Dir wird es an nichts fehlen, wenn du mit mir kommst. Wir können zusammen weglaufen. Ich werde dich lieben. Dein Dom benutzt dich nur. Er weiß nicht, wie man liebt. Er behandelt dich wie einen Hund, aber ich werde dich wie eine Königin behandeln."

„Nein!", schreit sie, „geh weg von mir."

Der Mann in der blauen Maske packt sie an den Oberschenkeln und hält ihre Beine fest, damit sie ihn nicht mehr treten kann. Er blickt auf den rotmaskierten Mann zurück. „Darf ich?"

Ihr Dom nickt. „Sub, dieser Mann wird deine Pussy lecken. Wenn du kommst, werde ich gezwungen sein, dich weiter zu bestrafen, und du wirst den Rest der Nacht im Käfig verbringen."

Die Frau wird ganz still und der andere fängt an, ihren Intimbereich zu lecken. Mir ist übel, aber ich bin auch gespannt, ob sie ihren Körper davon abhalten kann, einen Orgasmus zu haben, nur weil ihr Dom es ihr verboten hat.

Der andere Mann tut alles, um sie zu einer Reaktion zu bewegen, aber sie bleibt regungslos. Er hört endlich auf und sieht sie an. „Du gewinnst."

Der Fernseher geht aus und wird schwarz. Dann legt mir Owen eine Augenbinde an. Er flüstert: „Zeit zu sehen, ob du weißt, wem du gehörst, Baby."

Zwei Hände packen einen meiner Arme und dann packen zwei Hände den anderen. „Das ist nicht lustig, Jungs!"

„Das soll es auch nicht sein", höre ich Owen sagen und stelle fest, dass er rechts neben mir ist.

Das Geräusch einer Tür, die sich öffnet und dann schließt, lässt mich denken, dass ich in dem BDSM-Raum bin und nicht von einem, sondern zwei Männern bearbeitet werden soll. Und ich will es nicht. „Owen, ich will nicht zwei von euch."

„Du wirst nicht zwei Männer haben. Du wirst einen von uns auswählen. Ich hoffe nur, dass du den Richtigen auswählst." Er zieht meinen einen Arm hoch und Grant den anderen. Meine Hände werden gefesselt, dann werde ich an die Wand gehängt Meine Zehen berühren kaum den Boden.

„Owen, was zum Teufel machst du da? Ich will diese Szene nicht nachspielen." Ich winde mich und versuche, mich zu lösen. Es ist aber sinnlos.

„Das machen wir auch nicht. Sei ruhig", sagt er, und ich werde still und warte darauf zu erfahren, welche Art von Szene wir spielen werden.

Laute Rockmusik füllt die Luft und der Bass lässt meinen Körper pulsieren. Dann knallt eine Peitsche einmal neben jeder Seite meines Kopfes und ich schreie. Nicht, dass jemand mich über die Musik hören kann.

Ich wage es nicht, mich zu bewegen, während die Peitsche um mich herum knallt. Mein Herz klopft. Ich schwitze und glaube nicht, dass ich das auch nur im Geringsten mag.

Die Peitsche ist immer noch in Bewegung und knallt, als ich Hände auf meinen Oberschenkeln fühle. Dann wird das kleine Stück Leder, das meine Pussy bedeckt, zur Seite gezogen und

Lippen berühren mich. Eine breite Zunge leckt mich, während ich versuche, ruhig zu sein.

Die Peitsche verstummt und Hände bewegen sich meinen Körper hinauf. Dann ist Owens Stimme an meinem Ohr: „Wer war das, Sub?"

30

OWEN

Petras Stimme zittert, als sie mir antwortet: „Das warst du."

Ich sehe zurück zu Grant und nicke, und er tritt still aus dem Zimmer. Petra hat keine Ahnung, dass ich der einzige Mann hier bin. Der einzige Mann, der sie berühren wird.

„Braves Mädchen." Ich streiche mit meiner Hand über die Vorderseite des engen schwarzen Korsetts, das sie trägt. „Wir hatten noch nie ein Safeword. Wie wäre es mit *Cherry*?"

„Okay", sagt sie und leckt dann ihre Lippen.

Ich küsse sie einmal, ziehe ihre Hände vom Haken, löse ihre Fesseln und trage sie zum Bondage-Bett. Ich umrunde das Bett und fixiere ihren Kopf und ihre Arme an eine Stange am anderen Ende des Bettes. „Ich werde dich jetzt mit der Gerte schlagen. Und weißt du, warum ich das mache?"

„Weil ich dich darum gebeten habe. Aber Owen?"

Ich gehe zu ihrem Gesicht, dessen Augen noch immer verbunden sind. „Ja?"

„Sind wir allein?"

„Das ist ein Geheimnis, Sub. Jetzt sei still, außer ich frage dich etwas oder du hältst es für nötig, das Safeword zu sagen. Verstehst du mich?"

Sie nickt und ich mache weiter. Ich ziehe meinen Schwanz aus der Pyjama-Hose und drücke die Spitze gegen ihre rubinroten Lippen. Sie öffnet sie nicht für mich und ich mag es, dass sie schlau genug ist zu warten. Ich bewege ihn über ihre Lippen und frage: „Weißt du, wessen Schwanz das ist?"

„Der meines Doms."

„Richtig." Ich streiche meinen Schwanz über ihre Wange. „Willst du diesen Schwanz lecken, Sub?"

„Ja."

Ich halte meinen Schwanz an ihren Mund, und sie öffnet ihn und nimmt ihn ganz in sich auf. Ich lege meine Hände auf die Holzstange, die sie gefangen hält und lassen meinen Schwanz immer wieder in ihren Mund gleiten.

Mein Schwanz wird immer härter und dann verspüre ich den Drang loszulassen. Aber ich halte inne, bewege mich um sie herum und streiche mit der Gerte über ihren Hintern.

„Bereit?", frage ich sie.

„Ja, Sir." Ihre Pobacken spannen sich an und ich massiere sie, um sie zu entspannen. Als ich sehe, dass die Spannung sie verlassen hat, schlage ich sie mit der kleinen Peitsche. Sie gibt keinen Ton von sich und ich mache es wieder. Immer wieder schlage ich zu, bis sie stöhnt.

Als ich meinen Finger in sie drücke, ist sie nass, und ich kann es kaum erwarten, meinen Schwanz in sie zu stecken. Ich klettere auf das Bett, besteige sie von hinten und ficke sie wild, während sie stöhnt. Wie ein Tier ficke ich sie, bis sie meinen Namen schreit, und dann fülle ich sie mit meinem Samen.

Ich steige vom Bett und hole einige der Peitschen, die ich auf dem Tisch gesehen habe. Ich gehe zurück zu ihr und stelle fest, dass sie heiß wie die Hölle ist. Dann beschließe ich, sie zu testen.

Ich befreie sie und ziehe die Augenbinde weg. „Diese

Dom/Sub-Sache wird bald enden, Petra." Ich streiche mit den Fingern über ihre Wange. „Ich kann dich zwingen, dich von Grant ficken zu lassen. Nachdem wir hier weg sind, werden du und ich ein normales Paar sein. Dieses Leben wird hinter uns liegen. Willst du es das letzte Mal mit einem anderen Mann tun?"

Nicht einmal eine Millisekunde vergeht, bevor ich sie den Kopf schütteln sehe. „Ich will nie einen anderen Mann, Owen. Ich will nur dich. Für immer."

Ich schlucke, als ein Klumpen sich in meinem Hals bildet. Sie will mich, nur mich!

Ich packe ihren Nacken, küsse sie und drücke sie dann auf das Bett. Nachdem ich ihre Handgelenke in die Manschetten auf beiden Seiten des Kopfendes des Bondage-Bettes geschoben habe, gehe ich nach unten und fessle auch ihre Knöchel. „Das ist das letzte Mal, dass ich dich so nehme."

Mit einem Lächeln sagt Petra: „Owen, wir müssen nicht aufhören zu tun, was wir tun wollen. Es gibt keine Regeln, Baby." Sie hebt eine Augenbraue. „Fick mich, wie du willst. Vertrag oder nicht, ich gehöre dir."

Ich bin wie erstarrt und kann sie nur ansehen. Sie ist wunderschön, jung und klug. Und sie gehört mir. Mir allein!

Ich befreie mich von der Pyjama-Hose, schiebe meinen Körper über ihren und fühle, wie sie zittert, während ich sie berühre. „Lasse ich dich erschaudern?"

„Ja, das tust du. Mache ich etwas mit dir, wenn wir uns berühren?"

„Hitze durchflutete mich jedes Mal, wenn wir uns berühren. Mein Körper ist voller Energie und mein Herz schlägt schneller."

Sie lächelt mich an, während ich meinen Schwanz in ihre heißen Tiefen bewege. „Du bist sehr im Einklang mit deinem Körper, Dr. Cantrell."

„Und ich bin im Einklang mit dir." Ich streiche mit meinen Lippen über ihren Hals. „Zum Beispiel rast dein Puls, wenn wir uns berühren. Deine Lippen zittern, wenn meine ihnen nahe sind. Und deine Wangen werden immer ein bisschen rosa. Deine Pupillen werden größer und dein Körper lädt mich ein."

„Meine Güte", sagt sie, als sie den Kopf zur Seite neigt. „Du hast scharfe Augen, Dr. Cantrell."

„Das habe ich schon öfter gehört." Ich küsse sie und dringe weiter in sie ein. Sie sagt, wir können so weitermachen, wenn ich will. Aber ich will es nicht mehr. Ich will, dass dies das letzte Mal ist, dass ich sie so nehme. Ich will mich weiterentwickeln. Keine Alkoholexzesse mehr und kein Sex ohne Gefühle. Nichts davon ist für mich mehr in Ordnung.

Ich will mehr. Ich will Petra und ich bin schockiert, es zu sagen, aber ich will eine Familie mit ihr. Ich hätte das nie gedacht, aber mit ihr will ich es.

Als ich sie zum letzten Mal ficke, sehen wir uns an. Sie kann durch mich hindurchsehen. Ich weiß, dass sie es kann. Ich bin kein Dom. Ich bin nur ein Mann. Ich bin nur ein Mann, der eine Frau liebt und ein normales Leben will.

Die Dunkelheit des kerkerähnlichen Raumes, die laute Musik, das Bondage – alles wird weg sein. Aber nicht, weil ich Angst davor habe, dass jemand es herausfinden könnte, sondern weil ich meine Frau wie eine Königin behandeln will. Ich will, dass sie weiß, dass sie mir wichtiger ist als alles andere, mich selbst eingeschlossen.

Während ich hart in sie stoße, sehe ich den Blick in ihren Augen. Sie versteht mich. Ohne etwas zu sagen, versteht Petra, was ich für uns will. Und ich denke, sie will es auch.

Ihre Lippen teilen sich und sie flüstert: „Fick mich, Owen. Fick mich zum letzten Mal."

Ich schließe meine Augen, bewege mich schneller und denke an nichts anderes. Alles, was ich brauche, ist Petra.

Aber ich gebe meinem Körper und meinem Geist dieses letzte Rendezvous mit meiner finsteren Seite. Nach ein paar weiteren Stößen gibt mein Schwanz Petra das letzte Sperma, das sie auf diese Weise empfangen wird.

Ihr Körper reagiert auf meinen und sie wölbt sich mir entgegen. Ihre Pussy pulsiert rund um meinen Schwanz. Wir liegen ganz still, als sie und ich diesen letzten Moment teilen. Dann küsse ich sie süß. Die Zeit für Sex ohne Emotionen ist vorbei. Ein neues Leben beginnt, sobald wir aus der Tür dieses Raumes gehen.

Unsere Augen werden nie wieder so etwas sehen. Die Dunkelheit liegt hinter uns beiden. Vor uns ist nur Licht.

Als unsere Lippen sich trennen, flüstert Petra, „Ich liebe dich, Owen Cantrell. Ich werde dich immer lieben."

„Petra Bakari, du wirst niemals von mir wegkommen. Meine Liebe wird dich für immer gefangenhalten."

Sie lächelt und seufzt: „Wie kannst du so verrückte Dinge so verdammt gut klingen lassen?"

Ich klettere von ihr und sage: „Ich weiß es nicht. Aber jetzt, wo ich darüber nachdenke, klang es ein bisschen mittelalterlich und gruselig, nicht wahr?"

„Ein bisschen." Sie bewegt ihre Finger. „Meine Arme schlafen ein, Baby."

Ich nehme den Schlüssel, befreie ihre Arme und dann ihre Beine und hebe sie hoch. „Unsere Kleider sollten trocken sein und wir sollten Grant nicht länger stören."

„Gehen wir zurück zum Hotel?", fragt sie mit erhobenen Augenbrauen.

„Ja", sage ich ihr, als ich die Pyjama-Hose anziehe, „ich bin es leid wegzulaufen, wenn es schwierig wird." Ich gehe zur Tür und schaue über meine Schulter zu ihr. „Warte hier. Ich hole unsere Kleider und bin gleich zurück."

Sie nickt und ich verlasse das Zimmer. Grant sitzt auf dem

Sofa. Er blickt auf das Buch in seinen Händen. Dann sieht er mich an. „Hat sie es gemacht?"

„Es schien so. Wir ziehen uns jetzt an. Kennst du irgendeinen Transportservice, der uns hier abholen könnte?"

„Ihr könnt hier übernachten. Es ist spät und ich habe gesehen, dass ein Sturm sich uns nähert. Ich mag es nicht, hier in Stürmen festzusitzen. Der Strom fällt dann für gewöhnlich stundenlang aus. Ihr beide seid mehr als willkommen hierzubleiben." Er klappt sein Buch zu und steht auf.

Ich gehe zu dem Trockner. „Ich glaube, wir sollten zu unserem Hotel zurückgehen. Ich hasse es, dir im Weg zu sein."

„Unsinn", sagt er, als er mir folgt, „ich lebe hier ganz allein. Ich würde etwas Gesellschaft lieben. Ich könnte euch morgen die Sehenswürdigkeiten zeigen. Danach können wir im besten Diner Oregons frühstücken. Ihr habt den Rest des Sommers, weißt du. Ihr beide seid nicht in Eile. Oder doch?"

„Kannst du ein Geheimnis bewahren?", frage ich ihn, als ich hinter ihn schaue, um sicher zu sein, dass Petra nicht da ist.

„Natürlich", sagt er mit einem Grinsen.

„Ich würde gerne die Nacht in deinem Haus verbringen. Und am Morgen, wenn alles so läuft, wie ich hoffe, werden wir vielleicht abreisen."

„Das ist nicht wirklich ein Geheimnis, Owen", sagt er, während er etwas zu essen aus dem fast leeren Kühlschrank nimmt.

„Nun, das ist alles, was ich im Moment verrate. Ich bin sehr abergläubisch. Wenn ich zu viel sage, geht es vielleicht schief." Ich ziehe die trockenen Kleider aus dem Trockner.

Als ich wieder in den Raum komme, sehe ich, wie Petra all die Dinge darin betrachtet. Ihre Hand gleitet über das harte Kirschholz des Bondage-Bettes. Ihre Augen verweilen auf den langen Seilen, die von der Decke hängen.

Als ich die Musik abschalte, sieht sie mich überrascht an. „Ich habe dich nicht hereinkommen sehen."

„Ja, das habe ich bemerkt. Du hast all das Zeug angestarrt. Magst du diese Art von Sachen, Petra?" Ich reiche ihr ihre Kleider und beginne, mich anzuziehen.

„Es ist seltsam, Owen. Das habe ich noch nie gedacht. Nicht ein einziges Mal. Ein paar Klapse auf den Hintern sind das Schlimmste, was mir je passiert ist. Ich hatte nichts dagegen, aber ich habe es niemals berauschend gefunden."

„Aber jetzt tust du es?", frage ich sie, als ich meine Sweathose anziehe.

Ihre Augen tanzen und sie wirkt aufgeregt. „Owen, deine Hände auf mir erregen mich in einer Weise, die ich nicht für möglich gehalten hätte. Ich konnte es in dir spüren. Du willst weggehen und das alles hinter uns lassen."

„Ja, das will ich", lasse ich sie wissen, „ich möchte, dass du und ich ein normales Paar sind. Ich will alles, Petra. All das normale Zeug, das andere auch haben. Sonntags-Brunch mit anderen Paaren, gemeinsame Einkäufe im Supermarkt, Barbecues am Samstagabend... Einfach ganz normale Dinge, Baby. Ich habe zu lange ungewöhnlich gelebt."

„Also willst du das, von dem du gesagt hast, dass es nur eine Fantasie ist. Du hast gesagt, dass du nicht an die Liebe glaubst, von der dir andere erzählt haben. Du wusstest, dass sie alle nur lügen, um andere in ihr geheimes Elend zu ziehen", sagt sie, als sie das schwarze Leder abstreift und ihren Körper entblößt. Als sie sich umdreht, sehe ich Markierungen auf ihrem Hintern.

„Das Rot auf deinem Hintern ist sexy, Petra. Warum denke ich das?"

„Weil du normal bist. Es ist sexy. Es ist erotisch. Und ehrlich gesagt mag ich es. Ich dachte nicht, dass ich es mögen würde, aber so wie du es getan hast, hat es mich heiß gemacht."

„Willst du damit sagen, dass du das alles nicht beenden willst?"

Sie nickt, zieht die Sweat-Kleidung an und sagt: „Warum können wir nicht tun, was wir wollen? Wir müssen nicht dem Club angehören. Wir können auch zu Hause miteinander Spaß haben."

Ich kann sie nur ansehen, als ich darüber nachdenke, wie glücklich ich mich schätzen kann, sie gefunden zu haben.

31

PETRA

Nach einer Nacht in dem weichsten Bett, in dem ich je gewesen bin, erwache ich allein in einem riesigen Schlafzimmer. Grant ist mit uns zu seiner Villa am Stadtrand gefahren und hat uns bei sich übernachten lassen. Ich bin mehr als ein bisschen überrascht, als ich mich auf die Seite rolle und mein Handy auf dem Nachttisch finde.

Ich sehe eine Nachricht von Owen. Ich soll duschen und die Kleider anziehen, die er für mich im Bad hinterlegt hat. Wenn ich fertig bin, soll ich ihm schreiben.

Ich klettere aus dem riesigen Bett und stelle fest, dass mein Körper von den Aktivitäten der letzten Nacht steif ist. Das Lächeln auf meinem Gesicht will nicht verschwinden. Ich reibe meinen Hintern, der auf eine Weise schmerzt, von der ich niemals gedacht hätte, dass ich sie einmal genießen würde, gehe ins Badezimmer und tue, was mir mein Mann aufgetragen hat.

Das Erste, was ich bemerke, ist das knielange, dunkelblaue Kleid, das an dem Haken auf der Rückseite der Tür hängt, wo normalerweise ein Bademantel hängen würde. In einer braunen Papiertüte auf dem Boden befinden sich ein weißer BH mit passendem Slip und ein Paar schwarze Highheels.

Aber ich sehe nichts anderes. Nichts, um meine Haare zu stylen. Nichts, um mein Gesicht zu schminken. Nichts. Nur Kleider zum Anziehen. Es macht mich unsicher, weil ich hübsch aussehen möchte für das, was unser Tag bereithält.

Nach einer schnellen Dusche kleide ich mich an und teile Owen mit, dass ich fertig bin. Er textet zurück, dass ich im Schlafzimmer warten soll. Ich tue, was er sagt, und setze mich auf das kleine Sofa, das vor einem großen Fenster steht. Die Aussicht aus dem dritten Stock ist atemberaubend. Hohe Bäume bilden den Rand des Waldes, der sich links von der Villa befindet. Ein Swimmingpool, der so groß ist wie meine Wohnung zu Hause, füllt die rechte Seite.

In Anbetracht dessen, wie Grant lebt, frage ich mich, warum er keine Partnerin hat. Er muss etwa 40 sein. Die grauen Strähnen in seinem Haar lassen es mich vermuten. Der Mann ist gut gebaut und attraktiv. Es ergibt keinen Sinn, dass er noch niemanden gefunden hat. Aber vielleicht ist er geschieden und fängt noch einmal von vorn an. Wer bin ich, mich in sein Leben einzumischen? Ich bin sicher, er führt es so, wie er will.

Gerade als ich aufhöre, über den Mann nachzudenken, klopft jemand an meine Tür. Dann kommen zwei Frauen herein. „Hallo, Petra. Ihr überaus gutaussehender Mann hat uns zu Ihnen geschickt. Wir sind für Haare und Make-up zuständig", sagt mir eine sehr hübsche kleine Blondine.

Sie und die andere große, dunkelhaarige Frau stellen ihre Sachen auf den großen Schminktisch im Raum, und ich warte voller Neugier. „Hat er gesagt, warum er Sie beide heute zu mir geschickt hat?"

Die Brünette antwortet: „Nein. Er hat uns nur gesagt, dass wir mit Ihrer natürlichen Schönheit arbeiten sollen."

Ich greife nach meinem Handy und frage ihn, was das alles soll, und er schreibt zurück, dass ich keine Fragen stellen und die Frauen ihre Arbeit machen lassen soll. Wenn sie fertig sind, soll ich auf ihn warten.

Die Blondine bedeutet mir, mich auf den Stuhl zu setzen und die beiden beginnen damit, an mir zu arbeiten. Ich kann mich nicht davon abhalten, nach Informationen zu fragen. „Gibt es da draußen Leute? Oder Paparazzi?"

Die Blondine schüttelt den Kopf und nimmt einen Lockenstab, um meine Haare zu stylen. Die andere trägt eine Art kühlendes Gel auf mein Gesicht auf. „Sie haben wunderschöne Haut, Petra."

„Danke." Ich neige meinen Kopf zurück, als sie etwas auf meine Lippen schmiert. „Und was ist das für ein Zeug?"

„Das wird Sie noch mehr strahlen lassen, als Sie es normalerweise tun", sagt mir die Brünette. Dann nimmt sie einen kleinen Ventilator und hält ihn vor mich, so dass mein Gesicht sehr kalt wird.

Die beiden arbeiten etwa eine Stunde an mir, dann drehen sie mich um, damit ich sehen kann, was sie aus mir gemacht haben. „Wow!" Ich lächle mein Spiegelbild und dann sie an. „Sie haben ein Wunder vollbracht. Ich habe noch nie so gut ausgesehen."

„Sie waren schon perfekt", sagt die Blondine, als sie ihre Sachen packt. „Haben Sie einen schönen Tag." Sie lassen mich auf dem Stuhl sitzend zurück, wo ich mich betrachte und mich frage, was zum Teufel Owen vorhat.

Als ich fast eine halbe Stunde gewartet habe, werde ich ungeduldig und greife nach meinem Handy. In diesem Moment öffnet sich die Tür und Owen steht vor mir. Er trägt einen dunkelblauen Anzug, der aussieht, als hätte er eine Million Dollar gekostet, sein Gesicht ist frisch rasiert und seine Haare sind geschnitten worden. Er ist Dr. Cantrell in all seiner Pracht.

Ich stehe auf und gehe auf ihn zu. „Hey", sagt er, als er mich ansieht.

„Hey. Du siehst höllisch heiß aus." Ich berühre seine glatte Wange. „Du hast dich hübsch gemacht."

„Ich wollte, dass du mein wahres Ich siehst. Nicht den Mann, der ich werde, wenn ich versuche, mich vor der Welt zu verstecken." Seine Lippen küssen meinen Mund.

Mir wird schwindelig. Der Mann geht mir unter die Haut wie noch nie jemand zuvor. „Also bekomme ich dein wahres Ich? Ich kann mich glücklich schätzen."

„Ich bin es, der sich glücklich schätzen kann", sagt er, als er die Tür schließt.

„Haben wir uns heute schick gemacht, um hierzubleiben?", frage ich ihn, als er meine Hand nimmt und mich zu dem Fenster auf der gegenüberliegenden Seite des Raumes führt.

„Ich lasse dich das entscheiden, Petra." Er zieht mich an sich und küsst mich zärtlich. „Heute triffst du alle Entscheidungen."

„Okay", sage ich und fühle mich ein wenig seltsam, „ähm, ich hasse es, schlechte Dinge anzusprechen, aber was ist mit der Presse und dem Problem damit?"

„Zur Hölle mit ihnen", sagt er, zieht meine Hand hoch und küsst sie, „ich werde mir nicht die Mühe machen, irgendetwas zu erklären. Nichts, was ich tue, geht irgendjemanden außer dir etwas an, Petra. Du bist die Einzige, die mir etwas bedeutet."

„Wow. Du gibst mir das Gefühl, etwas Besonderes zu sein."

Der Motorenlärm eines Flugzeugs dringt in den Raum und Owen öffnet das große Fenster. „Es scheint soweit zu sein."

„Was?", frage ich. „Hast du ein Flugzeug für uns gebucht? Gehen wir alle irgendwo hin? Oder gehen du und ich irgendwo hin?"

„Das liegt bei dir." Er sieht aus dem Fenster und ich folge seinem Blick.

Ein Banner flattert hinter dem Flugzeug im Wind. Es ist weiß mit roten Buchstaben. Ich kann es nicht lesen, weil es zu weit weg ist, und Owen sieht mich mit einem Grinsen an. „Ich kann es nicht lesen, Owen."

„Warte eine Minute. Es wird näherkommen." Seine Hände beginnen kalt zu werden, und ich sehe auf unsere ineinander verschlungenen Finger hinab und frage mich, warum das so ist und was er tut.

Als das Flugzeug näherkommt, sehe ich das erste Wort: *Willst*

Meine Knie zittern. „Nein ..."

Er sieht mich besorgt an. „Petra?"

Ich sehe das nächste Wort: *du*

„Oh Gott!"

„Petra?"

Die nächsten Worte lassen mich fast ohnmächtig werden: *mich heiraten?*

Meine Knie geben nach, und er fängt mich auf und hält mich fest, während er in meine Augen schaut. Ich sehe seinen kleinen Finger am Rande meines Sichtfelds wackeln. Ein enormer Diamantring hängt daran und funkelt im Licht der Sonne.

Ich beginne zu schluchzen, meine Augen werden glasig und seine Lippen drücken sich gegen meine Stirn. „Baby, weine nicht."

Ich klammere mich an seinem Hals fest und begrabe mein Gesicht an seiner Brust. „Das kann nicht real sein. Es kann nicht sein! Ich bin nach Portland gekommen, um Geld für das College zu verdienen, nicht um mich zu verlieben. Alle haben mir gesagt, dass das nie passieren würde. Der Arzt, den ich im Fernsehen gesehen habe und über den ich Fantasien hatte, ist gekommen und hat mich erobert. Das kann nicht real sein. Es muss ein Traum sein. Das Ganze muss ein Traum sein. So etwas passiert nicht einfach so."

„Es ist real", flüstert er, „und ich möchte, dass du mich heiratest, Petra Bakari. Ich möchte, dass du mich heute in Las Vegas heiratest. Dann bringe ich dich auf die Fidschi-Inseln für unsere einmonatige Hochzeitsreise. Alles, was du tun musst, ist Ja sagen. Petra, willst du mich zum glücklichsten Mann der Welt machen und mich heiraten?"

Der Knoten in meinem Hals ist riesig. Ich kann nicht sprechen. Ich kann auch nicht denken. Dann berühren seine Lippen meine und alle Unsicherheit ist weg. „Ja, Owen Cantrell, ich will dich heiraten."

Er schreit: „Ja!" Dann schiebt er den riesigen Verlobungsring über meinen Finger und sein Gewicht lässt mein Herz einen Schlag aussetzen, bevor es umso schneller weiterschlägt.

Ich heirate!

Ich lache, als er mich aus dem Zimmer bringt. Wir gehen die Treppe hinunter und durch die Villa, um sie durch eine Hintertür zu verlassen, die Grant uns aufhält. „Herzlichen Glückwunsch, ihr beiden."

Ich lächle und winke, als Owen mich zu einem wartenden, glänzend schwarzen Hubschrauber führt. „Danke, Grant. Für alles."

Er nickt und schließt die Tür. Owen hebt mich auf den Sitz und ich rutsche zur Seite, damit er einsteigen kann. Ich sehe, dass meine Tasche auf dem Sitz liegt. Ich nehme sie und sehe ihn auf der Suche nach einer Erklärung an.

„Ich bin heute Morgen ins Hotel gegangen und habe unsere Sachen geholt. Der Van war dank Isabel abgeholt worden. Unsere Handys wurden zum Hotel gebracht und das Personal hat sie in unserem Zimmer hinterlegt. Du brauchst deinen Reisepass, um mich zu heiraten. Und wir müssen einkaufen gehen, bevor wir starten. Ich habe nicht für eine tropische Insel gepackt. Ich habe meine Koffer nach Hause geschickt. Zurück zu unserem Zuhause, Petra."

Mein Magen schmerzt ein wenig, als ich über all die Veränderungen nachdenke, die auf mich zukommen. „Ich muss meine Wohnung räumen."

„Ich werde mich darum kümmern. Ich werde alles packen und nach Kalifornien schicken lassen. Du kannst dir aussuchen, wohin wir zurückkehren, die Villa in Big Bear oder das Strandhaus in Malibu."

Er schnallt mich an, dann startet der Pilot den Motor und die Maschine hebt ab. Ich schreie und halte mich an Owens Hand fest. Als wir in der Luft sind, nimmt er die Kopfhörer, die vor uns hängen, und setzt sie mir auf, bevor er sich auch welche nimmt. Ich spreche in das kleine Mikrofon und beantworte seine Frage: „Ähm, wie wäre es, wenn wir zu deiner Villa in Big Bear gehen? Wir werden ja während der Hochzeitsreise schon einen Monat am Strand verbringen."

„Es ist nicht meine Villa. Es ist *unsere*. Alles gehört jetzt uns beiden. Verstanden?" Er tippt meine Nasenspitze an, als ob er mich darauf aufmerksam machen muss.

Er hat meine Aufmerksamkeit. *Meine ungeteilte Aufmerksamkeit!*

„Uns?", frage ich kopfschüttelnd, „ich bin im Begriff, ultrareich zu werden, nur indem ich den Mann heirate, den ich liebe. Es ist verrückt, Owen!"

„Nein, es ist Liebe, Petra. Ich habe nie jemanden geliebt, bis ich dich kennengelernt habe. Ich war nie vollständig, bis ich dich in meinen Armen hielt. Und ich möchte, dass du alles, was ich habe, mit mir teilst, so wie du dein Herz und deine Seele mit mir geteilt hast." Er küsst meine Wange und ich fange an zu weinen wie ein Baby.

Er kann unmöglich so süß sein. Es kann nicht so einfach sein. Das Leben funktioniert nicht so!

32

OWEN

„Die Antwort ist Nein, Roger. Ich werde nicht zurück zu dieser Show gehen. Ich will nicht länger ein Teil davon sein." Ich reibe meine Schläfen und seufze, als Petra sich an meinen Rücken lehnt und übernimmt.

„Lass mich das machen, mein süßer Ehemann." Ihre Finger bewegen sich in zarten Kreisen und lindern den Schmerz, den der Anruf des leitenden Produzenten verursacht hat.

„Dena ist nicht mehr in der Show. Du musst dir keine Sorgen machen. Als wir die ganze Wahrheit herausgefunden haben, haben wir sie sofort gefeuert. Wir wollen keine Leute in unserer Show, die Skandale provozieren, um ihren Co-Stars zu schaden."

„Es ist nicht nur sie, Roger. Ich bin seit langer Zeit nicht nur mit der Show, sondern auch mit meiner Praxis unglücklich. Ich recherchiere online, seit ich für meine Flitterwochen das Land verlassen habe. Es gibt so viele bessere Orte, an denen ich arbeiten kann. Ich denke über einen Beitritt zu *Ärzte ohne Grenzen* nach. Meine Frau hat gesagt, dass ihr das gefallen würde. Sie wird ihr Lehramtsstudium beenden und mir in den

Gegenden helfen, wo ich hingehe. Es ist eine Win-Win-Situation."

Petra küsst meine Wange, dann umrundet sie mich in ihrem kleinen türkisfarbenen Bikini. Das Tattoo auf ihrem linken Arm ist das Gleiche wie meines und sieht höllisch sexy an ihr aus. Wir wollten mehr als die Trauringe, die wir am Finger tragen. Also haben wir ein Tribal-Motiv ausgewählt, das *für immer* bedeutet. Weil wir für immer zusammen sein werden.

Rogers Stimme klingt verzweifelt, als ich Petra betrachte, wie sie von der Veranda unseres Bungalows aus in das klare, warme Wasser geht. „Okay, du gewinnst. Du kannst deine eigene Show haben, Owen. Nur du. Wo immer du willst."

„Ich will keine eigene Show. Aber ich freue mich, dass meine Fans es gefordert haben. Das ist immer nett zu hören. Ich werde ihnen meinen Dank auf Twitter mitteilen und ihnen sagen, dass ich mehr aus meinem Leben und meinem Talent machen will. Sie werden es verstehen."

„Was ist mit uns?", fragt er, als ob mir die Leute etwas bedeuten würden, die mich in den letzten fünf Jahren heimgesucht haben.

Ich hatte eine schöne Praxis in Beverly Hills. Ich habe regelmäßig ein paar Stars rundum erneuert. Aber ich habe auch eine Menge ernste Sachen gemacht. Als ich Dollarzeichen sah und Visionen hatte, selbst ein Star zu werden, nahm ich ihr Angebot an. Zuerst war es toll. Ich war beliebt und die Frauen schwärmten für mich. Ich bekam das, von dem ich dachte, dass ich es wollte – Geld und Frauen.

Sicher, am Anfang war ich glücklich. Nach und nach hat dieses Gefühl nachgelassen. Es konnte gar nicht andauern. Die Tage wurden monoton und die Nächte verschwammen ineinander. Nichts stach daraus heraus.

Dann habe ich Petra gefunden. Von dem Moment an, als ich

ihr Bild sah, wusste ich, dass sie etwas Besonderes war. Ich bin mit dem Gedanken, sie für mich gewinnen zu müssen, aufgewacht und eingeschlafen. Dann habe ich sie gewonnen und mein Leben hat sich völlig verändert.

Es ist mir egal, wie viel Ruhm und Reichtum man mir verspricht. Ich kann nicht in dieses Leben zurückkehren. Ein Leben, in dem die Produzenten mich besitzen.

„Roger, bring mich nicht dazu, böse Dinge zu sagen. Meine Frau mag es nicht, wenn ich das mache. Akzeptiere einfach meine Antwort." Ich stehe auf, gehe zum Rand der Veranda und beobachte Petra, während sie auf dem Rücken über das Wasser schwebt und zum Abendhimmel aufblickt.

„Okay, hier ist der letzte Deal, den ich dir anbieten kann. Es geht um deine neue Frau. Ich bin berechtigt, euch beiden jeweils eine Million Dollar im Voraus anzubieten, wenn ihr bei einer Reality-Show über eure Ehe mitmacht. Über alles, auch das BDSM-Zeug. Amerika will mehr wissen. Und du und deine Frau könnt die Zuschauer auf diese Reise mitnehmen. Was sagst du? Die zwei Millionen sind nicht alles, was ihr bekommt. Ihr werdet jeweils zwanzig Prozent der Lizenzgebühren bekommen. Und es ist unerhört, Owen, aber ihr beide werdet für jede Episode 50.000 Dollar Gage bekommen und wenn ihr uns erlaubt, eure BDSM-Sachen zu filmen, sogar 200.000."

Ich räuspere mich und frage meine Frau: „Petra, ich muss dich fragen, ob du das machen willst. Es schließt dich auch mit ein. Ich will diese Entscheidung nicht allein treffen."

Sie schwimmt zur unteren Treppe und setzt sich darauf. „Rede."

Ich lasse mich auf einem der Holzstühle auf dem Deck nieder. „Sie bieten uns eine Show an, bei der wir beide jede Menge Geld bekommen sollen. Es geht um unsere Ehe und BDSM. Anscheinend will Amerika mehr darüber erfahren, und zwar an unserem Beispiel. Was denkst du darüber?"

„Hmmm. Lass mich eine Minute darüber nachdenken. Sie wollen, dass du und ich im Fernsehen BDSM-Szenen machen? Ist das korrekt?", fragt sie.

Roger hört sie und antwortet: „Ja. Sag ihr, dass ihr zwei alle Szenen machen könnt, die ihr wollt. Je mehr, desto besser."

„Er sagt, wir können alle Szenen machen, die wir wollen. Und sie werden uns unheimlich viel Geld dafür bezahlen. Sehr viel Geld, Baby." Ich zwinkere ihr zu.

Sie zwinkert zu mir zurück. „Ist das so?" Sie klettert aus dem Wasser, setzt sich auf meinen Schoß und wickelt dann ihre Arme um meinen Hals. „Weiß dieser Produzent, dass diese Szenen sehr explizit sein können?"

Roger hört sie und sagt: „Wir werden das regeln. Du musst dir keine Sorgen machen. Ihr könnt alles tun, was ihr wollt, und wir werden es so filmen, dass unser Kanal es zulässt. Hölle, keiner von euch muss irgendetwas tun. Erlaubt uns einfach, euch auf Schritt und Tritt zu folgen. Es gibt keinen einfacheren Weg, Geld zu verdienen."

„Nein, den gibt es nicht", stimme ich zu.

Petra küsst meinen Hals und mein Schwanz wird hart. „Also, was denkst du, Owen? Schieben wir unsere Träume beiseite und unterhalten ganz Amerika im Fernsehen?"

„Nicht nur Amerika", fügt Roger hinzu. „Wir haben auch internationale Märkte. Ihr werdet weltweit bekannt sein."

„Als Pornostars", sagt Petra und leckt die Stelle direkt hinter meinem Ohr.

„Nein", korrigiert Roger sie. „Nicht als Pornostars. Ihr zwei werdet das Durchschnittspaar sein, das zufällig BDSM genießt. Daran ist nichts Pornografisches. Wir lassen die Leute einfach mehr darüber wissen. Also, kann ich darauf zählen, dass ihr beide herkommt, sobald eure Flitterwochen enden, und unsere Verträge unterschreibt?"

„Oh nein", sagt Petra schmollend, „hat er Verträge gesagt?"

„Das hat er", sage ich zu ihr, wickle ihren langen Zopf um meine Hand und ziehe daran, um ihre süßen Lippen zu küssen. „Verträge, Baby."

„Wir haben diese Regel, Owen."

„Ja, Roger. Wir unterzeichnen keine Verträge. Nicht mehr."

„Nun, das können wir nicht ohne Verträge machen, Owen. Du bist nicht neu in diesem Geschäft. Du weißt, wie es funktioniert."

„Ich weiß, wie es funktioniert", sage ich, als Petra mich anlächelt, „und ich bin es leid. Spioniert ein anderes Paar aus. Wir werden unsere Träume nicht aufgeben, damit ihr Geld mit unserem Leben verdienen könnt. Es ist die Sache nicht wert und es ist verdammt seltsam, dass jemand so tiefe Einblicke in unsere Ehe haben will. Bye, Roger."

„Owen, warte! Ich kann die Zahlen verdreifachen."

„Ich wette, dass du das kannst. Ruf nicht mehr an, Roger." Ich beende den Anruf und lege das Handy weg, bevor ich meine Frau in die Arme nehme und festhalte. „Habe ich dem Mann so geantwortet, wie du es wolltest?"

Sie nickt. „Das hast du. Du bist für das eingetreten, was du willst, und hast dem Geld und dem Ruhm eine Absage erteilt. Fühlst du dich glücklich mit dieser Entscheidung?"

„Petra Cantrell, seit dem Tag, an dem ich dich geheiratet habe, habe ich nichts als Glück empfunden. Ich möchte auf dieser Welt einen Unterschied machen. Aber nicht, indem ich den Leuten etwas zeige, das privat bleiben sollte."

Ich hebe sie hoch und trage sie in die Suite. Dann stelle ich sie auf die Füße und löse die Bänder ihres Bikinis. Das Oberteil fällt auf den Boden, ich streife ihr das Höschen ab und sie steht nackt vor mir. Meine schöne Frau steht still und lässt mich sie betrachten.

Meine Hand bewegt sich über ihren flachen Bauch und ich

sehe sie an. „Kannst du glauben, dass wir das wirklich tun? Dass wir versuchen, ein Baby zu haben? Sind wir verrückt?"

„Nein, nur normal", sagt sie, als sie mir die Hand reicht. „Welches Ehepaar will das nicht? Ich meine, wie cool ist es, einen anderen Menschen zu betrachten und seine eigenen Eigenschaften und die seines geliebten Partners in ihm zu erkennen? Nichts ist cooler als das."

„Ich habe immer noch Angst, dass wir unseren Kindern einen Schaden fürs Leben mitgeben. Du weißt schon, so wie unsere Eltern es mit uns getan haben."

Ihre Augen werden schmal und ich denke darüber nach, was ich gesagt habe, aber ich bekomme keine Chance, mich zu entschuldigen, als sie sagt: „Hör mir gut zu, Dr. Cantrell. Deine Eltern haben Fehler gemacht, aber du bist trotzdem fantastisch geworden. Meine Mutter hat auch Fehler gemacht, aber ich habe es dennoch geschafft, etwas aus mir zu machen."

„Du hast dich dazu angemeldet, dich an den Höchstbietenden verkaufen zu lassen, Petra. Das ist ein Fehler epischer Ausmaße."

Sie legt sich auf das Bett und bedeutet mir mit einem Nicken, meine Badehose auszuziehen. Ich tue es und lege mich neben sie. Während ich auf sie herabsehe, streichle ich ihren Bauch.

„Was ich getan habe war kein Fehler. Gegen alle Widerstände habe ich einen Mann gefunden, der mich genauso braucht wie ich ihn, obwohl keiner von uns wusste, dass wir überhaupt jemanden brauchen. Ich denke, das ist ein epischer Sieg, kein Fehler. Wirst du in Zukunft etwas länger nachdenken, bevor du solche Dinge laut sagst?"

„Vielleicht", sage ich und küsse sie, „du bist das Beste, was mir je passiert ist, Petra."

„Ich weiß." Sie küsst mich. „Und du bist das Beste, was mir je passiert ist. Gemeinsam können wir großartige Dinge tun und gute Eltern werden. Harte Arbeit, Ausdauer und die bestmöglichen Entscheidungen, die wir treffen können, werden dafür sorgen."

„Wenn wir Rogers Angebot für die Show angenommen hätten, hätten wir die Welt im Sturm erobert. Du weißt das, nicht wahr? Ich meine es ernst. Du wärst berühmter geworden als eine der Kardashians."

„Nun, vielleicht sollten wir unsere Entscheidung noch einmal überdenken", sagt sie und zieht mich dann zu sich hinunter, um sie wieder zu küssen.

„Nein, ich glaube, wir haben hervorragende Pläne gemacht. Wir helfen anderen und gründen eine Familie. Welches Kind will den Fernseher einschalten und seine Eltern bei irgendwelchen Sexspielchen sehen? Wir schulden es Owen Junior, unsere privaten Momente der Liebe und der Lust nicht filmen zu lassen."

„Owen Junior?", fragt sie und schüttelt dann den Kopf. „Ich mag Taylor für einen Jungen oder ein Mädchen. Wir können das Baby die ganze Schwangerschaft über Taylor nennen und wenn es geboren wird, kennt es schon seinen Namen. Es ist eine großartige Idee, findest du nicht?"

„Nein, das finde ich nicht. Ich will nicht, dass mein Sohn Taylor heißt. Es ist mädchenhaft. Ich muss die Kontrolle bei der Namensgebung der Kinder übernehmen. Ich kann das jetzt schon sehen." Ich versuche, sie zu küssen, aber sie legt ihre Hand zwischen unsere Lippen.

„Die Kontrolle übernehmen?", fragt sie.

Mit einem Knurren presse ich sie aufs Bett. „Ja, ich habe die Kontrolle." Ich gebe ihr einen Klaps auf den Oberschenkel und beobachte, wie ihre Augen tanzen. „Hast du ein Problem damit?"

Sie schüttelt den Kopf. „Übernimm die Kontrolle, Baby. Zeig mir, wem ich gehöre."

Und genau das tue ich. Wir haben unser glückliches Ende gefunden und werden es festhalten. Für immer.

ENDE

© **Copyright 2020 Michelle L. Verlag - Alle Rechte vorbehalten.**
Das Werk, einschließlich aller seiner Teile, ist urheberrechtlich geschützt. Jede Verwertung ist ohne Zustimmung des Verlages und des Autors unzulässig. Dies gilt insbesondere für die elektronische oder sonstige Vervielfältigung. Alle Rechte vorbehalten.
Der Autor behält alle Rechte, die nicht an den Verlag übertragen wurden.

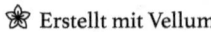 Erstellt mit Vellum

www.ingramcontent.com/pod-product-compliance
Lightning Source LLC
LaVergne TN
LVHW021704060526
838200LV00050B/2503